당신의 별이 사라지던 밤

서미애 장편소설

당신의 별이
사라지던 밤

엘릭시르

# 프롤로그

전화벨 소리는 정비소의 둔탁하고 부산한 소음을 뚫고 곧장 최우진의 귀로 날아왔다.

평소라면 요란한 기계와 엔진 소리에 묻혀 전화 소리는 듣지도 못했을 것이다. 하지만 어찌된 일인지 지금의 전화는 막 정비를 끝낸 기영이 확인차 밟아대는 엔진 소리에도 지지 않고 공장 한편에 틀어놓은 라디오의 음악 소리도 헤치며 우진에게 달려들었다.

마치 우진에게 닿아야 할 이유라도 있는 것처럼.

우진은 전화벨이 울리기 전부터 선뜩한 기운을 느꼈다.

의식으로는 알 수 없는, 예민해진 육감의 더듬이가 먼저 전해주는 날선 전율. 차가운 바늘이 명치를 찌르는 것 같았다.

하던 일을 멈춘 것도 그 때문이었다. 그리고 정적이 끼어든 그 찰나의 순간, 우진의 귓가에 전화벨 소리가 들린 것이다.

벨 소리라는 것을 직감한 순간 까닭 없이 등줄기에 싸한 냉기가 지나갔다.

'좋지 않은 소식이다. 분명 좋지 않은 일이야.'

늘 익숙하게 듣던 벨 소리인데도 어딘가 달랐다. 느낌이 이상했다. 머리부터 시작된 불길한 예감은 온몸으로 번져나갔다.

우진은 뒷덜미의 솜털이 바짝 서는 것을 느끼며 천천히 고개를 돌렸다. 시선 끝에 놓여 있는 핸드폰이 낯설고 멀게만 보였다. 누구에게 걸려 온 전화인지도 확인하고 싶지 않았다. 전화를 무시하고 다시 요란한 소음을 내며 하던 일을 계속하고 싶었다. 하지만 탁자 위 핸드폰은 우진의 시선을 놓아주지 않았다. 불빛은 재촉하듯이 자꾸 반짝거렸다.

어서 받아, 받으라고.

깊숙한 곳에 묻어둔 기억 한편에서 수정의 목소리가 들려왔다.

'아빠 그거 알아? 우리가 보는 저 별은 이미 오래전에 죽었고 지금은 존재하지 않는 거래. 그러니까 저 빛은 별의 마지막 인사인 거야.'

갑자기 왜 그 생각이 났을까? 어둠 속에서 들려오던 수정의 목소리. 그게 언제였던가?

어서 받으라고 채근하는 벨 소리와 불빛이 점점 우진의 신경을 날카롭게 자극했다.

우진은 자기도 모르게 소리를 질렀다.

"조용히 좀 해보라고!"

가속페달을 밟으며 엔진 소리를 확인하던 기영이 놀란 얼굴로 고개를 들어 우진을 보다가 얼른 차에서 내려 라디오를 껐다. 크게 틀어놓은 라디오 때문에 잔소리를 몇 번 들은 적이 있는 기영은 이번에도 그가 라디오 때문에 고함을 지른다고 생각한 모양이다.

연장이 손에 안 잡히고 신경이 날카로운 날은 라디오에서 흘러나오는 음악마저 귀에 거슬린다는 걸 잘 알고 있다. 그런 날은 조금만 방심하면 연장에 손을 다치거나 엉뚱한 곳에서 부딪히고 베이는 자잘한 사고가 생긴다.

라디오를 끈 기영은 재빨리 우진의 기색을 살폈다. 하지만 우진은 기영을 아랑곳하지도 않고 탁자 쪽으로 시선을 둔 채 묵묵히 서 있을 뿐이다.

시끄럽던 정비소는 한순간 포격이 지나간 전장처럼 불안한 적막이 내려앉는다. 어느새 벨 소리도 끊겼다.

전화벨 소리를 듣지 못한 기영은 우진이 무슨 이유로 에어컴프레서를 손에 든 채 저렇게 멍하니 서 있는지 의아했다.

기영이 우진에게 다가가 말을 걸려고 하는 순간 잠시 멈췄던 벨 소리가 다시 울렸다.

우진은 미간을 찌푸리며 핸드폰을 노려보았다.

이번에는 벨 소리가 날이 선 비수처럼 가슴을 베는 것 같았다. 불안은 한지에 스며든 먹물처럼 빠르게 기분을 잠식했다. 무슨 일인지도 모르면서 심장이 두근거렸다. 아니, 심장이 뻐근해질 만큼 묵지근한 통증이 밀려들었다.

우진은 흔들리는 시선으로 핸드폰을 보다가 손에 든 휠 볼트와 에어컴프레서로 눈길을 옮겼다. 잠시 볼트를 만지작거리며 머뭇거리고 있을 때 기영의 목소리가 들렸다.

"전화…… 안 받으세요?"

기영은 조심스럽게 우진의 표정을 살피며 말을 걸었다.

그 소리에 최면이라도 풀린 듯 우진은 손에 들고 있던 연장을 내려놓고 천천히 장갑을 벗었다. 한편으로는 신경을 곤두서게 하는 이 불온한 기운의 정체가 무엇인지 생각했다. 평소라면 자동차 정비대에서 나올 생각도 하지 않았을 것이다.

탁자 곁으로 다가선 우진은 선뜻 핸드폰을 들지 못하고 반짝이는 불빛을 바라보았다.

깜빡, 깜빡. 얼른 전화를 받으라고 재촉하고 있다. 어서, 어서.

우진은 떨리는 손으로 핸드폰을 들어 케이스를 열었다. 핸드폰 화면에 아내의 이름이 떠 있다. 통화 버튼을 누르는 손가락이 미세하게 떨렸다. 애써 감정을 숨기고 태연을 가장했다.

"어, 나야."

우진은 전화기를 들고 정비소 입구 쪽으로 걸음을 옮겼다. 기영에게는 하던 일을 계속하라고 손짓을 했다. 그렇게, 평소와 다름없는 일상적인 통화이기를 바랐다. 퇴근할 때 시장에 들러 반찬거리를 사 오라고 한다든가, 세탁소에 맡겨둔 옷을 찾아오라는 심부름 같은 아주 사소하고 평범한 일들.

정비소 앞에는 도로 옆 가로수에서 떨어진 나뭇잎들이 또 수북이 쌓여 있다. 아침에 그렇게 쓸었건만, 노랗게 물들어 메마른 나뭇잎들은 시도 때도 없이 떨어졌다. 아무리 부지런한 우진도 소용이 없다. 틈만 나면 쓸고 끌어 담는데도 이내 낙엽이 내려앉는다. 가지에 남은 나뭇잎들이 어서 빨리 다 떨어지기를 기다리는 게 나을 듯싶다. 목덜미로 서늘한 바람이 스쳤다.

"얘기해."

"⋯⋯."

"뭐야, 전화해놓고. ⋯⋯여보?"

"⋯⋯."

귀를 기울여보지만 전화기 너머로 들리는 것이 숨소리인지 바람 소리인지 알 수 없다. 거칠게 내쉬는 숨소리 같기도 하고 바람이 지나는 소리 같기도 하다.

"……여보, 무슨 일이야?"

한참이 지난 뒤에야 아내의 목소리가 들릴 듯 말 듯 나지막이 들려왔다.

"당신, 나한테 이러는 거 아니야."

"무, 무슨 말이야, 갑자기?"

가라앉은 아내의 목소리는 생경했다. 자신도 모르게 목소리가 갈라졌다. 그래, 예감이 맞았어. 좋지 않은 소식이야. 그럴 줄 알았어.

폭탄의 도화선이 타들어가는 것을 지켜보는 느낌이다.

아내는 무슨 얘기를 하려고 이렇게 뜸을 들이는 것일까?

생각해보면 한창 일이 바쁜 오후 시간에는 전화를 한 적이 거의 없다. 정말 급한 일이 아니면 전화를 하는 성격이 아니다.

혜인은 혼자 할 수 있는 일은 알아서 처리했다. 혼자서 하기 힘든 일도 가급적 우진에게 이야기하지 않고 자기 선에서 해결하려고 했다. 반찬거리를 사 오거나 세탁물을 찾아오는 일도 먼저 부탁한 적은 없다. 아내의 몸이 안 좋아지고 난 뒤부터 우진이 퇴근하며 전화를 걸어 필요한 것을 물어보곤 했다.

가라앉은 아내의 목소리에 다시 재촉을 할 수가 없다. 아내가 먼저 말을 이어주길 기다렸지만 한동안 수화기 너머의 아내는 아무 말도 없다. 침묵이 길어질수록 우진의 심장 소리가 커졌다. 긴장감으로 심장이 터질 것 같았다. 더이상 기다릴 수가 없었다.

"여, 여보⋯⋯."

그때 2차선 도로 맞은편에서 기사식당을 하는 태형이 가게 문을 열고 나오더니 급하게 도로를 가로질러 달려왔다. 신고 있는 슬리퍼가 벗겨져 하마터면 넘어질 뻔했다. 태형은 얼른 벗겨진 슬리퍼를 제대로 꿰신고 우진에게 달려오며 소리쳤다.

"형, 형수가 아파트 옥상에 올라가 있다는데?"

갑자기 뭔 소린가 싶었다. 아내와의 통화를 방해받고 싶지 않아 우진은 손을 내저으며 태형을 물리쳤다.

"지금 나랑 통화중이야⋯⋯."

"아니, 옥상에 서 있다고, 우리 마누라가 얼른 가보라고 한다고요!"

우진은 멍한 얼굴로 태형을 쳐다보았다. 태형이 무슨 이야기를 하는지 얼른 머릿속에 와닿지 않았다.

"옥상 난간에 올라서 있다고요! 금방이라도 떨어지려고 하는 사람처럼."

우진은 굳어지는 얼굴로 태형의 표정을 살피다가 손에 든 핸드폰을 귓가에 바싹 들이댔다. 손이 부들부들 떨려 제대로 귓가에 대기 힘들었다. 전화를 건 아내가 쉽게 말을 꺼내지 못하고 있던 침묵의 순간에 간간이 섞여 들어오던 바람 소리가 심상치 않기는 했다.

"여보, 이게 무슨 소리야? 당신 옥상에 올라갔어? 거긴 왜 갔어?"

"당신이…… 이러면, 내가 살 수가 없잖아?"

"무슨 소리야? 여보!"

"왜, 이렇게 사람을…… 구차하게 만들어…….."

깊게 가라앉은 아내의 목소리, 그 사이를 비집고 들어오는 바람 소리. 눈앞에 그림이 그려진다. 우진의 심장에 커다란 바위가 쿵 떨어진다. 묵지근한 통증이 번져간다.

우진은 용수철처럼 튀어올라 아파트를 향해 내달렸다. 달리면서 수화기에 소리쳤다.

"여보! 기다려, 지금 가고 있어. 나 보고 얘기해. 응?"

"……."

다시 대답이 없다. 무슨 일일까, 갑자기 아내에게 무슨 일이 생긴 걸까?

정비소에서 집까지의 거리는 칠백여 미터. 아침저녁 늘 걸어서 다니는 길이다. 시장을 지나고 주택가로 들어서서 조금만 걸어가면 바로 주택가의 지붕 너머로 손에 닿을 듯 우진이 사는 아파트가 보인다. 걸어서 십 분도 안 걸리는 거리다. 하지만 지금의 우진에게는 너무 멀게만 느껴졌다.

우진은 미친듯이 달렸다. 다리가 조급한 마음을 따라가지 못해 자꾸 그를 휘청거리게 만들었다.

우진을 알아보는 상인들이 인사를 했지만 그는 눈길도 주지 않고 그대로 내달렸다.

지금은 아무것도 눈에 들어오지 않았다. 집으로 달려가야 한다는 생각밖에 없었다. 눈앞에 옥상 난간에 올라서 있는 아내의 모습이 아른거려 그를 더욱 초조하게 만들었다. 숨이 턱까지 차오르도록 달리면서도 머릿속으로는 무슨 일이 일어난 것인지, 당혹스러운 지금의 상황을 이해해보려 했다.

아침까지만 해도 평소와 다름없이 늘 반복되는 일상의 풍경이었다.

아니, 어쩌면 그건 우진 혼자만의 생각이었는지 모른다. 늘 끔찍한 일은 자신이 모르는 사이 벌어지고, 일이 벌어진 뒤에야 그는 뒤통수를 맞고 주저앉았다. 사십 년 넘게 살면서 몇 번이나 그런 경험을 했으면서 여전히 무방비 상태였다.

오늘 아침 역시 우진이 눈치채지 못하는 사이 끔찍한 징조가 그림자에 달라붙었는데도 그는 평소와 다름없는 날이라고 태평하고 있었다. 하지만 고작 몇 시간 사이에 무슨 일이 있었기에 아내는 이런 전화를 하며 아파트 옥상 난간에 서 있는 것일까? 아무리 생각해봐도 답을 찾을 수가 없었다.

조금만 더, 시장을 벗어나 주택가로 들어서자 저멀리 골목 끝으로 아파트 건물이 보인다. 속으로 외쳤다.

조금만 더, 기다려. 그 자리에 가만히 있어. 제발, 제발!

우진은 허벅지에 경련이 올 정도로 힘껏 내달렸다.

갑자기 옆 골목에서 튀어나온 배달 오토바이가 눈앞에 나타났다. 오토바이를 피한다는 게 휘청, 균형을 잃고 넘어지고 말았다. 그 와중에도 손에 쥔 핸드폰은 놓치지 않았다. 손목이 욱신거렸지만 그런 것은 아무래도 상관없었다.

우진은 괜찮냐며 다가오는 피자 배달원의 손을 밀쳐내고 얼른 핸드폰을 귀에 갖다 댔다.

"여보? 다 왔어, 조금만, 조금만 기다려."

"너무…… 늦었어."

"여보? 혜인아……. 수정 엄마!"

너무 늦었다니, 다급한 마음에 이십여 년 동안 아내를 부르던 모든 호칭이 튀어나왔다.

수화기에서 울먹임과 함께 아내의 한숨이 새어 나왔다.

그 긴 한숨 소리에 또 한 번 휘청, 무릎이 꺾였다. 그동안 수없이 들어왔던 아내의 한숨 소리와는 달랐다. 지난 몇 년간 묵묵히 견뎌내는 것만이 세상에서 할 수 있는 유일한 일이었던 두 사람이 나누던 한숨 소리가 아니었다. 지금 아내의 입에서 나온 긴 한숨은 임계점을 넘어선 느낌이었다.

"제발 뭐라고 말 좀 해. ……여보!!"

우진이 말하던 도중 그대로 전화가 끊어졌다.

머릿속에 먹물 한 방울이 툭 떨어졌다. 빠르게 뇌세포로 번져가는 검은 기운. 눈앞이 캄캄해지고 의식이 아득해졌다. 뒷머리로 빠르게 피가 도는 게 느껴질 정도로 현기증이 일었다. 우진은 간신히 몸을 일으켜 세우고 집을 향해 달렸다.

느려터진 발이 원망스러웠다. 아무리 빨리 달려도 좀처럼 거리를 좁히지 못하는 악몽처럼 팔다리가 마음 같지 않았다. 초조함에 더욱 발걸음을 재촉했다. 제 속도를 이기지 못해 비틀거리면서도 미친듯이 집을 향해 달렸다.

드디어 아파트 입구로 들어서자 우진은 서둘러 옥상을 찾았다. 사람들이 웅성거리고 서 있어서 두리번거릴 필요도 없었다.

고개를 들자 거기 아내가 서 있었다.

팔 층 높이. 옥상 난간 위에 서 있는 아내는 바람 때문인지 몸을 휘청거리며 간신히 균형을 잡고 있었다. 아내는 두 팔을 늘어뜨리고 하늘을 올려다보았다.

"여보! 혜인아!"

목이 터져라 아내의 이름을 불렀다. 우진의 목소리를 들었는지 하늘을 올려다보던 아내가 잠시 고개를 내리고 아래를 바라보았다. 하지만 이내 시선을 다시 먼 하늘로 돌렸다.

'아직, 늦지 않았어.'

우진은 웅성거리며 모여든 사람들을 헤치고 아파트 건물 쪽으로 서둘러 달려갔다. 아내가 서 있는 건물 아래까지 거의

다 왔다.

조금만, 조금만 더.

순간, 모여 있던 사람들의 입에서 비명이 터져 나왔다.

고개를 들어보니 난간 위에 서 있던 아내의 몸이 천천히 앞으로 쓰러지다 이내 빠른 속도로 아래로 추락하기 시작했다.

이상하게도 그때부터 주변의 풍경들이 느리게 보이기 시작했다.

일 초의 순간을 억겁의 시간으로 늘려놓은 것처럼 눈에 들어오는 모든 것들이 멈춘 듯 느리게 움직였다. 아파트 인도로 떨어지는 아내의 몸이 깃털처럼 천천히 내려오고, 아내에게 달려가는 자신의 다리는 철근이라도 매달린 듯 더디게 움직인다. 거칠게 숨을 쉬는 자신의 숨결도 들리고 화들짝 놀라 주변으로 날아오르는 새들의 날갯짓도 느껴진다. 마치 이 순간을 뇌리에 깊이 새겨두기라도 하려는 듯 순간순간의 장면들이 너무나 선명하게, 탄지경의 단위로 우진의 모든 감각기관을 통해 뇌로 밀려들었다.

우진은 낙엽처럼 허공으로 떨어지는 아내를 바라보며 미친 듯이 비명을 지르며 달려갔다.

'안 돼!'

비명은 목에서 미처 나오지 못했다. 근육이 끊어지도록 달리며 손을 내밀었지만 아내를 잡는 것은 불가능했다. 아내가 가른 공기의 흔들림이 손끝에 느껴졌다.

쿵.

아내는 불과 한 걸음 앞에서 떨어져 부서졌다. 아내를 받아 내려던 손이 허공에서 허우적거렸다. 아내가 아스팔트로 떨어지는 순간 몸속의 뼈가 서로 부딪혀 부러지는 소리가 메아리처럼 둔탁하게 들렸다. 아내는 모래성처럼 허물어졌다.

우진은 얼어붙은 듯 그 자리에 멈춰 구겨진 아내의 몸을 바라보았다. 고통으로 일그러진 아내의 눈이 허공을 헤매고 있다. 우진은 터져 나오는 고통의 비명을 힘겹게 목젖 안으로 밀어넣으며 아내에게 다가갔다. 부들부들 몸이 떨려 어디부터 손을 대야 할지 몰랐다.

무릎을 꿇고 아내를 안아 일으키려 했지만 소용이 없었다. 아내의 몸은 마디마디 부서지고 흐트러져 자꾸만 그의 손을 빠져나갔다. 단단하던 몸은 흐물거리며 흘러내렸다. 깨지고 찢긴 몸에서 흘러나온 피가 바닥으로 빠르게 번져갔다.

"왜……. 왜 이런 짓을?"

뜨거운 눈물이 마구 쏟아져 아내의 얼굴로 떨어졌다. 우진의 목소리를 들은 아내의 눈동자가 허공을 헤매다 우진에게 향했다. 고통으로 일그러져 있던 입이 움찔거렸다. 뭔가 할말이 있는 것 같았다.

"왜……. 왜?"

그 뒤의 말은 호흡이 남아 있지 않아 입만 벙긋거렸다. 하지만 우진은 입 모양을 보고 이내 알아차렸다.

……우리 수정이.

그렇지 않아도 얼어붙은 심장에 서늘하고 날카로운 얼음조각이 깊게 꽂혔다. 우진은 자신도 모르게 호흡을 멈추었다. 숨을 쉬기가 어려웠다. 뭐라 대꾸할 말을 잃은 그는 입만 벌린 채 멍하니 아내의 얼굴을 보다 두 손으로 머리를 감싸 안았다. 다시 아내와 눈을 맞출 자신이 없었다. 우진은 중얼거리며 같은 소리만 반복했다.

"조금만 참아, 곧 구급차가 올 거야."

대답이 없다. 불안한 마음에 내려다보니 아내의 입가에 실낱같은 미소가 지나간다. 어떻게 그럴 수 있는지 모르겠지만 이미 몸에서 고통은 사라진 것 같았다. 아내의 미소는 애쓰지 마 여보, 이미 끝났어, 그렇게 말하고 있었다.

머리를 받치고 있는 손에 끈적한 피가 느껴지기 시작했다. 손바닥으로 어떻게든 막아보려 했지만 점점 더 많은 피가 끊임없이 새어 나왔다. 생명이 손가락 사이로 빠르게 빠져나갔다. 왜 이런 결심을 한 것일까?

딸 수정이 죽었을 때에도 아내는 어둡고 고통스러운 시간을 이겨냈다. 암 선고를 받았던 재작년도 아내는 죽음 가까이 있었지만 이렇게 자신을 포기하지는 않았다. 때로는 깊은 밤

잠 못 들고 우진의 가슴을 때려가며 울음을 쏟아내기도 했지만 힘든 암 수술과 항암 치료 과정을 이겨냈다. 겨우 몸을 추스르고 한숨 돌린 지 채 일 년도 되지 않는 지금, 무슨 일이 있었기에 목숨을 끊을 결심을 한 것일까?

"……."

우진의 품에 안겨 있는 아내가 신음을 흘리듯 웅얼거렸다. 우진은 얼른 아내의 얼굴로 모든 신경을 집중했다. 우진을 찾아 방황하던 눈동자가 겨우 우진을 알아보았다. 아내는 남아 있는 힘을 짜내 입을 열었다.

"왜……. 왜 죽었지?"

"여보?"

"우리 수정이…… 왜?"

"나중에, 나중에 얘기해. 곧 구급차가 올 거야. 조금만 참아."

"……나는…… 이유를 모르겠……."

갑자기 아내는 무슨 이야기를 하고 싶은 것일까? 점점 희미해지는 의식 속에서 자꾸 수정의 얘기를 꺼내는 아내가 의아했다.

"……왜?"

그 말을 마지막으로 그렇지 않아도 힘이 남아 있지 않던 몸이 우진의 손을 스르르 벗어나며 미끄러졌다. 축 늘어진 손과 머리는 이제 확연히 아내의 몸에서 생명이 빠져나가고 있다는 것을 알려주었다. 아무리 손으로 담아보려고 해도 아내를 안아 올릴 수 없었다.

알 수 없는 비명이 끄윽끄윽 목에서 터져 나왔다. 어느 틈에 나타난 구급 요원들이 우진의 곁으로 다가와 다급히 아내의 상태를 확인하려다가 멈추었다. 그들은 우진의 등뒤에서 난감한 표정으로 시선을 주고받았다.

우진은 누군가의 부축을 받고 자리에서 일어났다. 아내를 수습해서 들것으로 옮기는 구급 요원들을 물끄러미 쳐다보다가 넋이 나간 채 그들의 이끌림에 따라 차에 올라탔다.

흔들리는 구급차 안에서 우진은 자꾸만 구명 침대 밖으로 떨어지는 아내의 손을 잡았다.

기억과 달리 앙상하게 마른 손이 거칠다. 이렇게 야윌 때까지 눈치채지 못하고 있었다니……. 우진은 두 손으로 아내의 손을 보듬었다.

이십 년 가까이 되는 시간을 함께 산 사람이다. 그동안 얼마나 많이 이 손을 만지고 체온을 느꼈는가? 우진은 아내의 손에 입술을 대었다. 조금이라도 온기를 불어넣으면 움직이지 않을까, 헛된 기대를 하며 아내의 손을 어루만졌다.

이대로 보낼 수는 없다. 이렇게 떠나보낼 수는 없다고 중얼거렸지만 입안에서 맴돌 뿐이다. 아내를 잃게 되는 순간이 되자, 새삼 그동안 자신이 얼마나 아내의 손에 의지하며 살았는가를 확연히 깨달았다.

우진은 가냘픈 아내의 손을 꼭 잡고 가만히 아내의 얼굴을 쳐다보았다.

감은 눈. 굳게 닫힌 입은 다시 열리지 않는다. 아침까지만 해도 눈을 맞추고 이야기를 나누던 사람이다. 불과 몇 시간 만에 이런 모습으로 누워 있는 것을 보게 되리라고는 생각도 하지 못했다.

아내의 이마 위로 흐트러진 머리카락이 달라붙어 있다.

아내는 늘 단정하게 머리를 빗어 넘기고 검은 머리끈으로 단단히 묶고 다녔다. 한 올이라도 헝클어지는 것을 싫어하던 아내의 머리는 땀과 피에 젖어 엉켜 있었다. 우진은 부들부들 떨리는 손으로 아내의 헝클어진 머릿결을 정돈해주려고 했지만 그럴수록 더 흐트러졌다.

문득 우진은 자신을 절대 용서할 수 없을 거라는 생각이 들었다.

왜 아내의 손을 놓고 있었을까?

수정을 잃고 난 뒤 우진은 자신의 동굴 속에 웅크리고 있느라 곁에 있는 아내를 제대로 챙기지 못했다. 공허함과 슬픔에 질식한 채 아무것도 보지 않고 아무 말도 듣지 않았다. 혼자 고통을 견뎌낼 공간이 필요하고, 소리치고 욕하고 몸부림칠 시간이 필요했다. 그렇게 아픈 시간을 견뎌내고 어둡고 거센 풍랑이 지나가면 언젠가 아내의 손을 잡고 수정의 이야기를 할 수도 있을 거라고 믿었다.

조금만 더 일찍 아내에게 눈을 돌렸더라면 아내가 이렇게 쇠약해지는 일은 없었을 것이다.

우진은 자신의 고통에 비틀거리느라 아내가 얼마나 끔찍한 시간을 견디고 있는지 미처 알지 못했다. 아내의 몸에 암세포가 퍼지는 것도 몰랐고, 아내의 외로움이 어느 정도인지 가늠하지도 못했다. 이렇게 아내가 스스로 몸을 던지는 지경이 되었는데도 그는 이유를 알지 못한다.

수정을 잃고도 달라진 게 없다. 우진은 자신의 안일함에 치가 떨렸다.

심장이 아프게 조여왔다. 수정을 잃고 고통스러워하는 아내를 더 아프게 하고, 외롭게 만든 것은 자신이다. 아내를 잃게 된 지금에서야 그걸 깨닫다니.

아내를 처음 만났을 때 그는 "당신을 외롭지 않게 해주고 싶다"고 말했다.

부모의 이혼으로 고등학교 때부터 혼자 살았다는 아내는 갑각류처럼 딱딱한 껍질로 자신을 단단히 무장하고 살았다. 하지만 우진은 목 아래까지 꼭 잠근 셔츠의 단추와 꼿꼿이 허리를 세우고 차돌처럼 단단한 목소리로 말하는 모습에서 아내의 여린 속살과 외로움을 발견했다.

당신을 보면 마음이 아파, 그렇게 무장하지 않아도 괜찮아, 내가 곁에 있을게.

그 말에 아내는 우진의 손을 잡았다. 그 뒤로 얼마나 많은 말들을 했던가. 지켜주겠다던 말, 아프지 않게 하겠다던 말. 그 무엇 하나 지키지 못했다. 아내의 손을 잡고서야 우진은 느낄 수 있었다. 오히려 아내가 자신을 지켜주고, 아프지 않게, 외롭지 않게 해주었다고.

그 손이 차갑게 식어간다.

우진은 생기라고는 느낄 수 없는 아내의 손을 만지며 간신히 자신을 지탱하던 마지막 불빛이 서서히 사그라드는 것을 느꼈다.

이제 곧 어둠이다. 눈앞이 칠흑처럼 캄캄해졌다. 우진의 머리도 마음도 텅 비어버렸다. 모든 것이 무의미하게 느껴졌다. 혼자 남아서 또다시 긴 고통의 시간을 보낼 자신이 없다.

그에게 남은 선택은 하나뿐이었다.

인생에서 아이의 죽음보다 더 큰 비극은 없다.
그후의 삶은 절대 예전으로 돌아가지지 않는다.

# 1

우주는,

우리의 머리 위에 있는 저 어둡고 까마득한 공간은 73%의 암흑 에너지와 23%의 암흑 물질, 그리고 나머지로 이루어져 있다고 한다.

우진은 하늘을 올려다볼 때마다 이 이야기를 들었던 날을 떠올린다. 이름도 무시무시한 것들이 우주의 대부분을 차지하고 있다는 것을 알려준 사람은 그의 딸, 수정이다.

그때 우진은 수정과 함께 비가 막 지나간 축축하고 딱딱한 나무 벤치에 누워 있었다.

해 질 무렵 장터목 대피소에 도착한 두 사람은 다음날 새벽 지리산 천왕봉의 일출을 보기 위해 일찌감치 저녁을 해 먹고 잠자리에 들었다. 한창 강물에서 허우적거리며 헤엄을 치던 우진은 누군가 몸을 흔드는 바람에 잠에서 깨어났다.

수정이 걱정스러운 표정으로 내려다보고 있었다.

우진은 피곤한 탓에 잠꼬대라도 심하게 한 것인가 싶어 얼른 정신을 차렸다. 민망함에 손바닥으로 얼굴을 문지르며 자리에서 일어나 앉았다. 하지만 수정은 손가락으로 밖을 가리켰다.

"아빠, 저 소리…….."

가만히 귀를 기울여보니 나뭇잎에 후둑후둑 비가 내리는 소리가 들렸다. 창밖으로 퍼지는 소리를 보니 제법 내리는 모양이다. 잠결에 빗소리를 들은 수정이 다음날 일출을 못 보는 게 아닌가 싶어 아빠를 깨운 것이다.

"어떡해?"

수정이 다시 한번 걱정스러운 표정으로 물었지만 빗소리에 귀를 기울이던 우진은 슬그머니 미소를 지었다.

"아빠가 기가 막힌 거 보여줄까?"

뜬금없는 그의 질문에 수정은 어리둥절한 표정을 지었다.

우진은 얼른 딸의 손을 잡고 출입문으로 향했다. 대피소 안에는 그들처럼 일출을 보러 온 등산객들이 여기저기 웅크리고 자고 있었다. 피곤해서 코를 고는 남자도 있었고 낯선 잠자리에 몸을 뒤척이는 사람도 있었지만 자리에서 일어나 숙소를 나서는 사람은 없었다.

"비 온다니까?"

얼떨결에 밖으로 끌려 나온 수정은 얼른 머리에 손을 대고 비를 피하는 시늉을 하다가 놀란 얼굴이 되어 하늘을 쳐다보았다. 빗소리는 들리지만 하늘에서는 비가 내리지 않았다. 그래도 믿기지 않는 듯 몇 번이나 손을 내밀어 빗방울이 떨어지는지 확인하려 했다.

"어? 이상하다, 분명히 빗소리…… 들리잖아?"

우진은 빙그레 웃으며 수정의 반응을 즐겼다. 등산을 자주 하는 우진에겐 기초 상식이었지만 등산 경험이 없는 수정에겐 낯설고 특이한 경험이리라.

"우리가 있는 곳이 해발 몇이라고 했지?"

"1915미터?"

"그건 천왕봉이고, 여긴 1750미터. 우리가 구름 위에 있어서 그래."

"그러니까?"

"그러니까 구름이 우리 아래에 있고, 비는 그 구름에서 내리고 있는 거라고."

그제야 수정은 고개를 끄덕이며 신기한 듯 주위를 살피다가 고개를 들어 하늘을 올려다보았다.

"와아."

하늘로 시선을 돌린 수정의 입에서 탄성이 터져 나왔다. 나뭇잎을 때리는 빗소리가 사방에서 들리는데, 두 사람의 머리 위 밤하늘에는 촘촘히 박힌 별이 반짝거리고 있었다.

"우리 별 보고 들어가자."

불쑥 말을 꺼낸 수정은 우진의 대답도 듣지 않고 앞장서서 계단을 내려갔다. 잠은 멀찌감치 달아난 듯했다. 대피소 건물 옆으로 난 계단을 내려가자 사람들이 쉬거나 식사를 할 수 있도록 만들어놓은 공간이 보였다. 그곳에는 나무 탁자와 의자가 몇 개 나란히 놓여 있었다.

"아빠, 여기도 비가 왔었나 봐."

수정의 말대로 탁자와 나무의자는 비가 지나간 듯 젖어 있었다. 조금 팬 곳에는 비가 고여 있고 평평한 곳도 물기를 머금어 축축했다. 수정은 의자 위를 몇 번 손바닥으로 만져보더니 이내 자리에 앉으며 물었다.

"근데 보지도 않고 비가 아래쪽에서 내린다는 건 어떻게 알았어?"

"위에서 내리는 거라면 지붕을 때리는 빗소리가 들렸겠지."

"……!"

수정은 그제야 이해가 간다는 듯 고개를 크게 끄덕이다가 다시 하늘을 향해 시선을 돌렸다. 숲에서 불어오는 바람을 향해 얼굴을 돌리고 깊은 숨을 들이쉬던 우진도 수정의 맞은편에 자리를 잡고 앉았다.

유월의 밤공기는 상쾌했지만 비가 지나가는 탓인지 쌀쌀했다. 물기가 남아 있는 공기 속에는 오래된 나무 냄새가 섞여 있었다. 숨을 들이켜면 차가운 공기와 함께 향긋한 나무 내음이 느껴졌다. 산에 오르면 숨쉬기가 한결 쉽다. 우진은 자신도 모르게 몇 번이나 깊게 숨을 들이마셨다.

"안 졸려?"

"그냥, 자는 게 아까워. 저기 봐, 아빠."

새벽에 일어날 것을 생각하면 다시 들어가 눈을 붙여야 하지만 별을 좋아하는 수정은 아직 들어갈 마음이 없는 것 같았다.

고개를 젖히고 하늘을 보던 수정이 제대로 별을 보겠다며 아예 나무의자에 자리를 잡고 드러누웠다. 결국 우진도 탁자를 사이에 두고 수정과 나란히 누웠다. 채 마르지 않은 나무의자의 축축하고 까슬하고 딱딱한 감촉이 등에 느껴졌지만 나쁘지 않았다.

밤하늘의 별이 쏟아질 듯 한눈에 들어왔다. 밤이 깊은 탓에 숙소의 불빛도 모두 꺼져 하늘의 별은 더욱 또렷하게 보였다. 시야를 방해하는 것은 아무것도 없었다.

한동안 하늘을 올려다보던 수정이 속삭이는 듯 작은 목소리로 말했다.

"아빠, 그거 알아? 저 우주는 73%의 암흑 에너지와 23%의 암흑 물질, 그리고 나머지로 이루어져 있대."

수정의 말투는 마치 우주의 엄청난 비밀이라도 알려주는 것처럼 느껴졌다.

"나머지?"

"응, 나머지 4%가 바로 태양, 지구, 은하수 이런 별들, 지금 우리가 보고 있는 것들이야."

정말인지는 모르겠지만 밤하늘을 쳐다보고 있자니 그럴 수도 있겠다 싶었다. 별이 아무리 많이 보인다고 해도 압도적으로 밤하늘을 가득채우고 있는 것은 어둠이었다. 문득 우진은 낯선 단어들의 실체가 궁금해졌다.

"암흑 에너지, 암흑 물질이라는 게 뭐야?"

"과학자들도 모른대. 눈에 보이지 않지만 존재하는…… 그래서 암흑 물질이라고 부른다는데? 아마 정체를 알게 되면 새로운 이름이 붙여질 거야. 아무튼 암흑 물질이 있다는 것만 밝혀냈는데 노벨상을 받았다고 했어."

보이지 않지만 존재하는 것들……. 별과 별 사이 텅 비어 있는 공간이라고 생각한 곳에 무엇인가 존재한다는 것도 신기하고, 그걸 과학으로 증명해낼 수 있다는 것도 흥미로웠다. 수정은 이 많은 것들을 어떻게 알고 있는지, 이야기를 나누다 보면 깜짝 놀랄 때가 한두 번이 아니다.

어릴 때부터 별과 관련된 동화책을 좋아하던 수정은 중학교에 들어가면서 천문학에 푹 빠졌다. 도서관에서 빌려 오는 책들도 온통 우주와 별자리, 천체에 관한 것이었다.

어릴 때는 수정이 하는 말을 모두 알아들을 수 있었다. 하지만 아이가 자랄수록 점점 낯선 세상의 단어와 이야기가 많아졌다. 수정이 중학교에 들어간 뒤로는 "어, 그래?" 하는 정도의 맞장구만 쳐주고 끝내야 할 정도로 아이는 전혀 다른 세계로 향하고 있었다. 우진이 자랄 때와 달리, 딸이 배우는 것들은 훨씬 복잡하고 어려웠다. 이젠 아이에게 가르쳐주는 일보다 배우는 일이 더 많다. 늘 어리게만 봤는데 언제 이렇게 자랐을까?

"아빠, 별과 행성의 차이가 뭔지 알아?"

"별은 저렇게 하늘에 있는 별이고, 행성은…… 뭐지?"

이럴 땐 순순히 모른다고 인정하는 게 속 편하다. 수정이 정답을 알려주기를 기다리며.

"별은 태양처럼 스스로 빛을 내는 천체고 행성은 별들의 빛을 받으며 살아가는 존재야."

"쉽게 이해하면 우리집에서 별은 수정이고 엄마와 난 행성이라는 거지?"

"에이, 아니지. 우리집 별은 엄마 아니야? 우리, 엄마 없으면 아무것도 못 하잖아?"

수정은 진담 섞인 농담을 던져놓고 깔깔거리며 웃었다. 어느새 커서 아빠의 등산길에 따라나서 동행을 해주는 것도 감격스러운데, 거기에 심심치 않게 아빠에게 장난도 걸어준다. 아이가 자라면서 점점 품을 떠나는 것 같아 아쉽다고 하지만 이렇게 대화를 나눌 때는 왠지 마음이 뿌듯하다. 아이가 자라면 친구가 된다고 하더니 수정은 벌써 든든한 말벗이 되어준다. 우리는 앞으로 얼마나 많은 이야기를 나누게 될까?

스무 살이 되면 술을 가르쳐줘야지. 좋은 남자를 알아볼 수 있는 방법도 얘기해줘야지. 언젠가 결혼을 하게 되면……. 아직 그렇게 먼 미래까지는 생각하고 싶지 않다.

수정이 손을 들어 유난히 반짝이는 별을 가리켰다.

"저기 봐, 아빠. 저 별이 아크투루스야. 저기 북두칠성 아래 보이는 별 있지?"

수정이 손가락으로 북두칠성을 하나씩 찍더니 그 아래 훨씬 더 빛나는 별을 가리켰다.

"저 별이 목동자리에서 가장 빛나는 별이야. 태양의 스물일곱 배 크기. 망원경으로 봤는데 태양처럼 붉은색이야."

우진은 수정이 수많은 별들 중에서 북두칠성과 목동자리를 찾아내는 것도 신기했지만 별 하나하나의 이름과 특징까지 외우고 있다는 사실에 감탄했다. 천문학자가 되고 싶다며 망원경을 사달라고 조르던 모습이 떠올랐다.

생각보다 비싼 가격에 아내는 아예 말도 못 꺼내게 했다. 대학에 들어가 전공이라도 한다면 모를까, 중학생에게는 과분하다는 이유였다. 수정은 지지 않고 자기가 용돈을 모아서 사겠다며 그건 허락해달라고 졸랐다. 그리고 그날부터 용돈을 모으기 시작했다. 시간이 나는 일요일이면 우진의 가게로 나와 자동차 청소를 도왔다.

이 정도의 관심과 열의라면 다음번 생일 선물로 고민을 해봐야겠다 싶었다. 아내는 딸바보라며 잔소리를 하겠지. 하지만 수정이 좋아할 것을 생각하면 며칠 동안의 잔소리는 참을 수 있다.

"……정말 별이 많구나."

"그렇지? 겨울에는 공기가 맑아서 더 많이 보인대. 겨울이 별자리 관측하는 데 가장 좋은 계절이야."

"그래? 그럼 겨울에 다시 올까?"

"정말?"

수정은 자리에서 벌떡 일어나 탁자 위로 얼굴을 쑥 내밀어 우진을 쳐다보았다. 어둠 속이지만 수정의 표정이 훤히 보이는 듯했다.

"그럼, 그땐 천문대로 가자. 아빠, 어디가 좋을까?"

수정은 약속을 하자마자 몇 개월 뒤 어디로 갈지 벌써 후보지를 고르기 시작했다. 천문대가 있다는 몇 개의 도시 이름을 줄줄 읊어대며 의견을 물었다. 수정의 들뜬 목소리에서 아이의 흥분과 설렘이 그대로 느껴졌다.

"전부 다 가보면 안 돼?"

"전부 다?"

"양평 중미산천문대도 좋고, 영월 별마로천문대, 그리고 횡성, 대전, 김해…… 얼마나 많은데."

"거길 다 가자고?"

"시간 날 때마다 한 군데씩 가면 되잖아. 좋아 그걸로 정했어. 나의 버킷 리스트."

"버킷 리스트?"

"응, 죽기 전에 꼭 하고 싶은 것들 말이야. 작년에 초등학교 졸업할 때 선생님이 그러셨어. 학교를 그만두고 세계 여행을 떠날 거라고. 자전거를 타고 100개 나라를 가보는 게 선생님의 버킷 리스트라고 했어."

"……대단하네."

"나는 나중에 지구 남쪽에 가서도 별을 볼 거야. 여기서는 못 보는 별도 있거든."

"멋지다. 아빠도 끼워주는 거지?"

"음……. 하는 거 봐서."

장난스럽게 대답을 끝낸 수정은 다시 나무의자에 누웠다. 전국에 있는 천문대를 다닐 계획을 세우는지 한동안 말이 없었다. 그러다 불쑥 이렇게 물었다.

"아빠, 아빠의 버킷 리스트는 뭐야?"

"나?"

수정의 질문에 잠시 머릿속을 뒤져보았지만 딱히 무엇을 꿈꾸었던 기억이 떠오르지 않았다. 처음부터 꿈 같은 건 없었던 걸까, 아니면 살다 보니 꿈이 희미해진 것일까? 기억을 더듬어보다가 겨우 답을 찾아내었다.

"음, 난 벌써 다 이루었는데?"

"……?"

"엄마와 너랑 행복하게 사는 거. 네 동생이 있으면 했지만 그건 아빠 욕심이고."

"그럼 또 다른 버킷 리스트를 만들면 되잖아."

"우리 딸이 원하는 걸 같이 하는 게 아빠의 버킷 리스트야."

"좋아, 그럼 전국의 천문대를 다니는 걸로 우리 가족의 버킷 리스트 결정! 어때?"

우진은 들뜬 수정의 목소리를 들으며 너털웃음을 지었다.

"등산이라면 질색을 하는 엄마가 과연 따라나설까? 오늘도 그렇고."

"에이, 이렇게 좋은데……."

수정의 목소리에 아쉬움이 가득 담겼다. 우진은 슬며시 미소를 지으며 수정을 바라보았다.

수정과 함께 전국에 있는 천문대를 하나씩 찾아가는 상상을 해보았다. 좋은 생각 같았다. 아이가 자랄수록 함께하는 시간은 줄어든다. 공부하랴 친구들과 어울리랴 이제부터 부모는 뒷자리로 물러나게 될 것이다. 그때까지 시간이 될 때마다 함께 여행을 할 수 있다면 얼마나 좋은 일인가. 우진은 가급적 게으름 부리지 않고 수정의 버킷 리스트를 함께하고자 마음먹었다.

하지만 그 약속은 지키지 못했다.


2014년 12월 22일.

지리산에서 함께 별을 보던 날로부터 931일째 되던 날, 수정은 살해당했다. 열여섯 살의 나이였다.

일 년 중 밤이 가장 길고 낮이 가장 짧다는 동지.

우진의 인생에서도 가장 어둡고 긴 밤이었다.


2


응급실에서는 더이상 할 일이 없었다. 의사가 한 일이라고는 아내의 죽음을 공식적으로 확인한 것뿐이다.

아내는 이내 영안실로 옮겨졌다.

아내를 영안실로 내려보내고 우진은 정신이 나간 상태로 비적비적 걷다가 복도 벽에 기대어 그대로 무너졌다. 갑작스레 닥친 상황에 머릿속이 텅 비어버렸다. 어떻게 대처해야 할지 아무런 생각도 떠오르지 않았다. 다리를 뻗고 주저앉아 어린아이처럼 멍하니 손가락으로 바닥을 문질러댔다. 그러다 불쑥 손등을 입에 물고 억세게 깨물어보았다.

'꿈일 거야, 꿈.'

깨어나고 싶었다. 다시 한번 있는 힘껏 손등을 깨물었다. 아무리 세게 물어도 통증은 물속에 잠긴 그림자처럼 뭉긋하니 손에 잡히지 않는다. 현실이라고 하기에는 손등의 아픔이 느껴지지 않았고, 꿈이라고 느끼기에는 심장을 베는 통증이 너무 생생했다.

"그러지 마요, 형."

어느새 도착한 태형이 우진의 손을 잡아 입에서 떼어놓았다. 손등에 선명한 잇자국이 새겨져 있다. 우진은 태형이 이끄는 대로 몸을 일으켜 근처에 있는 의자에 앉았다. 태형이 이런저런 질문을 던지자 희미하던 의식들이 조금씩 선명해졌다. 그제야 자신에게 닥친 상황이 현실로 다가왔다.

"형수는?"

아직 소식을 모르는 태형은 혜인의 상태부터 물었다. 얼마나 다급하게 왔는지 식당에서 신던 슬리퍼를 그대로 신고 있었다.

태형은 우진의 정비소 앞에 기사식당을 차린 육 년 전부터 우진을 형이라고 불렀다.

붙임성이 좋은 성격이라 주변 상가 누구와도 잘 어울렸지만 특히나 우진에게는 처음 본 순간부터 과하다 싶을 정도로 살갑게 굴었다.

잠시라도 틈만 나면 가게에서 금방 만든 반찬을 챙겨 들고 정비소로 쪼르르 달려와 던져놓고 가거나 껄렁한 농담을 늘어놓으며 시간을 보내곤 했다.

"형님 처음 봤을 때 내가 얼마나 놀랐는지 알아요?"

언젠가 일 끝나고 둘이 술을 마실 때 불쑥 태형이 자신의 지갑에서 사진 한 장을 꺼내 보여주었다. 그냥 보기에도 한참 오래전에 찍은 것 같은, 흑백으로 된 작은 증명사진이다. 사진 속의 인물은 짧게 자른 머리의 앳돼 보이는 학생이었다.

"우리 형이에요. 고등학교 졸업식 사진. 우진 형이랑 많이 닮았지?"

태형의 말을 듣고 다시 보니 어딘가 낯설지 않은 얼굴이었다. 인상이 조금 비슷해 보이는 구석은 있었지만 태형이 말하는 것처럼 그렇게 닮았다는 생각은 들지 않았다. 하지만 내색하지 않고 태형의 말에 고개를 끄덕였다.

이 세상에 없는 사람에 대한 그리움은 누구보다 잘 안다. 교통사고로 부모를 잃은 우진은 지금도 아버지의 체형과 비슷한 중년을 보면 가슴이 뻐근하다. 조금만 엇비슷해도 아버지 생각이 떠오른다. 죽은 아버지와 비슷한 나이가 되었는데도.

"죽은 형이 돌아온 줄 알았다니까요."

그때 우진은 처음으로 태형에게 형 이야기를 들었다.

군대에 간 형이 죽었다는 연락을 받고 달려갔을 때의 나이가 열아홉 살이라고 했다.

"재수할 때인데, 말이 재수생이지 공부는 안 하고 맨날 사고나 치던 시절이었거든요. 형이 돌아가셨다는 말에…… 나는 차라리 내가 죽어야 한다고 생각했어요. 형은 우리집 기둥 같은 사람이었거든. 시험만 쳤다 하면 전교 1등에 남들 다 부러워하는 대학도 수석으로 들어갔어요. 늘 부모님의 자랑이고 자부심이었던 사람이었다고. 나 같은 양아치랑은 달랐어요. 형이 부모님이 원하는 자식 노릇을 해준 덕분에 나는 내 멋대로, 내 맘대로 살았어요. 근데……."

태형의 형은 동생까지 대학에 들어가게 되면 학비 부담으로 부모님이 힘들 것을 생각해 군대에 지원했다고 한다. 둘이 번갈아 군대를 다녀오면 부모님의 부담도 덜하리라는 게 장남의 생각이었다.

"나는요, 대학에 갈 생각도 없었어요. 그냥 재수한답시고 대충 놀다가 아무 곳에나 취직할 생각이었다구요. 그런데 왜…….”

그 뒤로 태형은 술만 마시면 우진에게 매달려 “형 미안해요” 하며 울었다. 그게 우진을 가리키는 것인지 아니면 죽은 형에게 하는 말인지는 정확지 않았다. 그런 것은 중요하지 않다. 우진은 그저 묵묵히 울먹이는 태형의 술주정을 받아주었다.

그렇게 우진을 친형으로 생각하고 따랐으니 우진의 아내 혜인도 친형수 못지않게 살갑게 챙겼다. 삼 년 전 수정을 잃었을 때도 정신을 못 차린 채 넋을 놓고 있는 우진 부부를 대신해 모든 일을 도맡아 해주었다. 그전부터 마음을 터놓는 이웃이라 생각했지만 수정의 일을 겪으면서 우진은 더욱 태형을 친동생처럼 의지하며 지냈다. 왕래도 없는 사촌보다는 이웃에 사는 남이 더 든든하고 미더웠다. 우진에게 태형은 혈육 이상이었다.

막 응급실에 다녀왔음에도 태형은 혜인에 대해 아무 이야기도 듣지 못한 모양이었다.

“영안실로 옮겼어.”

태형은 말문이 막힌 듯 한동안 멍하니 우진을 쳐다보다가 손으로 얼굴을 비비며 안절부절 당혹감을 감추지 못했다.

“아, 진짜……. 도대체 이게 무슨 일이래? 날벼락도 정도껏 이지.”

"……."

"아니, 형수는 거길 왜 올라가셨대?" 하다가 아차 싶었는지 얼른 우진의 눈치를 살피며 이내 화살의 방향을 자신의 아내에게 돌렸다.

"이 여편네는 나한테 전화를 할 게 아니라 119에 전화를 해서 사다리차라도 불렀어야지. 아니, 당장 옥상으로 달려가 붙잡았어야지."

옥상 난간에 올라가 있던 아내를 생각하자 다시 머릿속이 뒤엉켰다.

옆에서 태형이 떠드는 소리도 물속마냥 웅웅거리며 멀어졌다. 누군가 아내의 이름을 부르며 보호자를 찾는 것도 듣지 못했다. 두 발을 딛고 있는 땅이 출렁거리고 벽들이 일렁거렸다. 시야가 흐려지고 뱃속에서 신물이 울컥 올라왔다. 병원 의자에 앉아 있지만 깊은 우물 속에 웅크리고 있는 것처럼 어둡고 서늘했다.

머뭇거리던 태형이 손을 들고 우진을 가리키며 무슨 일 때문이냐고 물었다. 장례식장으로 옮기고 장례 절차를 위해 몇 가지 결정을 해야 할 일이 있는 모양이었다. 태형은 얼른 우진의 앞에 몸을 낮추고 얼굴을 마주보며 말을 걸었다.

"형, 힘들겠지만 정신 차려요. 이렇게 넋 놓고 있으면 안 돼요."

"……."

"장례 절차 때문에 사무실에서 찾는 모양이야."

코앞에 얼굴을 마주보고 이야기하는 태형을 보고도 입이 떨어지지 않았다. 말소리는 들려도 뭐라고 하는지 도무지 머릿속으로 들어오지 않았다. 소리는 그를 통과해 허공으로 사라졌다. 정신이 사방으로 흩어지고 마음은 갈기갈기 찢겨 나락으로 떨어졌다. 뿔뿔이 흩어지는 자신을 애써 붙잡고 싶은 생각도 없었다.

우진의 표정을 살피던 태형은 더 묻지 않고 자리에서 일어났다.

"여기 있어요. 내가 처리하고 올게요."

태형이 가고 나자 우진을 불러 세우는 사람도, 그를 건드리는 사람도 없다.

병원의 로비를 오가는 사람들의 소음이 이따금 귀에 들렸다 사라졌다. 사람들 속에 있지만 혼자 있는 것이나 마찬가지다. 아니 그보다 더 외롭고 적막하다. 눈앞에 계속 아파트 옥상에서 뛰어내리던 아내의 모습이 아른거렸다. 뒤늦게 나타나 고작 이렇게 앉아 있는 것밖에 하지 못하는 자신의 모습에 화가 나기 시작했다.

우진은 두 손으로 머리를 감싸 쥐다 끈적이는 감촉에 손을 내려다보았다.

붉은 피가 묻어 있다. 살펴보니 온몸에 아내의 피가 묻어 있다. 상처에 소금을 뿌린 듯 참을 수 없는 통증이 밀려들었다. 몇 년 동안 간신히 가라앉힌 상처는 더 잔인한 모습으로 돌아와 심장을 찢어발겼다.

애써 피하던 고통, 두려운 기억들이 하나씩 유령처럼 깨어나기 시작했다.

그것도 하필이면 아내의 피로.


딸 수정이 죽은 뒤 그의 세상도 함께 죽었다.

평범하지만 부족함 없던 일상이었다. 사소한 행복으로 채워진 완전하던 세상이 한순간에 박살나버렸다. 수정이 죽은 뒤, 충격으로 쓰러져 식음을 전폐하던 아내를 부축하고 간병하며 간신히 버티고 살았지만 그의 마음은 이미 무릎을 꺾고 있었다. 살아도 산 것 같지 않았다. 머리 한편에 아이의 마지막 모습이 계속 맴돌았다.

겉모습은 멀쩡해도 안으로 무섭게 썩어 들어갔다. 생기라고는 사라져버린 고사목처럼 먼지만 푸석이는 빈껍데기로 몇 년을 살아왔다. 그렇게 쩍쩍 갈라져 풀 한 포기 자라지 않는 그의 마음에 또다시 붉은 피가, 아내의 피가 뿌려졌다.

가족이 죽는다는 것이 얼마나 끔찍한 고통인지 경험하지 않은 사람은 모른다. 상처가 생기고, 그 상처가 아물어 딱지가 앉고, 시간이 지나면 희미한 흔적으로 남는, 언젠가 치유될 수 있는 아픔이 아니다.

몇십 년을 함께 사는 동안 만들어진 익숙한 일상들이 파괴되어 다시는 복구되지 못한다는 것을 의미한다. 늘 마주했던 시간의 익숙함은 이제 가족이 없는 일상을 겪으면서 매 시간 그 '부재의 자리'를 확인하는 악몽으로 바뀐다. 매일 함께해 온 시간과 일상의 습관들이 오히려 고통으로 다가온다.

수정이 죽고 난 뒤 우진은 매일매일 반복되는 고통 속에서 살았다.

아침마다 방문 너머로 들려오는 딸의 총총거리는 발소리에 잠이 깨던 일상이 사라지고 적막한 고요 속에 눈을 떠야 하는 아침이 찾아온다. 등교 시간에 쫓겨 바쁜 와중에도 자신을 깨우던 딸의 목소리를 기다리지만 그 소리는 끝내 들리지 않는다. 그제야 아이가 없다는 것을 실감하고 파도처럼 밀려오는 통증을 밀어내며 힘겹게 자리에서 일어난다.

끼니마다 딸이 앉던 건너편의 의자는 차마 보지도 못한 채, 묵묵히 생쌀을 씹어 삼키는 기분으로 식사를 하며, 이따금 딸의 방문이 열리는 것 같은 환청을 듣고 고개를 돌리다 굳게 닫힌 방문을 바라보며 새삼 딸이 죽었다는 사실을 깨닫고 서늘한 기분으로 거실에 서 있는 자신을 바라본다.

일상의 고통이란 그런 것이다.

생각지도 못한 순간에 불쑥 나타나 딸의 죽음을 상기시키는 매 순간을 견뎌내야 하는 것이다. 시간이 지나면 점점 희미해지는 기억이 아니라 시간이 지날수록 더 생생해지는 아픔이다.

오려내듯 딸만 사라진 일상 속에서 그 아픔을 이기는 방법이라고는 자신을 고통에 몰아넣거나 화석처럼 굳어져 무감각해지는 수밖에 없다. 아내는 자신의 몸을 괴롭혀 암세포를 키웠고 우진은 거북의 등껍질처럼 딱딱한 방어막을 만들고 안으로 숨어들었다.

생기가 사라진 그의 마음에는 건조하고 푸석한 바람이 불었다. 어쩌다 굳어진 땅이 갈라져 상처가 드러나는 경우가 있어도 재빨리 기억을 차단하고 감정들은 꿀꺽 삼켰다.

그렇게 간신히 만들어놓은 사막이 아내의 피로 붉게 물들어버렸다.

아내의 피는 빠르게 그의 메마른 땅, 갈라진 틈을 비집고 들어와 깊은 바닥까지 스며들었다. 아이를 잃었던 고통을 깨우고 앞으로 더 깊고 저린 고통이 시작될 것이라는 사실을 뼛속까지 새겨주었다.

죽음은 한 번으로 끝나는 상황이 아니라 매일 매 순간 밀려들고 반복되는 무간지옥의 시간이다. 고통의 파도는 죽을 때까지 그의 뺨을 후려갈길 것이다.

우진은 다시 손을 들어 피로 범벅이 된 손바닥을 내려다본다.

아내의 몸을 돌던 따뜻한 피가 왜 내 손에 이렇게 묻어 있는 것일까?

자신에게 묻지 않을 수 없다. 죽어가며 아내가 했던 말들이 수수께끼처럼 그의 마음에 걸렸다. 이제는 눈물도 쉽게 나오지 못하고 터질 듯 눈알이 아프다.

우진은 생각한다.

나는 울 자격도 없다. 아이도 놓치고 아내도 떠나보냈다. 살아갈 동력이 모두 사라졌다. 수정을 저세상에 보내고도 살아 있었던 것은 아내가 있기 때문이었다. 아내가 있어 그 시간을 버티고 있었다. 하지만 이제 이 땅에 내가 지키고 싶은 것은 아무것도 남아 있지 않다. 이제 스스로 엔진을 끄고 동력을 멈추고 싶다는 생각밖에 없다.

우진은 문득 궁금해졌다.

딸과 아내를 뒤따라간다면 그곳에서 다시 만날 수 있을까? 거기서 다시 만나 가족으로 함께할 수 있을까?

장례를 치르는 삼일 동안 시간은 느리고 나지막이 지나갔다.

상황이 상황인지라 조문을 온 사람들 모두 말을 아꼈다. 우진의 앞에서는 목소리를 낮추고 입을 닫았다. 그래도 이따금씩 우진의 귀에 딸 수정에 대한 이야기나 '자살'이라는 단어가 들렸다. 그럴 때마다 가슴 한편이 서걱거리며 베이는 것 같았다. 겉으로 내색하지는 않았다.

그는 침묵으로 조문객을 맞았고 그들과 맞절을 하며 마음 속으로 세상에서의 마지막 인사를 나누었다. 어린시절부터 알고 지낸 친구들과는 가벼운 눈인사를 한 번 더 주고받았고 말없이 어깨를 두드려주는 그들의 걱정과 염려에 고마움과 미안함이 뒤섞인 감정을 느꼈다. 관계에 따라 느끼는 정도는 달랐지만 그는 진심을 다해 이 세상에서 자신을 알고 아내를 알았던 사람들에게 마지막 인사를 건넸다.

아내의 시신을 싣고 장례식장을 나와 화장터로 가는 버스 안에서 우진은 마지막으로 거리의 모습을 눈에 담았다.

세상은 여전히 해가 뜨고 있구나. 장례를 치르는 며칠 동안 시간의 흐름이 멈춘 듯했지만 세상은 제 속도로 여전히 지나 가고 있었다. 늦가을의 나른한 햇살에 노랗고 붉은 가로수 잎 들이 후둑후둑 떨어지고 있다. 창밖의 쓸쓸한 풍경도 아무런 감흥이 없었다. 자신이 없어도 이 세상은 늘 그렇듯 한결같 은 모습일 것이다. 우리 가족이 살았던 흔적 따위는 비 내리 고 바람 불면 이내 지워질 것이다. 머릿속으로 아내와 아이가 있는 곳으로 떠날 준비를 하는 그에게 세상에 대한 관심 같은 건 한 톨도 남아 있지 않았다.

장의 버스는 잠시 우진의 집에 들렀다. 화장터로 가기 전,

망자가 살던 곳을 마지막으로 둘러보는 절차다.

아내의 영정 사진을 든 태형이 먼저 버스에서 내렸다. 그의 뒤를 따라 며칠 동안 비워둔 자신의 집으로 들어갔을 때 잠시 울컥한 마음으로 눈물이 앞을 가렸지만 우진은 머리를 흔들어 슬픔을 털어냈다. 곧 끝난다. 그렇게 중얼거리자 가슴에서 치밀던 슬픔도 잦아들었다.

태형이 방마다 문을 열고 아내의 영정 사진을 들고 들어갔다.

주방 옆의 작은 방문을 열던 태형은 그곳이 수정의 방이라는 것을 깨닫고 놀란 얼굴이 되어 우진을 돌아보았다. 당혹스러운 얼굴에는 주저하는 기색이 스쳤다.

우진은 그대로 몸이 굳은 채 태형의 어깨 너머로 딸아이의 방을 바라보았다. 자신도 일 년 넘게 열어보지 않았던 방이다. 아내가 영정 사진이 되어 그 방에 작별 인사를 하러 들어갈 것이라고는 생각도 못 했다. 수정이 책상 앞에 앉아 있다가 금방이라도 고개를 돌리고 "아빠" 하고 부를 것만 같았다. 명치 깊은 곳으로 통증이 지나간다.

우진은 무심한 얼굴로 가만히 태형에게 고개를 끄덕여 보였다.

잠시 머뭇거리던 태형이 마음을 다잡은 듯 조심스럽게 수정의 방으로 들어가 방안을 한 바퀴 돌았다.

그때, 창가에 매달아 놓은 유리 풍경이 가볍게 흔들리며 딸랑거렸다. 태형이 건드린 것도 아니고, 닫힌 창문이니 바람이 불었을 리도 없다. 하지만 우진은 분명히 들었다.

딸랑, 딸랑.

튤립 꽃모양으로 만들어진 투명한 유리 풍경은 가볍고 맑은 소리를 내며 흔들렸다. 수정의 목소리 같았다. 풍경은 아내가 딸에게 생일 선물로 사준 것이다. 선물을 풀어보고 얼마나 좋아했던가. 몇 번이나 종을 흔들며 소리에 귀를 기울이던 수정의 얼굴이 떠올랐다.

우진은 무심하던 표정이 벗겨지고 참았던 눈시울이 붉어지는 것을 느끼고 얼른 고개를 돌렸다.

수정의 방을 마지막으로 아내는 그렇게 간단히 자신이 살던 공간에 마지막 인사를 했다.


화장터에 도착해 아내가 세상의 육신을 지우는 동안 우진은 마지막 정리를 위해 필요한 것들을 하나씩 머릿속으로 꼭꼭 새기며 다시 확인했다.

이제 세상에 혈혈단신, 자신의 뒤를 봐줄 가족은 없다. 친척 몇이 있지만 이런 부탁을 할 만큼 가까이 지내지도 않았다. 며칠이 걸릴지는 모르지만 자신이 살아 있는 동안 할 수 있는 일은 해두고 나머지는 태형에게 부탁할 생각이다. 자신을 친형처럼 따라주는 태형에게 또 몹쓸 일을 부탁하는 것 같아 미안하긴 했지만 그러면 자신의 선택을 이해해주리라 생각했다.

화장이 끝난 뒤 유골함을 받아들고 장의 버스에 올라 앉아 있자니 뒤처리를 하고 뒤늦게 버스에 오른 태형이 걱정스러운 얼굴로 옆에 앉았다.

"형……. 이대로 괜찮아요?"

태형의 시선은 유골함을 쳐다보고 있었다. 묘지를 마련한 것도 아니고 따로 납골당에 모시겠다는 것도 아니니 아내의 유골함을 가지고 어떻게 할 건지 걱정스러운 모양이다.

"괜찮아, 아직…… 작별 인사를 할 준비가 안 돼서 그래."

태형은 말없이 고개를 끄덕였다.

아내가 가는 길에 함께해준 친구와 친척들에게 마지막 인사를 하고 아파트로 향했다. 몇 가지 짐을 내려주려고 태형이 우진의 집까지 따라 들어왔다. 함께 있겠다고 고집을 부리는 것을 말리고 간신히 돌려보냈다.

며칠 만에 겨우 혼자가 되었다.

온기가 사라진 아파트 안으로 오후 햇살이 비치고 있었다. 늦가을의 쓸쓸하면서도 늘어지는 것 같은 햇살이 아내가 앉았던 소파와, 아내가 읽던 책, 아내가 먹던 약병 위로 내려앉고 있었다. 햇살 덕분에 그나마 낮게 가라앉은 집안의 공기가 갑갑하지는 않았다.

우진은 아내의 책이며 약병을 치우고 탁자 위에 아내의 유
골함을 내려놓았다. 보자기를 풀고 나무상자를 열어 유골함
을 만져보았다. 아직도 온기가 남아 있다. 마지막 남은 아내
의 체온처럼 느껴졌다.

자신도 곧 이렇게 되리라 생각하니 차라리 마음이 편해졌
다. 아내와 함께 수정이 있는 납골당에 있게 해달라고 할까
생각했지만 누가 찾아온다고 그런 생각을 하나 싶어 이내 머
리를 흔들었다.

함께 어디 좋은 곳에 뿌려달라고 하자. 그게 좋겠어.

우진은 혼자 중얼거리며 온기가 남아 있는 도자기를 쓰다
듬다가 나무상자에서 꺼내 탁자에 올려놓았다. 지난 며칠이
꿈같았다.

밀려드는 피로에 우진은 털썩 소파에 주저앉았다.

눈을 감았다. 이대로 소파 속으로 구겨 들어가 어둠 속에
가만히 웅크리고 싶었다. 그곳에서 의식도 없이 며칠, 아니
몇 년 잠들고 싶었다. 지금이라면 몇 년이라도 깨어나지 않고
잠들 수 있을 것 같았다. 하지만 몇 년 뒤 깨어난다고 해서 이
아픔이 가실까? 영원히 깨어나지 않을 잠을 자는 게 낫겠다
는 생각이 들었다.

눈을 떴다. 인기척도 없고 주눅이 든 것처럼 조용한 거실이

한눈에 들어왔다. 고개를 돌려 식탁이 있는 주방에 시선이 머물렀다. 식탁 너머로 채 닫히지 않은 수정의 방이 보였다. 몇 시간 전 태형이 미처 문을 닫지 못하고 나간 모양이다.

수정의 방은 멀고 어두워 잘 보이지 않았다. 그곳에는 햇살도 닿지 않는 모양이다. 또 한 번 가슴으로 묵직한 통증이 밀려들었다 지나간다.

'당신은…… 이런 침묵 속에서 하루를 보냈구나.'

우진은 유골함을 바라보며 속으로 말을 걸었다.

아내가 혼자 어떤 일상을 보냈는지 조금씩 느껴졌다.

우진은 요란한 엔진 소리와 금속의 마찰음을 들으며 정신없이 시간을 보내는 것으로 슬픔을 털어내려 했다. 가끔은 성공하기도 했다. 모든 걸 잊고 나사를 조이고 자동차 부속품을 갈아 끼우는 일에 몰두하다 보면 머릿속은 아무 생각도 떠오르지 않고 오로지 눈과 손, 연장을 쥐고 있는 감각만 느껴졌다.

우진이 나가고 난 뒤 거실에 혼자 남은 혜인은 어떤 시간을 보냈던 것일까?

눈길 닿는 곳마다 수정의 모습들이 어른거리는 곳에서 아내는 무슨 생각을 했을까?

늘 소파 왼쪽을 차지했던 수정의 지정석. 수없이 총총거리고 다니던 거실과 주방. 베란다에는 초등학교 숙제로 시작했던 수정의 화분들이 남아 있다. 안방 문틀에 새겨진 흠집은 수정의 키를 새겨놓은 것이다. 두 살, 다섯 살, 일곱 살, 금마다 새겨진 수정의 나이와 키는 열다섯 살에서 멈춰 있다.

우진은 그곳에 금을 그었던 매 순간이 기억났다. 한창 말을 배우기 시작하던 두 살 때 키를 재던 날의 일. 이빨이 빠져 보기만 해도 웃음이 나던 다섯 살의 키 재기, 그 위로 계속 해를 거듭하며 새겨진 수정의 성장 기록. 금 하나하나는 모두 수정의 생일날 새긴 것이었다. 수정은 아침에 미역국을 먹고 나서 우진의 손을 잡고 자신이 얼마나 자랐는지 벽에 새겨달라고 했다.

시야가 흐려지는 것을 느끼고 우진은 다시 눈을 감았다.

어떻게 견딜 수 있었을까? 아니, 어떻게 견디고 있다고 생각했을까?

매 순간 수정의 모습들이 유령처럼 나타났다 사라지는 곳에서 혜인은 느리게 흘러가는 시간의 등허리를 보며 다시 덧나는 상처를 핥고 또 핥으며 일분일초를 지냈으리라는 생각이 들었다.

아내의 몸에 암세포가 자란 것은 당연한 일이다. 이 숨막히는 공간 속에서 매 순간 내가 놓친 아이의 방을 바라보며 지내야 하는 고통을 누가 알 수 있을까? 그것은 남편인 우진조차도 가늠하지 못하는 아픔이다. 우진은 자신의 둔감한 성격이 아내를 더 아프고 힘들게 했을 것이라는 것을 깨달았다.

그는 얼른 손가락 끝으로 눈가를 훔치고 자리에서 일어났다. 뭐라도 해야겠다는 생각이 들었다. 짐 정리를 하든 서류를 정리하든.

자리에서 일어난 우진은 멍하니 거실을 둘러보았다. 무엇부터 해야 하나.

며칠 동안 입고 있던 검은 양복이 온몸을 짓누르는 것처럼 무겁게 느껴졌다. 우선 옷부터 벗고 싶었다. 우진은 양복저고리를 벗어 들고 한 손으로 옷을 접다가 뭔가 바스락거리는 소리를 들었다. 접었던 옷을 펼치자 한쪽 주머니에 빼꼼히 나와 있는 하얀 종이가 보였다. 꺼내보니 편지봉투였다.

기억에 없지만 뒤늦게 받은 조의 봉투인가 싶어 무심코 봉투를 열었다.

안에 든 종이를 꺼내 펼쳐보던 우진은 그대로 돌이 되었다. 숨도 못 쉬고 얼어붙었다. 온몸에 낙뢰를 맞은 듯 충격과 함께 마디마디의 신경이 오그라들었다. 종이를 들고 있는 손이 바들바들 떨렸다.

종이에는 이렇게 적혀 있었다.

진범은 따로 있다.

단 한 줄의 문장을 읽고 또 읽었다. 내용이 머리로 들어오기도 전, 충격이 먼저 밀려들었지만 다시 읽고 곱씹으며 몇 번을 반복해도 충격은 줄어들지 않고 점점 커져갔다.

진범이라니, 그 단어가 가지는 의미가 뭔가 싶었다. 사실 '진범'이라는 단어를 보자마자 우진의 머릿속에는 수정의 일이 떠올랐다. 하지만 이내 머리를 저었다. 그것은 이미 끝난 일이다.

수정을 죽인 범인들은 모두 잡혀서 재판을 받았다. 재판정에서 범인들은 자신들이 한 일에 대해 자백을 했고 현장의 증거도 그들이 범인이라고 가리키고 있었다. 그런데 난데없이 진범이라니.

차가운 피가 도는 것처럼 머리가 서늘해졌다.

갑자기 시야에 반짝이는 빛이 들어와 눈가에 머물렀다. 미간을 찡그리며 시선을 돌려보니 아내의 유골함에 햇살이 반사되어 우진의 시야로 빛을 던지고 있었다. 마치 우진의 시선을 끌기라도 하는 것 같았다.

당신은…… 궁금하지 않아? 우리 수정이…… 왜 죽었는지?

아내는 죽어가는 순간에 같은 말을 반복하고 있었다.

놀라 허둥거리던 우진은 아내의 말을 그대로 흘려들었다. 아내가 죽어가는 상황에서 왜 그런 말을 하는지는 생각해보지 않았다. 삼 년이 넘는 시간이 지나고 지금 갑자기 자살을 선택한 아내가 수정의 이야기를 꺼낸 이유는 무엇일까? 어쩌면 그게 갑작스러운 아내의 죽음과 관련이 있는 것은 아닐까?

'진범'이라는 단어를 계속 노려보면서 우진은 생각을 거듭했다. 그리고 문득 한 가지 사실을 깨달았다.

재판정에서 범인들이 한 이야기는 모두 그들이 수정에게 무슨 짓을 했는가 하는 것이었다. 언제 수정을 만났고, 어디로 데리고 갔으며 그곳에서 어떤 짓을 했는지는 현미경을 들이대듯이 하나하나 묻고 답하고 검증했지만 정작 가장 중요한 부분인 '왜?'라는 점에 대해서는 분명한 답을 듣지 못했다. 어쩌다 보니 벌어진 일이라 자신들도 잘 모르겠다는 어정쩡한 대답을 들은 게 전부였다.

가슴에 맺힌 응어리가 풀리지 않았던 이유는 그것이었다. 자신이나 아내가 알고 싶었던 것은 놈들이 딸에게 무슨 짓을 했는가 하는 게 아니라, 왜 그 아이를 죽였는가 하는 것이었다. 수많은 사람 중에 왜 하필이면 내 딸을 선택했는지, 왜 그 아이를 죽이고 싶었는지 그게 알고 싶은 것이다.

우진은 자리에서 일어나 집안을 서성거렸다. 손발이 후들거려 가만히 앉아 있을 수가 없었다. 손에 든 종이를 몇 번이고 쳐다보고 또 들여다보며 거기에 적힌 단어의 의미를 다시 생각했다.

진범은 따로 있다.

종이에 적힌 대로 진범이 따로 있다면, 재판을 받았던 그들은 왜 자신들이 범인이라고 자백했을까? 현장에 떨어진 담배꽁초, 휴지조각에서도 범인의 단서를 찾아내는 경찰이 왜 진범의 존재는 알지 못했을까?

불과 일곱 자, 단 한 줄의 문장이었지만 그 문장이 내포하고 있는 진실은 엄청났다. 어쩔 수 없이 봉인해야 했던 아픈 기억들을 한꺼번에 꺼내놓고 마구 뒤지다 보니 머리가 지끈거렸다.

거실을 비추던 햇살은 어느새 방을 빠져나갔다. 황혼의 어스름한 빛밖에 남지 않은 실내는 서서히 어두워지고 있었다. 우진은 거실의 불을 켰다. 바닥에 내려놓은 양복이 눈에 들어왔다. 양복을 보자 다른 생각들이 줄기를 뻗기 시작했다.

양복 주머니에 들어 있던 편지봉투는 누가, 언제 넣었을까?

편지가 언제부터 양복 주머니에 들어 있었는지는 그도 알지 못한다. 하지만 아침에 병원 장례식장에서 발인할 때만 해도 주머니는 비어 있었다. 그것만은 또렷이 기억한다.

발인제를 지내기 전 화장실에 다녀온 뒤 손을 씻고 습관적으로 손수건을 찾아 주머니를 뒤졌다. 그때만 해도 주머니에는 아무것도 들어 있지 않았다. 그렇다면 편지는 발인제를 마치고 장례식장에서 화장터로 가는 동안, 아니면 화장터에서 집으로 오는 동안에 주머니에 들어왔다는 얘기가 된다.

화장터에서 잠시 양복저고리를 벗어두기는 했었다. 그 뒤로 그의 양복은 계속 장의 버스에 있었다. 편지를 넣을 기회가 있는 사람은 버스에 함께 탄 사람들이라는 얘기다.

우진은 아내가 가는 길을 마지막까지 함께했던 사람들의 얼굴을 하나씩 떠올려보았다. 잘 기억나지 않지만 몇몇 친인척과 동네 사람, 정비소 인근 상가 사람, 아내와 자신의 친구, 지인이다. 생소한 얼굴은 없었던 것 같다.

그들 중 수정의 사건을 모르는 사람은 없지만, 그렇다고 이렇게 메모를 적어 따로 진범에 대한 정보를 알려줄 사람이 있을 것 같지도 않다. 삼 년도 지난 사건이다. 우진에게는 여전히 어제 일처럼 생생할지 모르지만 다른 사람들에게 삼 년은 긴 시간이다.

또 하나 이상한 점은 왜 삼 년이나 지난 지금에서야 사건의 진범에 대해 이야기를 하느냐는 것이다. 이미 범인들이 잡혀 재판도 다 끝난 마당에 이제야 진범을 이야기한다는 것은 무엇을 의미하는가? 이제야 밝혀야 하는 이유, 지금 이 시점에서 우진에게 진범의 존재를 알리는 이유는 무엇일까?

궁금한 점은 또 있다.

이 편지를 넣은 사람은 어떻게 진범이 따로 있다는 사실을 알고 있을까?

그 사람은 수정을 알고 있을 뿐 아니라 수정을 살해한 놈들도 알고 있고 아무도 생각지 못했던 진범까지 알고 있다. 그것은 그가 사건에 깊숙이 개입했거나 개입하지 않았더라도 아주 잘 알고 있다는 것을 의미한다.

진범이 따로 있다는 것을 알고 있다면, 그래서 이런 쪽지까지 자신에게 남길 정도라면 왜 우진의 앞에 직접 나서서 진범이 누군지는 알려주지 않는 것일까?

우진은 이 편지를 넣은 사람을 찾아야겠다고 생각했다. 그러면 많은 궁금증들이 한꺼번에 해결될 것이다. 머릿속에 떠오른 인물들을 하나씩 지우며 편지를 넣을 만한 사람을 하나씩 추려가기 시작했다.

3

밤 10시. 긴 하루의 끝을 알리는 종소리가 울렸다.

개강 첫날이었지만 자율학습을 마치는 10시까지 강의실을 빠져나간 아이들은 한 명도 없었다. 바로 어제가 성탄절이었다는 게 믿기지 않을 정도로 분위기는 차분하고 우울했다.

초등학교부터 선행 학습에 익숙한 아이들은 다른 사람보다 하루라도 빨리 재수 생활에 돌입해야 한다는 것을 알고 있기에 개강 첫날부터 무섭게 학업에 몰두했다. 당연히 강의실의 분위기도 살얼음판을 걷는 것처럼 조심스러웠다.

입시에 떨어진 아이들, 부모나 자신이 바라던 대학이 아니라서 합격 통지를 받고도 재수를 선택한 아이들이 가득 모인 강의실은 묘한 긴장감이 흘렀다. 옆자리에 누가 앉아도 곁눈질을 하거나 눈인사도 하지 않았고 말을 거는 사람도 없었다. 입시 전형 과정 동안 한없이 낮아진 자존감과 자괴감이 아이들의 감정을 말려버린 것 같았다. 살면서 처음으로 가장 큰 모멸감을 느꼈던 순간을 다시 겪지 않기 위한 다짐의 눈빛은 살벌하기까지 했다.

이세영은 보고 있던 책과 공책을 정리하며 강의실을 빠져 나가는 아이들의 뒷모습을 물끄러미 바라보았다. 무채색의 두툼한 외투를 입고 무거운 가방을 메고 있는 어깨들이 모두 한쪽으로 기울어 있다. 앞으로 일 년 동안 잠자코 저 아이들의 뒷모습을 바라보며 같은 목적지를 향해 걸어가야 한다. 그런 생각만으로도 마음이 답답해졌다.

세영은 가볍게 한숨을 내쉬며 서둘러 가방을 챙겼다. 더 늦으면 학원 건물 뒤에 차를 대고 기다리고 있을 엄마의 잔소리가 시작될 것이다. 혹시 전화라도 왔을까 싶어 자리에서 일어나며 서둘러 핸드폰을 꺼내 확인했다. 부재중 전화가 두 통, 문자메시지도 세 통.

화면을 눌러 문자 목록을 확인하는데 낯선 전화번호가 찍혀 있다. 세영은 일단 엄마에게 온 문자부터 확인했다.

—아빠 집에 가 있어. 엄마 여행 좀 다녀올게.

맥이 풀리고 짜증이 확 밀려왔다.

분명 아침에 학원으로 데려다줄 때만 해도 없던 스케줄이다. 집으로 돌아가다가 갑자기 한강을 바라보며 여전히 주체 못 하는 소녀 감성이 일렁거렸거나, 누군가 엄마의 귓가에 바람을 집어넣은 것이리라. 스치듯 한마디만 속삭여도 엄마의 치마는 가볍게 나부낀다.

아무리 그래도 어떻게 딸을 재수 학원에 들여보낸 첫날, 이렇게 무책임하게 문자만 달랑 남기고 떠날 수 있는지 이해가 안 된다. 자기밖에 모르는 사람이라는 것은 알고 있었지만 오늘까지 이럴 줄은 몰랐다. 세영은 자신도 모르게 앞자리의 책상을 걷어찼다. 그래도 기분은 풀리지 않았다. 전화를 걸었지만 신호음만 갈 뿐 받지 않았다. 문자메시지 창을 열고 세상에서 가장 아픈 말을 해주려 했지만 짜증과 함께 부들부들 손이 떨려 자꾸 오타가 났다.

"학생, 거기서 뭐해?"

굵은 남자의 목소리를 듣고 고개를 드니 경비원이 문을 열고 쳐다보고 있다. 빈 강의실에서 나는 소리를 듣고 달려온 모양이다. 그는 바닥에 뒹구는 책상을 보며 눈을 부라렸다.

세영은 그제야 강의실에 자신밖에 남지 않았다는 것을 깨달 았다.

세영은 소리라도 지르고 싶은 기분을 억누르며 얼른 뒷문 으로 나왔다. 등뒤로 경비원이 구시렁거리며 강의실의 불을 끄고 문단속을 하는 소리가 들렸다. 이미 복도도 텅 비어 스 산하게 느껴졌다. 승강기가 입을 벌리고 기다리고 있었지만 세영은 그대로 지나쳐 후다닥 계단을 내려갔다.

로비에 있는 업무실도 벌써 불이 꺼져 어두웠다. 모두 퇴근 했는지 사람도 보이지 않았다.

현관문을 열자 기다렸다는 듯 차가운 겨울바람이 뺨을 때 렸다. 영하 7도 정도라는 예보는 있었지만 바람도 불고 밤이 라 체감온도는 더욱 낮았다. 욕이 저절로 나왔다. 세영은 수 업 시간 내내 참았던 숨을 토해내듯 비명을 질러댔다. 거리에 남아 있던 몇 명의 학생들이 힐끔거리며 세영을 보다가 총총 히 제 갈 길로 사라졌다.

학원가 빌딩의 불이 하나둘 꺼지고 몇 대 남아 있던 자동차 들도 자식을 태우고 이내 거리를 떠났다. 거리는 회색 건물과 앙상한 가로수만 남았다. 살아 있는 것이라곤 자신밖에 없는 것 같았다. 아니, 자신도 반쯤은 죽은 것 같다. 그렇게 느껴지 자 거리 풍경만큼이나 세영의 마음에도 을씨년스러운 바람이 불었다.

"이따가 태우러 올게."

분명 그렇게 말했다. 첫날이라고. 오늘만 특별히 태워주는 거라고 대단한 일이나 해주는 것처럼 말하더니 몇 시간 만에 약속을 깼다. 엄마는 단 하루도 나를 위해 쓸 시간이 없구나 하는 생각이 들었다.

언제나 자기 기분이 제일 중요한 사람. 엄마는 늘 그런 식이다.

세영은 그런 엄마의 태도에 번번이 실망하면서도, 또 엄마의 약속에 기대를 하는 자신에게 화가 났다. 처음부터 약속을 하지 않았다면 기분 상하는 일 없이 바로 학원 앞에 있는 지하철역으로 향했을 것이다. 지쳐서인지 지하철도 타기 싫었다.

세영은 거리에 서서 멍하니 도로 쪽을 쳐다보았다.

'어떻게 해야 하나.'

기분 같아서는 어디론가 사라지고 싶었지만 때가 좋지 않다. 자유로워지기 위해서 지금은 웅크리고 있어야 할 때다. 엄마의 당부대로 아빠에게 갈까 생각했지만 아빠의 얼굴을 떠올리자 쉽게 발걸음이 떼어지지 않았다.


부모님이 이혼을 하면 세영은 아빠의 집에서 살기로 되어 있었다. 하지만 엄마는 이런저런 핑계로 이혼을 미루고 집을 나가는 쪽을 선택했다. "아빠가 원해서"라고 했지만 엄마 자신이 원하지 않았다면 절대 나가지 않았을 것이다. 먼저 이혼하자는 말을 꺼낸 건 엄마였지만 사실 엄마는 이혼을 할 생각이 없었다. 그저 제 맘대로 안 되는 아빠를 향한 투정 같은 것이었다. 그런 것쯤은 세영도 안다.

그러다 아빠가 이혼 서류를 내밀자 엄마 입에서 이혼이라는 단어가 사라졌다. 엄마는 자신이 얼마나 자주 이혼이라는 말을 꺼냈는지는 생각도 안 하고 이혼 서류를 내민 아빠에게 꽃병을 집어던졌다.

세영은 엄마가 자기보다 더 아빠를 모른다고 생각했다. 아빠는 말 대신 행동으로 보여주는 사람이다. 이혼 서류를 준비했다는 건 정말 이혼할 결심을 했다는 것을 의미한다. 그제야 사태의 심각성을 느낀 엄마는 주춤거리며 뒤로 물러섰다. 그 뒤로 완강한 아빠의 태도를 보며 고심 끝에 내민 엄마의 협상 카드가 별거였다. 한동안 거리를 두고 다시 생각해보자는 말에 아빠는 코웃음을 쳤다.

"당신은 달라지지도 않을 거고 달라지려고 하지도 않을 거잖아?"

하지만 그런 아빠도 일단 세영이 대학에 들어간 뒤에 정리하자는 엄마의 말에 더이상 토를 달지 못했다. 궁지에 몰리면 엄마는 늘 세영을 방패로 삼았고 효과도 있었다.

세영은 시간을 벌기 위한 엄마의 핑계라는 것을 알고 있었지만 아무 말도 하지 않았다. 딸을 앞세워서라도 이혼을 피하겠다는 엄마가 조금은 안쓰럽게 느껴졌기 때문이다. 입시에 집중해도 모자랄 판에 두 사람의 이혼 싸움에 휘말려 집중력을 잃고 싶지도 않았다. 엄마는 세영에게 대학만 들어가면 35평 오피스텔로 독립을 시켜주겠다고 약속했다.

세영의 입장에서는 엄마가 집을 나가는 편이 차라리 다행스러웠다. 어차피 엄마가 집에 있어봐야 공부에 방해만 될 뿐이다. 아무때나 요란하게 들고나는 사람이라 정신을 산만하게 만든다. 엄마가 없는 편이 집중하기 좋다.

하지만 세영이 한 가지 간과한 게 있었다. 엄마는 정말로 자기밖에 모르는 사람이다. 집을 나간 엄마가 가만히 있을 거라고는 생각하지 않았지만, 아빠의 신경을 건드리기 위해 상상도 못 한 조건을 내걸었다.

자신도 딸과 함께 있을 권리가 있다며 입시생이 되는 딸을 한 달씩 번갈아 두 집을 오가며 살게 만들었다. 아이를 생각한다면 제발 가만히 내버려두라는 아빠의 말은 가볍게 무시했다. 결정은 세영이 해야 한다며 물러나지 않았다.

"치사해."

엄마의 목적이 뭔지 아는 세영은 엄마의 조건을 듣자 바로 전화를 걸었다. 하지만 엄마는 오히려 코웃음을 쳤다.

"너도 나쁠 거 없을걸?"

엄마는 알고 있었다. 자기를 닮아 제멋대로인 딸이 아빠와 단둘이 남겨졌을 때 얼마나 갑갑하게 느낄지.

세영은 며칠 고민 끝에 결국 엄마의 제안을 받아들였다. 엄마 말대로 아빠와 단둘이 사는 일에 자신이 없었다. 무엇보다 그렇게라도 아빠와 마주칠 기회를 가지려는 엄마의 마음을 눈치채고 있었고, 만날 때마다 으르렁거리고 서로 냉담하게 대한다고 해도 자식 입장에서 두 사람의 이혼은 보고 싶지 않았다.

그 선택이 모든 것을 엉망으로 만들어버렸다.

방이 두 개 생겼다고 마음먹고 번갈아 지내며 일 년만 참자고 생각했지만 그게 아니었다. 짐을 싸서 두 집을 오갈 때마다 엄마의 잔소리와 아빠의 싸늘한 눈초리가 세영의 어깨 너머를 겨냥했다.

엄마는 세영을 붙들고 아빠의 일상을 낱낱이 파헤치려 했고, 아빠는 번거롭게 오가는 세영을 보며 엄마의 철없음에 냉소와 독설을 날렸다. 자신을 향하는 잔소리나 비난은 아니었지만 세영의 마음에 생채기가 났다. 결국 두 사람의 유전자를 이어받은 세영에게 대놓고 싫다고 말하기도 했다.

"네 행동에 책임을 져야지, 네 엄마처럼 이 순간만 피하는 거야?"

"누가 아빠 딸 아니랄까 봐, 그 눈초리는 뭐야? 그만해, 꼴

보기 싫어."

공부가 될 리가 없었다. 집중은커녕 아무것도 손에 잡히지 않았다.

전교 석차가 상위권이었던 세영은 고3 첫 모의고사에서 상상하기 힘든 성적표를 받았다.

세영은 방안에 있는 모든 물건을 집어던지고 때려 부쉈다. 하지만 엄마는 관심도 없었다. 일하는 아줌마에게 귀띔을 받고 방문을 한번 열어본 뒤 아무 일도 없었다는 듯 깨진 것들을 치우게 하고 새 물건으로 방을 채워주었다. 그것뿐이었다.

마침 엄마는 빽질빽질한 얼굴 외에는 볼 것 없는 이름도 가물가물한 조연 배우에게 빠져 있어 세영의 성적 따윈 신경쓸 틈도 없었다. 딸이 자신의 남자 문제 때문에 난리를 친다고 생각한 엄마는 아빠에게 입을 다무는 조건으로 700만 원짜리 핑크색 손목시계를 사주었다.

어이없게도 엄마의 비밀은 엉뚱한 곳에서 터졌다.

남자가 억대 원정 도박에 걸려 뉴스에 오르내릴 때 마카오에서 찍힌 남자의 사진이 자료 화면으로 떴는데 옆에 있던 엄마의 모습이 모자이크 처리돼 화면에 등장했다. 그래봐야 알 사람은 다 아는 눈가림이라 아빠에게도 금방 소식이 알려졌다. 아빠가 다시 한번 이혼장을 들고 달려와 엄마의 면전에 집어던졌지만 엄마는 '딸이 대학에 들어갈 때까지 이혼 문제는 잠정 휴전'이라는 조건이 유효하다며 외면했다.

그 지경이 되자 될 대로 되라는 마음이 더 커졌다.

두 사람의 감정싸움에 상처받지 않겠다고 마음먹었지만 세영의 마음은 생각보다 단단하지 못했다. 세영은 비명을 지르는 대신 귀를 막고 눈을 감은 채 주저앉아 아무것도 안 하는 쪽을 선택했다.

모두들 앞만 보고 달려가는 경쟁에서 걸음을 멈추자 격차는 무섭게 벌어졌다. 상위권을 유지하던 성적은 모의고사를 볼 때마다 추락했다. 입시 정보는커녕 딸이 수험생인지조차 잊고 사는 엄마에게 세영은 아무 말도 하지 않았다. 아빠와 지낼 때는 함께 있는 시간을 피했다. 수시 모집에도 원서를 넣지 않았고 수능은 치는 시늉만 했다.

부모의 기대를 엉망으로 만들어 분노를 되돌려주고 싶었다.

어느 대학도 들어갈 형편이 못 되는 것을 알고 난 뒤에야 부모의 시선이 세영에게 돌아왔다. 엄마는 아빠의 힐책을 받고 이 사태를 수습하고 싶어 했지만, 뒤늦게 할 수 있는 일이라고는 강의료가 비싼 강남의 소수 정예 재수 학원에 보내는 것이 전부였다. 그래놓고 개강 첫날, 딸을 이렇게 어두운 밤거리에 혼자 남겨둔 것이다.

세영은 핸드폰을 꺼내 화면을 켰다. 아빠의 전화번호를 찾았지만 전화를 걸기가 망설여졌다. 잠시 고민하다 다시 핸드폰을 주머니 깊숙이 집어넣었다.

연말까지는 엄마 집에서 보내는 걸로 되어 있다. 굳이 며칠 일찍 아빠 집으로 가고 싶은 생각은 없다. 자신을 짐보따리처럼 이리저리 옮겨다니게 만든 게 짜증스럽기는 해도 아빠보다 엄마 집에 있는 게 마음 편했다. 적어도 숨통을 틔울 수 있는 여유가 있었다.

아빠와 함께 지내는 것은 몸에 꽉 끼는 갑옷을 입은 것만큼 버겁고 갑갑하다.

아빠와 마주앉아 있으면 크게 숨을 내쉬는 것조차 조심스러워진다. 몇 년 전부터 세영은 아빠가 어려워졌다. 사춘기가 되면서 생긴 거리감 때문이기도 하지만 어느 순간부터 아빠와 있는 시간이 어색하고 불편했다. 시선이 마주치면 자신도 모르게 눈길을 피했다. 자신을 쳐다보는 아빠의 눈초리가 감시하는 것처럼 느껴졌다.

일 때문에 바쁜 와중에도 아빠는 세영을 지켜보는 것을 게을리하지 않았다.

세영이 고등학교에 들어가면서부터 학업을 직접 챙겼다. 하고 싶은 대로 하라고 내버려두는 엄마와 달리, 아빠는 해야 할 일과 하지 않은 일을 점검하고 목표를 정해주었다.

엄마가 집을 나가고 둘이 살게 되면서 아빠는 자리에서 일어나는 아침부터 침대로 들어가는 밤 시간까지 모든 것을 통제하고 확인했다. 학교가 끝나고 몇 시에 학원에 갔는지 집에는 몇 시에 오는지, 누구와 통화를 하는지도 물었다. 아침에 일어나는 시간, 먹어야 할 녹즙과 비타민, 수면 시간……. 수험생의 컨디션을 위한 관심이라고는 하지만 그럴 때마다 세영은 숨이 막혔다. 얼마 후 엄마 집을 오가며 살게 되면서 겨우 아빠의 단속과 점검에서 조금은 벗어날 수 있었다.

고3 내내 늦은 밤까지 하는 입시 학원을 다니겠다고 고집을 부린 건 가능한 한 함께 있는 시간을 줄이고 싶은 바람 때문이었다. 다행히 아빠는 별 반대 없이 학원에 보내주었다. 몇 개의 학원을 알아보고 강사진의 실력도 확인하고 직접 학원을 견학하고 난 뒤 손수 등록했다. 어디든 상관은 없었다. 덕분에 아빠와 마주치는 시간이 현저하게 줄었다. 그렇게 등록한 학원에서 세영은 매일 만화책을 읽거나 잠을 잤다. 수험생들의 등을 보며 구경꾼처럼 살았다. 부모에 대한 반항이었지만 그 대가는 결국 자신에게 돌아왔다.

세영은 깊은 한숨을 내쉬었다. 도시의 어두운 거리로 하얀 입김이 퍼져가는 것을 바라보았다. 차가운 바람에 머리 한편이 지끈거렸다. 여전히 결정을 못 하고 질척거리는 자신에게도 화가 나기 시작한다.

이대로 엄마 집으로 갈 수도 있다. 열쇠가 있으니 혼자서 문을 열고 들어가 밥을 챙겨 먹고 잠자리에 드는 것쯤은 얼마든지 할 수 있다. 하지만 경험상 그것은 좋은 생각이 아니다. 갑자기 새벽에 술에 취해 낯선 남자에게 기대 들어오는 엄마를 다시 마주하게 된다면 그땐 또 어떤 표정을 지어야 하나, 술냄새를 풍기는 낯선 남자의 불쾌한 시선을 받는 것도 싫고, 흐트러진 엄마의 옷매무새를 바라보며 엉망이 되는 기분을 느끼고 싶지도 않다.

엄마는 오히려 세영에게 짜증을 냈다. 왜 아빠에게 가지 않았느냐고. 말문이 막혔다.

오늘도 문자메시지대로 여행을 떠난 것이라면 다행이지만, 굳이 아빠 집에 가 있으라고 한 글귀가 마음에 걸렸다. 들어가기가 망설여졌다.

생각할수록 기분이 언짢았다. 엄마의 제멋대로인 성격에 휘둘리는 것이 짜증스러운지, 아니면 연말까지 보지 않아도 된다고 생각했던 아빠 집에 다시 들어가야 하는 것이 갑갑한지 구분하기 힘들다. 둘 다일 것이다.

이대로 아빠 집으로 들어가면 아빠는 곧바로 무슨 상황인지 알아차릴 것이다. 말없이 문을 열어주겠지만 아빠의 얼굴에는 경멸의 표정이 떠오르겠지. 세영은 이런 기분으로 엄마를 대신해 냉담한 아빠의 얼굴을 마주하고 싶지 않았다.

어디로 가야 좋을까? 그렇게 망설이고 있는데 누군가 불쑥 세영의 눈앞에 끼어들었다. 자칫 걸음이라도 옮겼으면 얼굴을 부딪힐 뻔했다. 세영은 얼른 뒤로 물러서며 털 달린 후드를 뒤집어쓴 사람을 쳐다보았다.

"안 본 사이 많이 초라해졌네?"

"……누구?"

"뭐야, 내가 누군지도 잊은 거야?"

"…….'"

"섭섭하네, 한때는 꽤 어울려 다닌 친구잖아."

신경을 건드리는 낮은 억양의 목소리. 후드 속의 얼굴이 잘 보이지 않았다. 세영은 어깨에 메고 있는 가방 끈을 단단히 붙잡고 경계의 눈빛을 보냈다. 남자가 낄낄거리더니 외투에 달린 후드를 벗었다. 낯설지 않은 얼굴이 보였다. 하지만 경계심은 줄어들지 않았다.

조윤기. 윤기가 입술을 비틀며 특유의 능글거리는 미소를 짓고 있다.

세영은 자신도 모르게 철렁 가슴이 내려앉았다.

"왜 모르는 척이야? 전화도 하고 문자도 보냈는데."

엄마 문자를 보다가 경비원에게 쫓겨 나오는 바람에 다른 알림은 미처 확인하지 못했다. 낯선 전화번호가 설마 윤기일 줄은 생각도 못 했다.

삼 년 만이다. 그날 이후로 만난 적이 없다. 세영은 갑자기 나타난 윤기가 의아했지만 본능적으로 그를 피하고 싶었다.

머릿속에서 피해야 한다는 경고음이 울렸다. 눈도 마주치지 않고 얼른 시선을 돌리며 옆으로 발걸음을 옮겼다. 하지만 세영을 막아서는 윤기의 발걸음이 더 빨랐다.

"뭐야?"

"뭐야? 몇 년 만에 보는 인사치고는 더럽게 친근하네?"

"비켜!"

"버릇은 여전하구나, 아무에게나 명령하듯 말하는 그 버릇."

"……비키라고!"

윤기는 코웃음을 치더니 세영에게 한 걸음 다가섰다. 부쩍 큰 키 덕분에 세영의 시야가 가로막혔다.

"뜻밖이다. 잘난 이세영이 재수 학원에 다닐 줄이야. 대단한 부모님 백으로도 대학은 못 들어가나 보지?"

"……."

"하긴 너만 아무 일 없다는 듯 잘살면 그것도 기분 더럽지."

윤기는 학원 앞에서 세영이 나오길 기다린 것이 틀림없다. 그 사실을 깨닫자 불안이 점점 커졌다. 하지만 세영은 자신의 초조함을 감추고 고개를 세우며 윤기를 노려보았다.

'그래, 겁먹을 거 없어. 조윤기 너 따위에게 겁먹을 내가 아니야.'

세영은 마음을 단단히 먹고 배에 힘을 주었다. 처음보다는 두려움이 가셨다.

"갑자기 나타나서 뭐하는 짓이야?"

"궁금하지 않냐, 내가 왜 갑자기 찾아왔는지?"

"아니, 알고 싶지 않아."

알고 싶지도, 궁금하지도 않다. 중학교 동창들을 통해 얼핏 윤기의 소식을 듣기는 했지만 그때뿐이었다.

고등학교 진학을 포기하고 미국 L.A.로 유학을 갔다는 얘기는 기억난다. 혼자 갔다고 했던가, 그때 들은 얘기로는 홈스테이하는 집 아들을 꼬드겨 함께 술을 먹고 음주운전으로 사고를 냈다고 했다. 미성년이 음주에 교통사고까지 냈으니 한인 사회에서는 꽤 시끄러운 뉴스였다. 결국 그 집에서 쫓겨났다고 들었다. 아, 그 뒤로 하와이로 달아나 서핑이나 하면서 시간을 보낸다는 얘기도 들었다. 그것도 일 년 전이니 지금은 어디서 뭘 하는지 모른다. 하와이 햇볕에 그을렸다고 하기에는 너무 하얀 얼굴이다.

"얘기 좀 하자."

"너랑 할 얘기 없어."

"재강이가 기다려. 좋은 말 할 때 같이 가는 게 좋을 거야."

'재강'이라는 이름을 듣자 손가락이 저려왔다. 자기도 모르게 목소리가 커졌다.

"싫다고, 내가 왜 너희를 만나?"

"그럴 일이 있다고!"

세영이 윤기를 피해 걸음을 옮기자 다급해진 윤기가 재빨리 세영의 팔을 낚아챘다. 세영은 자신도 모르게 소리를 지르며 그를 밀쳐냈다. 하지만 삼 년 만에 어른이 되어 나타난 윤기를 완력으로 이기기는 불가능했다.

"놔, 놓으란 말이야."

"나도 너 같은 계집애 다시 만나고 싶지 않아. 근데 일이 생겼다구."

"내 알 바 아니야."

"듣게 되면 얘기가 다를걸? 얌전히 좀 따라오란 말이야."

윤기의 손아귀에 점점 힘이 들어갔다. 팔이 저릿저릿하니 통증이 밀려들었다.

세영은 팔을 빼기 위해 안간힘을 쓰다가 발을 들어 윤기의 정강이를 후려쳤다.

"아악!"

비명을 지르며 비틀거리는 윤기의 손이 느슨해졌다. 틈을 놓치지 않고 세영은 얼른 윤기를 밀쳐내고 거리를 향해 내달렸다. 등뒤로 후다닥 달려오는 소리가 들렸다.

학생들이 떠난 학원가 주변은 섬뜩할 만큼 어둡고 한적했다. 소리를 지른다고 해도 누구 하나 달려와줄 것 같지 않았다. 이대로 달리면 분명 잡히고 만다. 눈앞으로 사거리가 보였다. 세영은 얼른 오른쪽 골목길로 꺾어들었다. 골목이 어디로 이어지는지도 모르면서 내달렸다.

어둠 속을 달려오던 윤기는 사거리에서 잠시 비틀거리더니 얼음판에 미끄러졌는지 신음 소리를 내며 거리에 나뒹굴었다. 다시 몸을 일으키고 걸음을 옮겼지만 그사이 세영을 놓친 것을 깨닫고 발을 구르며 욕을 하기 시작했다. 골목 어느 쪽을 돌아보아도 세영의 흔적은 보이지 않았다. 멀리 자동차가 지나는 소리만 간간이 들릴 뿐 발소리도 들리지 않았다.

윤기는 핸드폰을 꺼내 전화를 걸었다.

"놓쳤어. 나도 몰라, 내가 왜 이런 심부름까지 해야 하는 거냐고, 그 계집애랑 또 엮이고 싶지 않다고!"

고함을 지르며 전화를 끊었지만 세영을 포기하지는 않았다. 윤기는 주위를 두리번거리다 세영이 갔을 법한 골목으로 바쁘게 걸음을 옮겼다. 발소리가 멀어지면서 거리는 다시 적막해져갔다.

인기척이 사라지자 골목에 주차되어 있는 자동차 뒤쪽에 쪼그리고 앉아 몸을 숨기고 있던 세영이 빼꼼히 고개를 내밀었다. 세영은 윤기의 모습이 안 보이자 서둘러 큰길 쪽으로 내달렸다.

골목을 벗어날 때쯤 골목으로 꺾어 들어서는 자동차의 불빛이 세영의 앞을 가로막았다. 놀란 세영은 그 자리에 얼어붙어 자신도 모르게 두 눈을 질끈 감았다. 틀림없이 자동차와 부딪힐 것이라고 생각했지만 아무 일도 일어나지 않았다. 눈을 떠보니 불과 한 뼘도 되지 않는 거리에 차가 서 있었다.

헤드라이트 불빛 너머 사십 대로 보이는 운전자가 차 안에서 놀란 표정으로 세영을 쳐다보고 있었다. 세영은 그를 무시하고 지나치려 했다. 그때 등뒤 멀리서 윤기의 목소리가 들렸다.

"야, 이세영! 거기 서!"

골목에서 다급하게 뛰어오는 발소리가 들렸다.

세영은 얼른 도망치려다 재빨리 몸을 틀어 자신과 마주친 자동차의 조수석 쪽으로 돌아섰다. 거칠게 유리창을 두드렸다.

"문 좀 열어주세요, 빨리요."

운전석에 앉아 있는 남자는 놀란 표정으로 세영을 쳐다보았다. 세영은 절박함에 더욱 세게 차문을 두드렸다.

"얼른요, 저 좀 구해주세요."

손잡이를 당겼지만 잠겨 있다. 달려오는 윤기를 돌아보며 다급하게 문을 두드리는 세영을 보다가 남자가 손을 뻗었다. 찰칵하는 소리가 들리고 문이 열렸다. 세영은 조수석에 올라타자마자 자동차의 잠금 버튼을 누르고 남자를 돌아보며 재촉했다.

"빨리 가요, 빨리."

세영은 다급하게 말하고 고개를 돌렸다. 골목에서 달려오는 윤기의 얼굴이 보였다. 머뭇거리다간 잡힐 것만 같았다.

"얼른 가자구요!"

그 말에 남자는 어깨 뒤쪽으로 잠시 시선을 주다가 상황을 짐작했는지 핸들을 꺾어 큰길 쪽으로 차를 틀었다. 골목을 빠져나가는 자동차 뒷좌석 유리창에 이내 윤기의 손이 달라붙었다.

윤기는 창을 몇 번 두드리다가 문을 열기 위해 거칠게 손잡이를 흔들었다.

"문 열어, 이세영. 당장 내려!"

세영은 이대로 눈을 감고 어디론가 달아나고 싶었다.

'제발 내버려둬. 너희들 다시 만나고 싶지 않아.'

"빨리요, 어서 가요!"

세영은 고개를 돌려 운전석에 앉은 남자를 바라보았다. 그는 이내 상황 파악을 했는지 차분하게 세영을 보다가 액셀을 밟았다.

자동차가 도로에 진입해 속력을 내자, 쫓아오며 차문을 잡고 두드리던 윤기도 어쩔 수 없이 차에서 떨어졌다. 차는 이내 다른 차들 사이에 섞여 도로를 달리기 시작했다.

세영은 그제야 자리에서 몸을 일으켜 뒤를 돌아보았다. 분에 못 이겨 허공으로 발길질을 하는 윤기의 모습이 점점 작아

지더니 이내 보이지 않았다. 세영은 의자에 바로 앉았다.

"안전벨트."

남자의 말에 세영은 좌석 우측에 있는 안전벨트를 당겨 채웠다. 남자의 눈치를 보다가 다리 아래쪽에 뭔가 걸려서 쳐다보니 보자기에 싸인 작은 상자가 있었다. 세영은 다리로 상자를 한편으로 밀며 발을 뻗을 자리를 만들었다. 한결 편했다.

"경찰서로 가야 하나?"

"네?"

"이름을 부르니 아는 사이 같은데, 상황을 보면 다급한 일이……."

세영은 얼른 남자의 말을 자르고 단호하게 말했다.

"됐어요, 괜찮아요."

슬쩍 세영의 얼굴을 살피던 남자는 말없이 운전에 집중했다. 가쁜 숨이 가라앉을 즈음 남자가 입을 열었다.

"집이 어디지?"

"아무데나 전철역 있는 곳에 내려주세요."

낯선 사람에게 집주소를 알려줄 만큼 멍청하지는 않다. 세영은 몸을 움츠리고 안전벨트를 꼭 잡았다. 다급한 마음에 자동차에 올라타기는 했지만 위험이 느껴진다면 언제든 자동차에서 뛰어내릴 생각을 하고 있었다.

잠시 말이 없던 남자는 집까지 바래다줄 요량인지 다시 집

주소를 물었다. 하지만 아직 경계심을 풀지 않았고, 어디로 가야 할지도 결정하지 못한 세영은 어느 집주소를 불러줘야 할지 몰라 입이 떨어지지 않았다. 어떻게 할까 망설이다 운전석의 남자와 눈이 마주쳤다.

남자는 세영의 기분을 눈치챘는지 이내 변명 같은 말을 이었다.

"밤도 늦었고, 아까처럼 누가 쫓아오면 곤란할 거 같아서 하는 얘기야."

남자의 차분한 음성에 세영의 초조함도 누그러들었다.

문득 룸 미러에 걸려 있는 작은 사진과 묵주 목걸이가 눈에 띄었다. 앞뒤 생각 없이 무모하게 뛰어들었지만 나쁜 사람은 아닌 것 같아 마음이 놓였다.

어디로 가는 게 좋을지 가늠하며 창밖을 바라보던 세영의 눈에 이정표가 보였다. 어디쯤인지 확인하고 싶어 눈을 크게 떴다. 헤드라이트 불빛에 얼핏 경부고속도로로 빠지는 표시판이 보였다 사라졌다. 문득 이대로 어디론가 떠나버리고 싶다는 생각이 들었다. 하지만 어디로 가야 하지? 이 시간이라면 고속버스도 모두 끊겼을 텐데……

"저기 횡단보도 앞에 세워주세요."

세영의 말에 남자는 앞쪽 횡단보도 가까운 곳에 차를 세웠다.

"고맙습니다."

가볍게 인사를 한 세영은 안전벨트를 풀고 자동차 문을 열었다. 실내등이 켜졌다. 남자의 얼굴이 제대로 보였다. 아빠나이쯤 되어 보이는 남자는 선한 인상이었다. 사람의 인상을 믿는 편은 아니었지만 그의 눈은 침착하고 선량해 보였다.

그때 몸을 일으키려던 세영의 눈에 한 장의 사진이 들어왔다.

글러브 박스 위에 장식처럼 붙여놓은 사진은 남자의 가족인 듯했다. 지금보다 한결 젊어 보이는 남자는 서너 살 정도되어 보이는 여자아이를 목에 태우고 바다에 반쯤 몸을 담근채 환하게 웃고 있었다. 옆에는 아내로 보이는 여자가 함박웃음을 터뜨리고 있었다. 여름휴가를 떠나서 찍은 가족사진인 듯싶었다.

세영은 자신의 어린시절이 떠올랐다. 나에게도 이런 추억이 있었던가? 자신의 사진첩 어딘가에서 분명 이런 사진을본 기억이 있는 깃 같았다. 그땐 이 아이처럼 밝게 웃고 있었던가?

"여기 어디예요?"

남자는 세영이 가리키는 사진을 힐끗 쳐다보았다.

"강릉, 경포대."

"겨울 바다는 춥겠죠?"

그저 툭 던져본 말이었다. 하지만 남자는 잠시 생각에 잠기더니 이내 고개를 끄덕였다.

"원한다면 데려다주지."

남자의 말에 놀란 세영은 시선을 돌려 남자의 표정을 살폈다. 그가 왜 선선히 데려다주겠다고 하는지 궁금했다. 혹시라도 나쁜 마음을 품고 데려가려는 의도가 있는 것은 아닌지 불안한 마음도 스쳤다. 하지만 남자는 처음 시선이 마주쳤을 때와 같은 무심한 표정으로 전방을 보고 있을 뿐이었다.

"지금요?"

"지금."

세영은 마음속으로 최악의 상황을 떠올려보았다.

나는 이 사람이 어떤 사람인지도 모른다. 지금은 점잖아 보이지만 언제 무서운 사람으로 돌변해서 흉악한 짓을 할지 모른다. 그렇다면 무사히 빠져나올 수 있을까? 그러나 왠지 그의 표정에서는 그런 위험 신호를 읽을 수가 없다. 남자는 무심히 세영의 결정을 기다렸다.

한편으로 어느 집으로든 가고 싶지 않은 지금의 상황이 떠올랐다.

아무도 없는 텅 빈 집.

어둠 속에 배어 있는 엄마의 진한 향수 냄새에 숨이 막힐 것 같은 그 집은 편히 쉴 수 있는 공간이 아니다. 더구나 언제 낯선 남자와 들이닥칠지 몰라 불안해하며 선잠을 자야 한다. 아빠 집? 생각만으로도 숨이 탁탁 막혔다. 갑갑하긴 마찬가지다.

어느 집이고 떠나온 며칠은 안도의 한숨을 내쉬지만 얼마 지나지 않아 다시 자신의 목을 조여와 숨이 막히고 끔찍했다. 지금은 어느 집이고 돌아가고 싶지 않다. 하지만 여전히 어떻게 해야 할지 망설여졌다.

남자가 켜놓은 비상등 깜빡이는 소리가 어서 결정을 하라며 숫자를 세고 있는 것 같았다.

'셋, 둘, 하나.'

그때 세영의 핸드폰으로 문자메시지가 도착했다. 핸드폰을 열어 문자를 확인했다.

—참, 아빠에겐 비밀. 물어보면 네가 오고 싶었다고 해.

여전히 아빠를 모르는 엄마. 아빠는 그런 얄팍한 거짓말에 속을 사람이 아니다. 이럴 때 보면 자신보다 더 철이 없어 보인다. 도대체 어딜 가는데 아빠에겐 비밀로 하라는 거야?

살짝 열린 차문 틈 사이로 차가운 겨울바람이 스며든다. 자동차 손잡이를 잡고 있던 세영은 한숨을 내쉬고 다시 문을 세게 닫았다.

"갈게요. 가고 싶어요."

충동적으로 대답했다. 될 대로 되라는 기분이었다. 이제는 집만 아니면 어디라도 괜찮을 것 같았다. 숨쉴 곳이 필요하다.

남자는 묵묵히 자동차를 몰고 가다가 1차선으로 파고들더니 곧장 유턴하여 지나온 고속도로 진입로를 찾았다. 고개를 들자 고속도로 진입 이정표가 시야를 스쳤다.

고속도로로 들어서는 것을 확인하자 힘이 잔뜩 들어가 있던 세영의 어깨는 한숨과 함께 아래로 떨어졌다. 자신의 의지로 결정한 일이지만 버림받은 기분이 들었다. 우울했다.

자동차가 만남의 광장을 지날 즈음 이번에는 아빠에게 전화가 걸려 왔다. 아마도 잠들기 전 확인 전화일 것이다. 전화를 받아봐야 할말이 없다. 엄마의 일도, 낯선 남자의 자동차에 올라타 강릉을 가고 있는 자신의 이야기도 사실대로 말할 수 없다.

세영은 주머니에 있던 핸드폰을 꺼내 벨 소리를 죽이고 가방 속에 던져 넣었다.

오늘밤은 엄마와 아빠, 누구와도 이야기하고 싶지 않다.

나를 탓하지 말아요. 이 돌발적이고 충동적인 행동에는 당신들도 책임이 있으니까!

세영은 그렇게 소리치고 싶었다.

앞으로 무슨 일이 생길지 모르지만 세영은 잠시 그런 불안은 잊기로 했다. 아무 생각도 하고 싶지 않다. 지금은 그저 엄마와 아빠 사이를 시계추처럼 오가는 자신의 모습이 애처로울 뿐이었다. 그렇게 모든 책임을 부모에게 돌리고 싶었지만 세영은 자신이 이런 일탈을 하는 이유를 분명히 알고 있었다.

조윤기.

갑작스럽게 나타난 윤기로 인해 그렇지 않아도 심란하던 기분이 완전히 뒤엉켜버렸다. 서울을 벗어나 멀리 도망치고 싶은 충동을 느낀 것도 어쩌면 윤기 때문일지 모른다. 삼 년 만에 왜 갑자기 나타났는지 모르겠지만 다시 그들과 엮이고 싶지 않다. 그런 두려움이 더 컸다.

우연히 만난 것도 아니고 자신을 기다리고 있었다. 더구나 재강이 기다린다고 했다. 만나야 할 일이 있다고 했다. 도대체 무슨 일이 생겼기에?

세영은 의식적으로 머리를 흔들었다. 무슨 일이 있다고 해도 나와 상관없는 일이다. 하지만 이대로 끝나지 않는다면, 다시 찾아온다면 그땐 어떡하지?

세영은 어둠 속으로 길게 뻗은 고속도로를 쳐다보며 자신도 모르게 손톱을 잘근잘근 깨물었다.


4


어디선가 이상한 냄새가 났다. 주방에서 물을 마시던 우진은 코끝을 스치는 악취에 냄새가 흘러오는 곳을 찾아 킁킁거렸다. 무엇인가 썩어가는 냄새. 냉장고에서 나는 냄새인가 싶어 문을 열어보았지만 수상쩍은 것은 발견하지 못했다. 문을 닫아둔 냉장고에서 냄새가 새어 나온 것 같지는 않았다. 그러다 문득 수정의 방문 틈으로 냄새가 흘러나오고 있다는 것을 깨달았다.

우진은 수정의 방문을 물끄러미 쳐다보다가 조심스럽게 문을 열었다. 단백질이 썩어가는 냄새가 훅 밀려왔다.

책상 위에, 수정의 책상 위에 희멀건 액체가 부글부글 끓다 못해 컵 밖으로 넘치고 있다.

우진은 그제야 아내가 아직까지도 수정의 방에 우유를 놓아두는 일을 계속하고 있었다는 것을 깨달았다.

아침에 일어나 가장 먼저 하는 일.

일 년 넘게 매일 하루도 빠짐없이, 수정이 살아 있을 때와 마찬가지로 아내는 수정의 방에 우유 한 잔을 가져다 놓았다. 병원에 가자마자 입원을 하고 정밀 검사를 받느라 집을 비운 사이 우유는 방안에서 혼자 천천히 상해가고 있었다. 썩어 흘러넘친 우유는 방안을 죽음의 냄새로 가득채웠다.

우진은 망연자실하고 있다가 서둘러 창문을 열고 컵을 주방으로 옮겨 우유를 쏟아버린 다음 행주를 들고 와서 책상을 닦았다. 몇 번이나 반복해 닦았지만 냄새는 쉽게 가시지 않았다.

언젠가 아내가 수정의 방으로 우유를 들고 들어가는 모습을 보다 못해 한마디한 적이 있다.

"이제 그만하지."

그때 아내는 한 손으로 수정의 방문을 열고 다른 손에는 우유를 든 채 한참 우진을 쳐다보다가 덤덤하게 입을 열었다.

"당신은 당신 하고 싶은 대로 해. 나는 나대로 할게."

그 말에 우진은 아무 대꾸도 못 하고 입을 닫고 말았다.

두 사람 사이에 있던 위태로운 살얼음이 어딘가 스윽, 확실하게 금이 가버린 것 같은 느낌이 들었다. 갑자기 한 덩이의 얼음이 툭 떨어져나와 바다에 흘러들어 홀로 먼 곳으로 둥둥 떠내려가는 기분. 아내가 저만큼 멀게 느껴졌다.

우진은 소용없는 일이라고 말하고 싶었다. 고등학교 때 부모를 잃은 우진은 그 사실을 받아들이기 위해 얼마나 발버둥을 쳤는지 모른다. 상실의 무게는 결코 가벼워지지 않았다. 아내는 매일 자신의 상처를 헤집고 수정의 부재를 확인하며 고통으로 자신을 몰아넣고 있다. 수정을 떠나보내는 방법이 서로 다르다고, 아내는 분명히 말한다. 그러니 말리고 싶어도 말릴 수가 없다.

겨우 환기를 끝내고 다시 창문을 닫으며 우진은 비로소 딸의 방을 찬찬히 둘러보았다.

수정이 살아 있을 때도 이따금 들어오기는 했지만 잠깐뿐이었다. 방안의 물건들 하나하나에 시선을 주는 것은 처음이었다.

십육 년을 살아온 딸이 남겨둔 물건들은 풀이 죽은 채 우울하게 시들어 있다. 어느새 먼지가 앉고 침묵이 화석처럼 굳어가고 있다. 방주인의 생기와 웃음소리가 사라진 방은 우진과 아내와 마찬가지로 수정의 죽음을 견뎌내고 있었다. 벽에 붙여놓은 은하수와 성운 사진들도 더이상 빛나지 않는다.

책과 참고서, 잡지 같은 것들이 책상 옆 책꽂이에 나란히 꽂혀 있고 고양이 모양의 작은 도자기 인형들이 옹기종기 웅크리고 있었다. 좋아하는 가수의 CD와 앨범, 천문학 서적과 소설과 만화책이 또 한 칸을 차지하고 있다. 딸이 고양이 인형을 모으고 있다는 것도 처음 알았고, 오래된 클래식 CD부터 최신 아이돌 CD까지 이렇게 다양한 장르의 음악을 듣는 것도 처음 알았다. 하나씩 들여다보니 모든 것이 생소했다.

'나는 내 아이에 대해 얼마나 알고 있었던 걸까?'

우진은 책꽂이에 진열되어 있는 CD를 하나씩 꺼내보았다. 수정이 좋아하던 아이돌의 CD도 있고 인디 밴드도 있다. 겨우 낯익은 것이 하나 보였다.

함께 별을 보러 갈 때 들려주던 노래.

우진은 책상에 행주도 팽개쳐둔 채 CD를 플레이어에 넣었다.

"아빠, 이 노래 들어봐."

함께 듣고 싶어 핸드폰에 담아 왔다며 밤하늘을 보던 캠핑장에서 이어폰을 건네주었던 적이 있다. 그때 둘이 듣던 노래가 흘러나왔다. 거기가 어디였던가?

아직도 너의 소리를 듣고
아직도 너의 손길을 느껴
오늘도 난 너의 흔적 안에 살았죠
아직도 너의 모습이 보여
아직도 너의 온기를 느껴
오늘도 난 너의 시간 안에 살았죠
길을 지나는 어떤 낯선 이의 모습 속에도
바람을 타고 쓸쓸히 춤추는 저 낙엽 위에도
뺨을 스치는 어느 저녁의 그 공기 속에도
내가 보고 듣고 느끼는 모든 곳에 니가 있어 그래
어떤가요 그댄 어떤가요 그댄
당신도 나와 같나요 어떤가요 그댄
지금도 난 너를 느끼죠

〈기억을 걷는 시간〉이라고 했던가, 노래는 한순간 그때의 풍경과 바람, 소리, 냄새를 눈앞에 펼쳐놓았다.

그래, 충주. 충주 계명산이었지. 고구려천문과학관에 갔다가 숙소로 잡아둔 계명산 자연휴양림에서 그냥 자기가 너무 아까워 별을 보기 위해 밖에 나와 자리를 깔고 누웠던 날이 있었어.

방 한가운데 우두커니 서 있던 우진은 수정의 침대 옆에 기대앉아 CD가 끝날 때까지 음악을 들었다. 노래가 장소와 시간을 거슬러, 몇 년 전 가을의 밤하늘 아래 누워 있던 그날로 우진을 데리고 갔다. 딸의 숨소리를 듣고 딸의 온기를 느끼며 이어폰을 하나씩 나눠 끼고 음악을 듣던 그 순간으로.

어떤가요, 그댄. 당신도 나와 같나요.

어떤가요, 그댄. 지금도 난 너를 느끼죠.

더듬더듬 노래 가사를 따라 읽다가 가슴 깊은 곳에서 슬픔이 차올랐다. 꾹꾹 눌러두었던 울음이 걷잡을 수 없이 터져나왔다. 수정을 떠나보내고 처음으로 소리 내어 울었다. 아내가 없는 게 다행스러웠다. 얼굴이 눈물로 흠뻑 젖었다. 굳게 무장하며 사는 척했지만 몸안에는 슬픔이 가득 출렁이고 있었다.

귓가에 전화벨 소리가 들려왔다. 깨어보니 소파였다.

어느새 잠이 들었는지 거실 소파에 잔뜩 몸을 웅크리고 누워 있었다. 밖은 깜깜하게 변해 있었다. 햇살이 들어오던 커튼 틈으로 아파트 건너 주택들의 불빛이 보였다. 장례식을 끝내고 돌아와 편지봉투를 발견하고 방안을 서성이다 소파에 쓰러지듯 누웠던 기억이 떠올랐다.

우진은 자리에서 일어나 머리를 감싸쥐고 앉았다. 뺨이 축축이 젖어 있었다. 꿈에서만 울었던 게 아닌 모양이다. 울음 때문인지 눈이 뻑뻑하고 코가 맹맹했다. 편두통으로 머리가 지끈거렸다. 머릿속이 휴지라도 구겨 넣은 것처럼 꽉 막힌 느낌이 들었다.

거실 바닥에 놓아둔 핸드폰은 계속 벨 소리를 내고 있다. 우진은 손가락으로 관자놀이를 누르며 고통을 참아보려다 자리에서 일어났다. 핸드폰을 집어 들고 전화번호를 확인했다.

아내의 전화번호였다.

잠깐 동안 멍하니 화면에 뜬 전화번호를 보던 우진은 통화 버튼을 눌렀다. 마치 수화기 너머에서 아내의 목소리라도 들릴 것 같아 온 신경이 귀로 몰렸다. 전화를 받는 그의 눈에 탁자에 놓인 아내의 유골함이 보였다. 그제야 아내가 전화할 리 없다는 것을 새삼 깨달았다.

"여보세요?"

핸드폰에서 아내의 목소리와는 아무 상관이 없는 나이든 남자의 목소리가 들렸다. 유골함을 보는 순간 아내일 리 없다는 것을 알고 있었지만 남자의 목소리가 들리자 기분이 묘했다. 어깨에서 힘이 빠졌다.

다시 한번 "여보세요?"라는 말이 들려올 때까지 우진은 복잡한 기분 때문에 말문이 막혀 아무런 대답도 하지 못했다. '여보세요'라는 한 단어만으로도 이내 고향을 짐작할 수 있는 억센 경상도 사투리 특유의 억양이 느껴졌다. 귀에 익은 목소리였다.

　"여보세요?"

　우진은 울음 끝에 잠겨 있던 목소리를 건져내 간신히 대답했다. 누군지 몰라도 그가 왜 아내의 핸드폰을 가지고 있는지 의아했다.

　"아, 이 핸드폰 주인 아십니까?"

　"예?"

　"여기 세월 아파트 경비실인데요, 핸드폰을 주웠어요."

　그제야 목소리가 귀에 익은 이유를 알았다. 전화를 건 남자는 우진의 아파트에서 근무하는 경비원이었다. 경상도 억양을 가진 경비원은 경비실에서 근무하는 네 명의 경비원들 중 가장 나이가 많은 사람이었다. 반백의 머리에 깡마르고 검게 그을린 얼굴이 머릿속에 그려졌다. 퉁명스러워 보이는 인상이지만 부지런하고 의외로 인사성도 좋아서 마주치면 그냥 지나친 적이 없었다.

　화단에서 핸드폰을 주웠다고 했다. 누군가 찾으러 오겠지 하고 기다리다 뒤늦게 핸드폰이 꺼진 것을 알아차리고 배터리를 충전해서 이제야 연락을 한다고 했다. 마지막 통화 내역을 보고 우진에게 연락을 한 것이다.

우진은 바로 핸드폰을 가지러 가겠다고 하고 전화를 끊었다. 그동안 경황이 없어 아내의 핸드폰이 없어진 것도 몰랐다. 아내와 마지막 통화를 했던 며칠 전, 아마 그때 우진과 통화를 끝내고 아래로 떨어뜨린 모양이다. 그게 벌써 며칠 전의 일이라는 사실이 믿어지지 않았다.

경비실로 들어서자 경비원은 우진을 알아보았다.

"저, 아내 핸드폰이 여기 있다고 해서……."

"아, 그럼 이게 그…… 사모님 전화기였군요."

경비원의 표정이 변하는 것을 보고 우진은 입을 닫았다. 경비원도 당혹스러웠는지 잠시 머뭇거리다 말없이 책상 위에 놓인 핸드폰을 건네주었다.

아파트라고는 하지만 세 동밖에 되지 않는 작은 단지이다 보니 웬만한 입주민은 거의 얼굴을 안다. 더구나 우진처럼 십 년이 넘게 사는 주민을 모를 리가 없다.

경비원은 우진의 얼굴을 힐끔거렸지만 다행히 말을 아꼈다. 우진은 얼른 고맙다는 인사를 하고 경비실을 나왔다. 괜히 위로랍시고 이런저런 말로 잡아두지 않아 다행이다 싶었다. 지금은 어떤 위로의 말도 듣고 싶지 않다.

아내의 핸드폰을 손에 쥐고 아파트 현관을 향해 걸어가다가 문득 아내가 떨어졌던 곳을 쳐다보았다. 밤이라 잘 보이지는 않았지만 언제 그런 일이 있었냐는 듯 그날의 흔적은 말끔히 지워지고 없었다.

문득 그날 청소를 누가 했을까 하는 생각이 머리를 스치고 지나갔다. 아마도 아까 본 경비원이거나 열두 시간을 주기로 교대 근무를 하는 다른 경비원들 중 한 명일 것이다. 이곳에는 네 명의 경비원이 있다. 누가 되었든 이렇게 내려온 김에 말만이라도 인사를 해야겠다 싶었다.

우진은 다시 경비실로 향했다.

순찰을 돌던 다른 경비원이 경비실 문을 열고 안으로 들어가는 모습이 보였다. 경비실로 향하던 우진은 열린 문 사이로 새어 나오는 대화를 듣고 걸음을 멈췄다.

"화단에서 주운 핸드폰 말이야, 주인이 누군지 알아?"

"찾으러 왔어?"

"며칠 전에 떨어져 죽은 아줌마 있지? 그 사람 거야."

"503호? 왠지 그럴 거 같더라니."

"남편이 와서 건네줬는데, 얼굴이 반쪽이네."

"왜 아니겠어? 딸은 살해당하고 마누라는 자살하고, 나 같아도 제정신으론 못살지."

"딸이 살해당했어?"

"왜, 몇 년 전에 그 중학생."

"아! 이제 생각나네. 어휴, 속이 말이 아니겠구먼. ……정신 바짝 차리고 지켜봐야 하는 거 아니야?"

"뭘?"

"혹시 저 사람도 나쁜 맘 먹고 뛰어내리거나 하면……."

"쓸데없는 소리."

"그냥……. 얼굴이 너무 안 좋아서 그러지……."

경비원들은 혀 차는 소리로 대화를 끝냈다.

대화를 들은 우진은 차마 경비실로 들어설 용기가 나지 않았다.

아내의 핸드폰을 건네주었던 경비원의 말대로 불과 몇 시간 전만 해도 우진은 신변을 정리하고 아내를 따라가려고 했다. 자신의 뒷수습을 태형에게 부탁할 생각이었지만 그렇다고 경비원들에게 폐가 가지 않는 것은 아니다. 만약 생각대로 했다면 또 한 번 민폐를 끼쳤을 것이다.

우진은 발소리를 죽이고 뒷걸음으로 물러나와 방향을 돌렸다. 아파트 현관으로 걸어가며 손에 들린 아내의 핸드폰을 열어보고 싶었지만 집으로 들어갈 때까지 꾹 참았다.

현관문을 열고 집안으로 들어선 우진은 죽은 듯 적막한 집안을 낯설게 둘러보았다.

서너 평도 안 되는 거실이지만 어느 때보다 횅뎅그렁하게 느껴졌다. 사람의 기척이 사라진 거실 벽 너머로 옆집의 텔레

비전 소리와 가족들의 웃음소리가 희미하게 들렸다. 가만히 귀를 기울여보니 옆에서도 위에서도 인기척이 느껴진다.

문이 여닫히는 소리, 물 내려가는 소리, 아이들이 쿵쿵 걸어다니는 소리, 두런두런 이야기하는 소리.

아내와 수정이 있을 때는 한 번도 의식하지 못하던 소리들. 집안이 깊은 침묵에 가라앉자 들리지 않던 옆집의 소리들이 비로소 들려오기 시작했다. 벽 너머에는 사람 사는 소리가 가득하다. 자신만 다른 세상에 버려진 것 같았다.

우진은 어깨를 늘어뜨린 채 거실 소파로 걸어가 털썩 주저앉았다. 점점 무거워지는 적막을 깨고 싶어 리모컨을 들어 텔레비전이라도 켤까 하다가 그만두었다. 기계 소리로 집안을 채운다 해도 무거운 공기는 사라질 것 같지 않았다.

아내는 이 적막한 집에서 무슨 생각을 하며 하루를 보냈을까.

수정을 잃고 난 뒤, 우진은 일을 핑계 삼아 매일 아침 집을 나가 저녁에 들어왔다. 아내와 슬픔을 나누기보다는 일로 도망쳤다. 아내의 몸에서 암세포가 발견되고 병원에 다니게 되면서 비로소 우진은 아내의 얼굴을 다시 쳐다보고 손을 잡았다. 하지만 아내는 전과 다른 사람이 되어 있었다. 우진의 손을 뿌리치지는 않지만 그 손은 차갑게 식어 있었다. 우진과 마주치는 시선은 공허했다.

말은 하지 않았지만 법정에 다녀온 뒤부터 아내는 달라져 있었다. 아내는 재판 첫날 딸을 죽인 아이들의 얼굴을 보고 돌아온 뒤로 다시는 재판을 보러 가지 않았다. 아내가 더이상 재판정에 가지 않겠다고 했을 때, 우진은 이해할 수 있었다.

놈들이 어떻게 법의 심판을 받는지 두 눈으로 똑똑히 지켜보겠다고 했지만 막상 딸과 다르지 않은 또래의 아이들이 당혹스러운 얼굴로 잔뜩 주눅 들어 앉아 있는 모습을 보자 가슴이 답답해졌다.

아이들은 자신이 저지른 일이 얼마나 끔찍하고 엄청난 일인지도 제대로 깨닫지 못하고 있었다. 그런 아이들을 상대로 날을 세우는 게 무의미하게 느껴졌다. 누구를 붙잡고 하소연을 해봐도, 땅을 치고 통곡을 해봐도, 가슴을 짓누르는 바윗돌은 치울 수 없었다.

두 사람은 그렇게 가슴속의 응어리를 풀지 못한 채 어떻게든 일상으로 돌아가려고 애썼다. 더이상 생각하다가는 미칠 것만 같았다. 다시 가게를 열고 매일 반복되는 일에 매달리며 겉으로는 조금씩 제자리를 찾아가는 것 같았다. 하지만 순간순간 마지막으로 본 수정의 모습이 어른거리고 놈들에게 들었던 수정의 마지막 모습이 떠오를 때마다 서늘한 아픔이 서걱, 가슴을 밟고 지나갈 때면 또다시 무너지곤 했다.

우진은 자신이 출근하고 난 뒤 아내가 무엇을 하는지 알지 못했다. 자기 안의 고통을 찍어 누르기 급급해 아내까지 살펴볼 마음의 여유가 없었다. 저녁에 돌아와 아내의 얼굴을 보는 것도 힘겨웠다. 서로의 눈에서 발견하게 될 자책과 후회를 보는 게 두려웠다.

'망원경을 사주었더라면 수정이가 그곳에서 알바를 하지 않았겠지?'

'그럼 늦은 시간 혼자 돌아오는 일도 없었을 테고, 그 아이들과 만나는 일도 없었겠지.'

'당신은 왜 수정일 태우러 가지 않았어?'

'그렇게 늦은 시간까지 아이가 오지 않는데 어떻게 우리는 태평하게 저녁을 먹고 잠이 들었지?'

아내와 함께 앉아 식사하는 것은 형벌 같았다. 무엇을 먹어도 모래를 삼키는 것 같았다. 아이가 사라진 뒤 집안은 침묵만이 가득했다.

아내가 암이라는 것을 뒤늦게 알았을 때 우진은 자신의 두 눈을 찌르고 싶었다. 병원에 입원하고 수술을 받게 되면서 우진은 자신에게 남은 유일한 가족인 아내에게 얼마나 소홀했는지 절실히 깨달았다.

아내가 텅 빈 집에서 암으로 고통스러워하는 동안 자신은 무엇을 했던가.

우진은 손에 들고 있던 핸드폰을 쳐다보다가 폴더를 열었다. 화면에는 웃고 있는 수정의 얼굴이 있었다. 참고 있던 감정들이 한꺼번에 물밀듯 밀려들었다.

'우리 딸 수정이, 내 딸 수정이……'

매일 딸의 사진이 든 핸드폰을 움켜쥐고 아내는 딸의 얼굴을 보고 또 보며 무슨 생각을 했을까? 자신처럼 그날의 일을 되돌려보며 마지막 딸의 모습을 생각하고 있었을까? 우진은 더이상 수정의 사진을 보는 것이 고통스러워 핸드폰을 닫았다.

'아내는 나보다 강한 사람이구나.'

외면하는 것으로 고통을 잊어보려던 자신에 비해 아내는 늘 수정을 마주하고 있었다. 사진 한 장에도 이렇게 가슴이 무너지는데, 아내는 늘 손에 쥐고 전화를 주고받을 때마다 딸의 얼굴을 쳐다보고 아침마다 딸의 방에 들어가 아이의 우유를 챙겼다.

생각해보면 암 진단을 받았을 때도 마찬가지다.

우진은 의사의 소견을 듣고 그대로 허물어졌다. 생각지도 못한 얘기라 충격이 상당했다. 정작 당사자인 아내는 담담하게 받아들였다. 오히려 그동안 계속 소화가 안 되고 체한 것같이 꽉 막히던 증상과 허리 통증을 느끼던 이유를 알게 되어 홀가분하다는 표정이었다. 식욕이 없고 체중이 줄어드는데도 우진은 눈치채지 못했다. 뒤늦게 손을 잡았을 때는 뼈마디가 느껴질 정도였다.

우진은 다시 아내의 핸드폰을 열었다. 웃고 있는 딸의 얼굴은 그의 기억 속에 있던 모습과 조금도 다르지 않았다. 눈에 넣어도 아프지 않을 아이. 영원히 이 모습으로 남은 아이. 우진은 아내의 핸드폰에서 통화 내역을 살폈다.

수정 아빠.

자신과의 통화 내역이 마지막으로 찍혀 있다. 조금 전 경비원이 걸었던 통화와 며칠 전 마지막으로 나누었던 통화 내역이 나란히 있었다. 그 아래로 어쩐지 눈에 익은 전화번호가 찍혀 있었다. 곰곰이 생각하다 자신의 핸드폰을 가져와 전화번호를 입력해보았다. 눈에 익는다고 생각했던 전화번호는 아내가 암 수술을 받았던 병원이었다. 재작년에 암 수술을 마치고 난 뒤 경과를 지켜보며 한 달에 한 번씩 진료를 했고 그 뒤로 육 개월에 한 번씩 확인차 검진을 받으러 오라고 했었다.

무슨 일인가 싶었다. 자신과 마지막 통화를 하기 한 시간 전, 병원과 통화를 한 것으로 나와 있다. 생각해보니 그날 아내의 옷은 외출복 차림이었다. 그제야 생각이 났다.

그날 아침 아내는 식탁을 치우며 지나는 말로 병원 이야기를 꺼냈다. 하필이면 그때 고객에게 걸려 온 전화를 받느라 우진은 그 이야기를 듣고도 이내 잊어버렸다. 그가 출근하고 난 뒤 병원을 다녀온 것으로 생각할 수 있다.

그제야 그날 왜 그렇게 전화를 받고 싶지 않았는지 깨달았다. 자신은 애써 외면하고 있었지만 머리는 충실한 비서처럼 한 단어도 놓치지 않고 모든 것을 기록하고 있었다. 게다가 거기에 그 단어가 몰고 오는 불안과 두려움까지도 새겨놓았다. 그래서 전화가 오자, 그의 머리가 바로 비상벨을 울린 것이다.

아내는 병원에 다녀온 뒤 스스로 목숨을 끊었다. 우진은 갑작스러운 아내의 죽음이 병원과 관련이 있을 것이라고 직감했다. 그곳에서 무슨 일이 있었던 것일까? 생각만 해도 마음이 복잡했다. 아내의 마지막 행적을 확인하다 보면 아내가 왜 그런 선택을 했는지 알게 될까?

우진은 날이 밝는 대로 병원을 찾아가기로 마음먹었다.

모든 사악한 것들은 순수한 것에서부터 시작한다.

**어니스트 헤밍웨이**

# 5

흔들리는 자동차 안에서 깜빡 졸고 있던 세영은 자동차가 멈추는 기색에 잠에서 깨어났다. 언제 잠들었는지도 모르게 자고 있었던 모양이다. 고개를 들어 창밖을 보니 휴게소가 보였다.

"잠시 바람 좀 쐬지."

차를 세운 남자는 벌써 자동차 문을 열고 내리고 있다. 세영도 남자를 따라 조수석 문을 열었다. 차가운 공기가 한꺼번에 밀려들었다.

겨울밤의 공기는 정신이 번쩍 들 만큼 차가웠지만 오히려 시원하게 느껴졌다. 깊게 숨을 들이마시자 공기마저 다르게 느껴졌다. 교외의 밤공기 덕분인지 일탈을 선택한 통쾌함 때문인지 차를 탔을 때와 달리 개운하기만 했다. 세영은 자신이 왜 이렇게 태평스러운지 의아했지만 고속도로로 가자고 했을 때부터 이미 마음을 먹고 있었다. 걱정 따위는 나중에 생각하자고.

바람이 거세게 불어 어둠 속에서 쏴아 하는 소리가 들렸다. 고개를 들어보니 물기가 말라버린 나뭇잎들이 가지에 매달린 채 바스락거리며 바람에 떨고 있었다. 세영은 마치 처음 보는 풍경인 듯 어둠 속에서 흔들리는 나무들을 한참이나 쳐다보았다. 집과 학교, 학원을 오가며 고개를 숙이고 사느라 나뭇잎 색깔이 바뀌는 줄도, 계절이 지나는 줄도 모르고 있었다.

정신을 차리고 주위로 눈을 돌리자 저만치 앞서 휴게소 건물을 향해 걸어가는 남자의 모습이 보였다. 세영은 서둘러 남자의 뒤를 따라갔다. 휴게소 건물 위에 붙은 간판을 보고서야 이곳이 용인휴게소라는 것을 알았다. 그렇다면 영동고속도로를 진입해 들어왔다는 얘기다. 세영은 생각보다 많이 잔 건 아닌 모양이라고 생각했다.

휴게소 주차장에는 자동차가 그다지 많지 않았다. 휴게소 건물을 향해 걸어가는 동안 칼바람이 옷 사이를 헤집고 들어왔다. 세영은 한껏 고개를 숙이고 몸을 움츠렸다.

남자가 화장실로 들어가는 모습을 보고 세영도 여자 화장실로 들어갔다.

늦은 밤 휴게소의 화장실에도 사람이 드물었다. 차가운 형광등 불빛 아래 텅 비어 있는 화장실은 낯설고 스산했다. 세영은 서둘러 볼일을 보고 나왔다. 혹시라도 남자가 가버리지 않았나 싶어 걱정스러웠지만 그는 휴게소 건물 앞에서 기다리고 있었다.

세영이 나오는 모습을 보자 남자는 그대로 몸을 돌려 휴게소 안으로 들어갔다. 뒤따라 들어가니 음식을 주문하기 위해 서 있었다. 남자가 계산원 앞에서 돌아보자 세영은 얼른 "우동요"라고 말했다. 그는 식당 직원에게 주문하고 수저를 챙겼다.

잠시 후 주방 아주머니에게 쟁반을 받아든 남자는 어정쩡하게 서 있는 세영 근처 탁자에 자리를 잡고 앉았다. 탁자 위 쟁반에는 두 그릇의 우동이 있었다. 눈앞에 맛있는 냄새를 풍기는 우동이 모락모락 김을 내며 놓여 있었다.

세영도 얼른 남자의 맞은편에 자리를 잡았다. 배에서 저절로 꼬르륵 소리가 나왔다. 생각해보니 하루 종일 학원에 있으면서 저녁도 제대로 못 챙겨 먹었다. 갑자기 허기가 밀려들었다.

남자는 세영에게 눈길도 주지 않고 후룩거리며 면발을 들이켰다. 잠시 머뭇거리던 세영도 얼른 젓가락을 들고 우동을 먹기 시작했다. 두툼한 면발을 삼키고 따끈한 국물을 마시자 몸안으로 온기가 스며드는 기분이었다. 순식간에 우동을 해치웠다.

국물을 비우고 나니 남자의 시선이 느껴져 고개를 들었다. 무슨 말을 할까 싶어 순간 긴장했지만 남자는 세영이 젓가락을 내려놓는 것을 보자 자리에서 일어났을 뿐이다.

아무것도 묻지 않고 말하지 않는 편이 차라리 다행스러웠다. 이상하게 남자의 침묵이 어색하거나 무섭지 않았다. 어쩌면 속 편하게 생각하고 있는 것인지도 모르겠지만 남자에게 위험한 낌새나 긴장감은 없었다. 그는 세영에게 무심한 듯 보였다.

세영은 남자와 자신이 남들에게 어떻게 보일까 하고 생각했다. 어쩌면 아빠와 딸처럼 보일지도 모른다. 남자는 사십 대 후반이나 오십 대 초반으로 보이지만 확실하지는 않다. 사실 세영은 이 정도의 어른들 나이를 잘 가늠하지 못한다. 관심이 없어서인지도 모른다. 세영에게 그들은 모두 아빠 또래의 집단일 뿐이다. 그 나이대 남자에게 관심을 가진 적도 없다. 서로 마주치거나 엮일 일이 없는 세대와 갑자기 동행을 하게 된 것이 이상하기만 했다.

얼핏 보기에도 그는 직장을 다니는 회사원처럼 보이지는 않는다. 머리도 긴 편이고 한동안 손질하지 않은 게 느껴질 만큼 제멋대로 자라 있다. 검은색과 잿빛으로 나뉜 패딩 점퍼에 평범한 붉은 체크 셔츠, 기름때가 묻은 청바지를 입고 있어 직업을 가늠하기도 어렵다.

가족사진을 보면 아내와 딸이 있는 것 같은데 이렇게 갑작스러운 일정에도 개의치 않는 것을 보면 떨어져 지내는 것일까?

가까운 거리도 아닌데 선뜻 데려다주겠다고 한 그의 의도가 무엇인지 문득 궁금해졌다. 그의 행동이 호의인지 아닌지도 의심스러웠다. 이미 차를 얻어 타고 고속도로 위에 있으면서도 이런저런 생각들이 세영의 머릿속을 스치고 지나갔다.

중년의 남자는 편의점으로 들어가 생수를 집어 들었다. 세영도 과자를 몇 가지 챙겼다.

"우동 얻어먹었으니까 이건 제가 살게요."

세영은 남자보다 먼저 지갑을 열어 돈을 내밀었다. 갑작스러운 세영의 행동이 당혹스러웠는지 머뭇거리던 남자는 묵묵히 뒤를 따라 편의점을 나왔다.

과자 봉지를 들고 휴게소 건물을 나서자 여행하는 것 같아서 기분이 좋아졌다. 배가 든든하니 추위도 가신 느낌이다. 세영은 자기도 모르게 콧노래를 흥얼거리며 자동차가 주차된 곳으로 걸어갔다. 문득 기척이 느껴지지 않아 뒤를 돌아보니 남자가 걸음을 멈추고 서 있었다.

"안 가요?"

"집에 연락해야 하는 거 아니야? 부모님이 걱정할 텐데."

"뭐예요, 갑자기. 데려다준다고 하구선."

남자가 부모님 이야기를 꺼내자 콧노래를 부르던 기분은 이내 차가워졌다. 이제 와서 머뭇거리는 저 태도는 뭐지? 못 가겠다는 거야, 뭐야? 짜증이 밀려왔다. 묵묵히 서 있는 남자를 보자 신경이 곤두섰다.

"안 데려다줄 거예요?"

"그러니까 우선 전화라도……."

"아아악!"

결국 세영은 소리를 질러버렸다. 들고 있던 과자 봉지도 집 어던졌다.

모처럼 숨통이 트이나 싶었다. 머리가 얼 것 같은 차가운 바람을 맞고 나면 또 이 지옥 같은 생활을 몇 달은 버텨보리라 생각했다. 고작 몇 시간 차 태워주는 게 뭐 그리 대단한 일이라서 부모님 운운하며 사람을 어린애 취급하는 거냐고?

"됐어요. 믿고 따라온 내가 멍청이지. 그까짓 바다 가는 게 뭐가 어려워서."

세영은 그대로 자동차가 있는 곳으로 걸어갔다. 거칠게 손 잡이를 잡고 문을 열려고 했지만 잠긴 차문은 열리지 않았다.

"열어요. 어서 열라구요! 아저씨 필요 없어요."

"어떻게 하려고?" 세영이 던져버린 과자 봉지를 주워 들고 뒤따라온 남자가 물었다.

"아저씨 아니라도 갈 방법은 얼마든지 있어요! 태워주는 사람 없으면 콜택시라도 부르죠, 뭐!"

화가 머리끝까지 나서 소리를 버럭버럭 질러대며 차문 손잡이를 당겼다. 그렇게 말하고 나자 정말 강릉 바다를 보는 게 간절해져서 당장 가지 않으면 죽을 것 같은 기분이 들었다. 당신 없어도 상관없어, 어떻게든 가고 말 거야.

"어서 열어요. 가방만 꺼내면 각자 갈 길 가요. 됐죠?"

자동차가 있는 곳으로 다가와 주머니에서 차 키를 꺼냈지만 남자는 문을 열지 않았다. 세영은 혹시라도 남자가 이상한 짓을 하려는 건 아닌가 싶어 경계했지만 내색하고 싶지 않았다. 눈에 힘을 주고 노려보았다. 하지만 남자는 자신을 노려보는 세영을 평온하게 쳐다보다 과자 봉지를 건네주었다.

"지금 가봐야 바다는 보이지도 않아."

"아무튼…… 갈 거예요. 갈 거라구요."

"그래, 알았어. 약속했으니 태워주지."

머리끝까지 올라갔던 열은 쉽게 내려오지 않았다. 세영은 남자를 외면하고 크게 심호흡을 했다. 차가운 공기가 폐 깊숙이 들어왔다 나가자 정신이 조금 맑아졌다.

실은 경포대 바다보다 서울에서 멀어지고 싶은 마음이 더 컸다. 이대로 어둠 속을 실컷 달리고 싶었다. 이렇게 머뭇거리고 주저하는 남자의 팔을 잡아끌고 어서 서울에서 가장 먼 곳으로 데려가달라고 하고 싶었다. 지금 머릿속에 엄마 아빠를 떠올리는 건 마음만 상할 뿐이다.

"아까 뒤쫓아온 남자는 누구야?"

"……그냥 옛날에 알던 애예요."

"친구?"

"아니에요, 그런 거!"

세영의 목소리가 다시 높아졌다. 이번엔 자신도 놀랄 만큼 차고 날이 서 있어 당혹스러웠다. 잠시 같이 어울리기는 했지만 윤기를 친구라고 생각한 적은 없다. 어쩌다 같은 공간에 있었을 뿐 그 이상도 그 이하도 아니다.

"……그냥 알던 애라고요."

"그렇게 자동차에 매달릴 정도면 꼭 해야 할 얘기가 있는 것 같은데?"

"그건 자기 사정이죠. 난 몰라요. 알고 싶지도 않아요."

세영은 더이상 얘기하고 싶지 않아 거칠게 자동차 문손잡이를 잡았다. 여전히 잠겨 있었다. 세영은 고개를 들어 남자를 쳐다보았다. 그제야 남자가 잠금을 풀었다.

세영이 문을 열자 남자가 잠깐만, 하고 세영을 불러 세웠다.

남자는 세영이 있는 곳으로 다가왔다. 순간 세영은 주춤거리며 뒤로 물러났다. 온몸이 긴장으로 굳어졌다. 괜히 피곤하게 굴면 이대로 달아날 생각으로 남자의 행동을 주시했다. 하지만 남자는 세영은 쳐다보지도 않고 조수석 문을 열어 좌석 앞에 놓여 있던 짐보따리를 꺼냈다. 그제야 짐 상자가 다리를 불편하게 했었다는 기억이 떠올랐다.

남자는 뒷문을 열어 뒷자리에 짐을 싣고는 세영에게 조수석에 타라는 듯 손짓을 했다.

문득 보따리가 궁금해진 세영이 남자에게 물었다.

"뭐예요? 딱딱한 거 같던데?"

"내 아내."

"네?"

세영은 남자가 하는 말을 제대로 알아듣지 못했다. 내 안에?

세영이 고개를 꺄웃거리자 잠시 세영을 바라보던 남자가 천천히 입을 열었다.

"집사람. ……유골이야."

남자의 말에 세영은 자기도 모르게 입을 벌리고 눈을 휘둥그레 떴다. 조금 전까지 아무렇지도 않던 보자기가 으스스하게 느껴졌다. 왜 아내의 유골을 차에 싣고 다니는 것일까?

"그런데 왜 차에 있어요?"

"얼마 전에 장례를 치렀는데…… 아직 어떻게 해야 할지 결정을 못 했다고 할까."

남자의 무심한 듯 차분한 목소리에서는 어떤 감정도 읽어
내기 어려웠다.

세영은 윤기와의 일에 휘말려 갑작스럽게 자동차에 올라탄
자신을 보고도 흔들림 없이 차분하던 그의 모습이 떠올랐다.
그런 모습이 차갑게 느껴지기보다 무심하게 다가왔다. 자기
가 왜 이 남자에게 두려움이나 긴장감을 느낄 수 없었는지 알
것 같았다.

그는 세상에 무관심하고 타인의 일에도 관심이 없어 보였
다. 자신을 태워주고 강릉까지 데려다주겠다고 했지만 그 이
상의 관심도, 선을 넘는 질문도 없었다. 지금 세영에게 필요
한 것은 그런 무심함이었다.

"내키지 않으면 여기서 내려도 돼. 네 말대로 콜택시를 불
러도 되고, 휴게소에 물어보면 다시 서울로 갈 방법도 알려줄
거야."

"약속했잖아요, 강릉. 경포대."

남자는 잠시 세영의 얼굴을 쳐다보더니 고개를 끄덕이고
운전석에 올라탔다. 세영도 얼른 조수석에 탔다. 차에 붙어
있는 사진에 저절로 시선이 머물렀다. 남편과 딸을 보며 환하
게 웃고 있는 이 사람이 유골함의 주인이겠지. 세영은 그에게
어떤 사연이 있는지 궁금해졌다.

휴게소를 빠져나온 차는 이내 고속도로로 진입했다. 휴게소와 달리 생각보다 많은 차들이 도로를 달리고 있었다. 휴일이 지난 평일의 늦은 밤이라고 해도 세상은 잠들지 않고 끊임없이 움직이고 있다. 특히 짐을 가득 실은 화물차들이 속도를 내며 거칠게 옆을 지나쳤다. 그럴 때마다 자동차가 미세하게 흔들렸다. 처음엔 적재 차량의 중량감 때문에 도로가 흔들려서 느껴지는 진동이라고 생각했다. 하지만 그것과는 달랐다. 화물차가 옆을 지나갈 때마다 남자가 살짝 핸들을 틀어 화물차와의 거리를 유지하는 것이었다.

"이 시간에도 화물차들이 많네요?"

"……."

세영은 남자가 운전하는 모습을 잠시 관찰하다가 룸 미러에 매달려 달랑거리는 작은 펜던트를 발견했다. 어두워서 잘 보이지는 않았지만 누군가의 사진이 들어 있는 것 같았다. 함께 걸려 있는 묵주 목걸이는 하얗고 반짝이는 구슬로 이어져 어둠 속에서도 선명했다. 세영은 조금 전부터 생겨나기 시작한 궁금증을 해결하기 위해 조심스럽게 질문을 시작했다.

"이건 누구 거예요?"

"딸."

"성당에 다니나 봐요? 세례명이 뭐예요?"

"스텔라. 세례명으로 받기로 했었지……."

"받기로 했었다는 건…… 이젠 안 다니는 거예요?"

"……."

남자는 별로 말을 하고 싶지 않은지 입을 닫아버렸다. 하지만 세영은 질문을 멈추지 않았다. 뭔가 남자와 이야기를 하고 싶었다. 아직 강릉은 멀고 잠은 깨어버렸다. 말짱한 정신에 어둠 속의 고속도로를 달리며 앞차의 붉은 후미등만 쳐다보며 시간을 때우고 싶지는 않았다.

무엇보다 아내의 유골을 차에 싣고 다니는 남자의 정체가 궁금했다.

"몇 살이에요? 이 사진 보니까 어려 보이는데."

세영이 손가락으로 글러브 박스 위에 붙은 사진을 가리키는 순간, 갑자기 뒤에서 달려오던 화물차가 귀가 먹먹할 정도로 경적을 울리며 빠르게 곁을 스치고 지나갔다. 갑작스러운 상황에 핸들이 흔들렸는지 차량이 휘청거렸다. 중앙분리대의 벽에 부딪히겠다 싶을 때 재빨리 핸들을 틀어 아슬아슬하게 충돌은 피할 수 있었다. 하마터면 큰 사고가 날 뻔했다.

잔뜩 얼어붙어 몸을 웅크리고 있던 세영은 놀란 눈으로 멀어지는 화물차의 꽁무니를 바라보았다. 운전자가 졸음운전이라도 하는 듯 화물차는 차선을 오가며 달리고 있다. 시커먼 먼지를 뒤집어쓰고 있어 번호판조차 제대로 보이지 않았다. 적재된 화물은 차체를 누를 듯 가득 실려 있고, 화물을 덮은 천막의 끈은 풀려 바람에 펄럭이는 게 보였다.

"미쳤나 봐, 졸면서 운전을 하면 어쩌자는 거야?"

"졸음운전은 아니야."

"네? 하지만 저렇게 비틀거리는데요?"

"그랬다면 경적을 울릴 시간도 없었겠지. 위협하는 거야. 어둠 속에서 행패를 부리는 거지."

놀란 가슴을 진정하고 고개를 돌려보니 남자가 어둠을 응시하며 뭐라고 웅얼거리는 소리가 들렸다. 차 소음 때문에 무슨 말인지는 들리지 않았다. 아마도 덩치를 믿고 어둠 속에서 위협적으로 달리는 화물차의 운전자에게 욕이라도 하는 게 아닐까 싶었다. 조금 전 차분하던 모습과 달리 약간 상기된 얼굴이었다.

남자는 후방을 주시하더니 이내 2차선으로 차선을 변경했다. 잠시 속력을 늦추자 뒤에 오고 있던 차들이 옆으로 빠르게 지나쳐 갔다. 세영은 남자가 무슨 생각을 하고 있는지 궁금했지만 잠자코 기다렸다. 곧 자동차는 속력을 내며 어둠 속을 달리기 시작했다.

"무슨 얘기를 했었지?"

남자는 다시 평정을 찾은 듯 대화를 이어가려고 했지만 세영은 잠시 전에 나누었던 대화가 무엇이었는지 떠오르지 않았다. 그보다는 무릎에 놓인 가방 속 핸드폰이 자꾸 울려 신경이 쓰였다. 진동으로 해두었지만 가방 안의 필통과 부딪히면서 소리가 귀에까지 들릴 정도였다. 세영은 가방 안의 핸드폰을 꺼내 전화를 건 사람을 확인하고 곧바로 가방 겉주머니에 집어넣었다.

곁눈질로 쳐다보는 남자가 뭐라고 한마디할 것 같더니 입을 다물었다. 아마도 휴게소에서의 일을 떠올린 모양이다.

아빠의 전화는 지금 받아봐야 할말도 없다. 엄마의 갑작스러운 여행도 자신의 일탈도 변명하고 싶지 않았다. 내일 아침에나 문자를 할 생각이다. 자느라 벨 소리를 꺼놓았다고 하면 별말 없이 넘어가겠지, 그렇게 생각했다. 아빠말고 윤기에게 걸려 온 전화도 있었다. 몇 년 만에 갑자기 나타나서 왜 이렇게 집요하게 구는 거지?

윤기의 전화는…… 이대로 무시하기로 했다.

차 안에 달린 시계를 보니 어느새 12시가 가까워지고 있다.

"아저씨야말로 괜찮으세요? 집에 연락해야 하는 거 아니에요?"

세영의 말에 남자는 가볍게 고개를 저었다.

문득 뒷자리에 있는 짐이 생각났다. 아내의 유골함.

최근에 아내를 잃었다고 했다. 그래서 연락할 사람이 없다는 얘긴가? 하지만 스텔라라는 세례명을 받기로 한 사진 속의 딸은 있을 텐데. 궁금했지만 더 물어보지 않았다. 나처럼 말하고 싶지 않은지도 모른다. 어쩌면 내 또래의 여자와 대화하는 게 어색한 건가 하는 생각도 들었다. 세영도 아빠와 함께 있으면 무슨 말을 할지 몰라 머뭇거리다 제 방으로 피하곤한다.

고개를 돌려 정면을 보자 눈앞에 터널이 보였다. 자동차는 터널 속으로 들어갔다.

히터가 차 안을 덥히자 입고 있는 코트 때문에 답답했다. 세영은 안전벨트를 풀고 코트를 벗었다. 벗은 코트를 개어 앞에 놓으려는 순간 차가 급정거를 했다. 막 터널을 빠져나오던 순간이었다.

세영의 몸이 앞으로 쏠렸다. 미처 안전벨트를 채우지 못한 상태에서 당한 일이라 몸이 그대로 허공에 떴다. 상체가 글러브 박스 앞부분에 쏠려 부딪혔다. 충격이 고스란히 몸을 통과했다. 요란한 소리와 함께 남자의 자동차는 갓길의 가드레일에 부딪힐 듯 다가가며 아슬아슬하게 멈춰 섰다.

"괜찮아?"

남자는 걱정스럽게 세영의 상태를 살폈다. 세영은 간신히 정신을 차리고 고개를 들었다.

상체가 쏠리는 바람에 앞유리에 부딪힌 머리와 어깨에 통증이 밀려왔다. 인상을 찡그리며 몸을 여기저기 만져보았다. 충돌로 인한 통증이 있기는 하지만 부러지거나 다친 곳은 없는 것 같았다.

"세게 부딪힌 것뿐이에요. 괜찮아요."

세영의 상태를 확인한 남자는 뒤쪽을 살피더니 비상 깜빡이를 켜고 차에서 내렸다. 세영도 머리와 목을 만지며 도로 쪽으로 시선을 돌렸다.

지나온 도로 위로 부서진 자동차들이 보였다. 사고 현장 앞쪽에 전복된 화물 트럭이 있었다. 적재되어 있던 시멘트들이 쏟아져, 그것을 미처 피하지 못한 자가용들이 중앙분리대를 들이받거나 추돌해서 부서져 있었다. 어둠 속에 뒤엉켜 있는 자동차들을 보자 소름이 돋았다.

남자가 속력을 줄이지 않았더라면 세영 역시 저곳에 같이 있을 것이다. 저 사이를 용케 빠져나온 게 신기할 정도였다. 요란하게 앞질러 가던 화물차를 피해 속도를 줄였던 게 사고를 막았다.

도로 상황을 파악한 남자가 핸드폰을 꺼내 전화를 하며 다시 차에 올라탔다.

"강천터널 막 빠져나와 다리를 건너는 구간입니다. 전복된 화물차와 자가용 세 대……. 저는 갓길에……. 알겠습니다."

신고를 마친 남자는 시동을 걸고 자동차를 이동시켰다. 삼십여 미터 앞쪽에 차를 세우더니 차 안에 그대로 있으라는 말을 남기고 내렸다. 세영도 자동차에서 내려 무슨 일인지 확인하고 싶었지만 그의 말을 따라 가만히 앉아 있었다.

고개를 돌려보니 그는 도로를 가로질러 사고 차량을 향해 걸어가고 있었다. 부서져 뒤집힌 자동차에서 나와 피를 흘리며 쓰러져 있는 운전자에게 다가가 말을 걸고 다른 자동차 안에도 사람이 있는지 확인했다.

교통사고 때 어떻게 행동해야 하는지 잘 모르는 세영이 보기에도 무척 위험해 보이는 일이었다. 뒤따라오던 차들이 급정거를 하며 간신히 사고 차량을 피해 가는 상황이라 언제 또다른 사고가 생길지 모르는데 그는 전혀 아랑곳하지 않는 것처럼 보였다.

사고 차량이 한쪽 차선을 완전히 막고 있는 바람에 뒤따라오던 차량들이 비상 깜빡이를 켜고 길게 늘어서기 시작했다. 어둠 속에서 사이렌 소리가 들리더니 곧 레커차가 도착했고, 잠시 후 경찰차와 응급차가 뒤를 이었다.

경찰은 한쪽 차선을 막고 고속도로를 지나는 자동차들을 선도하기 시작했고 구급 요원들은 자동차 안을 확인하고 현장에 쓰러진 사람을 구해냈다.

세영은 사고 현장을 빠져나가는 차량들을 보며 목과 어깨를 움직여보았다. 통증이 조금씩 가시고 있었지만 기분은 가라앉았다. 이대로 서울로 돌아가야 하나 싶어 우울해졌다. 모처럼의 일탈치고는 너무 초라했다. 오늘은 되는 일이 하나도 없어. 제멋대로 사라진 엄마와 갑작스럽게 나타난 윤기. 그나마 바다를 본다는 생각에 엉망인 기분을 간신히 참을 수 있었는데…….

세영은 좌석을 뒤로 젖히고 누워 눈을 감았다. 사고 처리가 끝나려면 얼마나 더 시간이 걸릴지 모른다. 그동안 눈을 감고 바다를 향해 달려가는 상상이라도 하고 싶었다.

어둠 속을 달리는 자동차. 길게 뻗은 도로. 아무도 없는 텅 빈 고속도로…….

머릿속에 그런 그림을 그리자 지난여름 미국에 있는 이모 집에 갔을 때가 떠올랐다.

로스앤젤레스에서 그랜드캐니언을 향해 가는 길이었다. 저녁을 먹고 굳이 밤 운전을 하려는 사촌오빠들이 이해가 되지 않았지만 아무도 없는 사막의 길고 텅 빈 도로를 끝없이 달리자 이유를 알게 되었다.

달빛이 어스름한 도로에 오로지 자동차만 흔들리며 어디론가 향하고 있다. 시야가 닿는 곳까지 보이는 것이라고는 지평선과 이따금 보이는 바위산들뿐이었다. 잠시 차를 멈추고 사막에 발을 내디뎠을 때 세상이 이렇게 고요한 곳이라는 것을 처음 알았다. 그렇게 몇 시간을 달려 사막의 붉은 절벽 사이에서 떠오르는 해를 보는 순간, 왠지 눈물이 쏟아질 것 같았다.

바다가 보고 싶었던 게 아니었다. 어둠 속을 달리며 온전히 혼자라는 것을 느꼈던 그 시간이 그리웠던 것이다. 그리고 그 끝에서 만나게 될 바다와 떠오르는 해. 남자의 제안을 서슴없이 받아들인 것도 그 때문이었다.

사고 때문에 이 여행이 고작 몇 시간 만에 끝난다는 게 너무 아쉬웠다.

차문을 열고 올라타는 남자의 기척이 느껴졌다. 하지만 세영은 눈을 뜨지 않았다. 그 사막의 밤을 계속 머릿속에 그리고 싶었다.

"괜찮아?"

그의 목소리에는 걱정이 묻어 있었다. 세영은 얼른 눈을 뜨고 좌석을 일으켜 세웠다. 괜찮은 척하고 싶었지만 자기도 모르게 신음과 함께 뒷목으로 손이 올라갔다. 급정거할 때 부딪힌 근육에 가볍게 통증이 일었다. 이대로 되돌아가고 싶지는 않다. 하필이면 사고 현장에 휘말렸지만 그래도 바다행을 포기할 정도는 아니다.

"괜찮아요, 그냥 조금 뻐근한 것뿐이에요."

남자는 잠시 세영을 쳐다보다가 시동을 걸었다. 자동차는 이내 가까운 톨게이트를 빠져나와 원주시로 향했다. 이대로 서울로 돌아가는 건가 싶어 세영의 목소리가 커졌다.

"정말 괜찮아요, 그냥 가요."

그러다 자동차가 원주 쪽으로 방향을 잡자 의아한 눈으로 쳐다보았다.

"어디 가는 거예요?"

남자는 대답도 없이 눈으로 어딘가를 찾고 있었다. 속력을 늦추고 주위를 두리번거렸다. 거리에 있는 건물들은 이미 불이 꺼지고 대부분 어둠에 잠겨 있었다. 세영은 슬그머니 불안한 생각이 들었다. 무슨 꿍꿍이인가 싶어 남자의 눈치를 살폈다.

남자는 목적지를 확인했는지 도로를 꺾어 들어섰다. 창밖으로 시선을 돌리자 어둠 속에 선명하게 응급실이라는 간판이 보였다.

"다쳤어요?"

"나 아니고 너."

세영은 그제야 긴장으로 올라가 있던 어깨를 내리고 한숨을 내쉬었다. 하지만 여기에서 내리면 안 된다. 이대로 병원으로 들어가면 한밤중의 고속도로를 달리는 일도, 바다를 보는 것도 할 수 없게 된다.

"난 괜찮아요, 그냥 가요."

"안 돼."

"그럼 바다는요?"

남자는 세영의 말에 어이가 없다는 눈길로 쳐다보다가 이내 말을 이었다.

124

"걱정 마. 괜찮다고 하면 데려다줄 테니까."

남자의 말에 더이상 버틸 수가 없었다. 세영은 자동차에서 내렸다. 응급실 계단 쪽으로 걸어가는데 한쪽 무릎이 지끈거렸다. 하지만 내색하지 않았다. 응급실에 와서 치료받아야 할 만큼 다친 곳은 없다. 파스나 몇 장 붙이고 나오면 될 일이다.

병원 현관문을 열고 안으로 들어서려는데 뒤로 구급차가 요란한 경광등을 번쩍이며 들어왔다. 세영은 남자를 따라가며 뒤를 돌아보았다. 아마도 사고 현장에 있던 운전자들이 이곳으로 수송되어 온 모양이었다.

"사고 현장에서 오신 건가요?"

응급차에서 연락을 받았는지 간호사가 남자에게 다가오며 물었다.

"네, 저는 괜찮은데 이 학생은 봐주셔야 할 것 같습니다."

남자는 세영을 가리키며 간호사에게 말했다.

"이쪽으로 누우세요."

세영은 괜찮다는 말을 하기도 전에 간호사의 손에 이끌려 침상에 누웠다. 세영에게 다친 곳을 묻던 간호사는 혈압계를 가져와 팔에 둘렀다. 세영이 알려준 대로 부딪힌 곳을 확인하고 남자에게 서류를 내밀었다.

"우선 인적 사항을 적어주시겠어요? 이름, 나이, 주소."

남자는 서류를 받아들고는 멍한 얼굴로 세영을 돌아보았

다. 세영은 직접 쓰겠다며 남자에게서 종이를 건네받았다. 남자는 묵묵히 세영이 이름과 주소를 적는 것을 지켜보았다.

"이젠 연락해야지?"

그 말에 세영은 얼른 고개를 세차게 저었다. 물끄러미 세영을 쳐다보던 남자는 더이상 아무 말 하지 않았다. 남자는 세영에게 서류를 건네받고 침상에서 잠시 기다리라는 말을 하고는 커튼을 쳤다.

세영은 침상에 누워 의사가 오기만을 기다렸다. 아픈 곳이 없다는 것을 확인하면 금방 내보내줄 것 같았다. 병원 응급실에 누워 시간을 보내고 싶지는 않았다.

갑자기 응급실 안이 시끌시끌해졌다. 살짝 커튼을 젖히고 보니 사고 현장에서 온 부상자들이 비명과 신음 소리를 내고 있었고 다급한 의료진들이 그들에게 매달려 처치를 하고 있었다. 차 유리에 팔이 찢어진 사람이 보였다. 간호사가 소독약을 가져와 상처 부위에 병째 쏟아부었다. 당장은 누구 하나 세영을 챙겨줄 여유가 없어 보였다.

세영은 얼른 커튼을 치고 누웠다. 천장의 형광등을 바라보며 고단한 하루를 돌아보았다. 눈이 부셔 잠시 눈을 감았다. 남자가 돌아오면 이대로 나가자고 해야지 생각하다가 자신도 모르게 슬며시 잠이 들었다.

# 6

"박혜인 환자분."

간호사의 카랑카랑한 목소리가 병원 복도로 퍼졌다.

벽 한쪽에 놓인 의자에 앉아 차례를 기다리고 있던 우진은 얼른 손에 들고 있던 아내의 핸드폰을 집어넣고 진료실로 들어갔다. 아내의 암 수술과 치료를 맡아왔던 윤창신 의사는 진료실로 들어서는 우진을 한눈에 알아보았다. 그는 우진 혼자만 진료실로 들어서는 것을 보고 고개를 갸웃거렸다.

"환자분은 같이 오지 않으셨어요?"

아내의 죽음을 알 턱이 없는 의사는 우진을 바라보며 잠시 곤혹스러운 얼굴이 되었다.

"원무과에서 소란이 있었다는 얘기는 들었습니다. 여기서 수술을 받고 싶지 않다면 다른 곳을 알아봐드릴게요."

우진은 의사가 하는 이야기를 듣고 이내 몇 가지 사항을 유추할 수 있었다.

"아내가…… 재발이 됐었군요."

우진의 이야기를 들은 의사는 의아한 표정으로 되물었다.

"그 얘기 듣고 오신 거 아닌가요?"

"그 얘긴 됐고…… 원무과에서 소란이 있었다는 건 무슨 얘깁니까?"

"자세한 건 저도 잘……. 직접 물어보시는 게 나을 것 같습니다."

대답하는 의사의 표정에서 곤혹스러운 기색이 스쳤다. 알고 있지만 자기 입으로 얘기하고 싶지 않은 눈치였다. 우진도 굳이 그의 입을 통해 듣고 싶은 마음은 없었다. 직접 그곳에 가서 듣는 게 더 정확할 것이라고 생각했기 때문이다.

"그럼."

우진이 그대로 자리에서 일어서려 하자 의사가 손을 내밀어 우진을 불러 세웠다.

"환자분은? 하루라도 빨리 치료를 하시는 게 좋을 텐데요. 여기선 어렵겠지만 다른 곳을 찾아보면, 아니 제가 소개를 해 드……."

"아내는…… 됐습니다."

우진의 단호한 말투에 의사는 입을 벌린 채 더이상 아무 말도 하지 못했다. 아내를 살리기 위해 애썼던 그에게 몇 마디 더 하고 싶었지만 그대로 입을 닫았다. 모든 게 부질없게 느껴졌다.

우진은 가볍게 고개를 숙여 인사를 하고 진료실을 나왔다.

진료실을 나와 엘리베이터로 향하는 우진의 머릿속은 복잡했다.

수술로 암세포를 떼어내고 경과가 좋다고 했었다. 정말로 까다롭고 힘든 수술이었지만 그는 이 분야 최고의 의사였다. 전이가 걱정되기는 해도 수술을 끝냈을 때는 희망적인 얘기 뿐이었다. 이대로 정기 검진을 통해 경과를 지켜보며 재발이 없기를 빌었었다. 의사와 나눈 얘기를 생각하면 아내는 다시 암이 재발한 것이다. 그것도 곧 다시 수술을 해야 하는 위중 한 상태라는 얘기다.

아내는 암이 재발했다는 사실에 절망한 것일까? 또다시 긴 치료의 시간을 견딜 자신이 없었던 것일까? 아무래도 그것은 아닌 것 같다. 그랬다면 아마도 자신에게 건넨 아내의 마지막 말이 달랐을 것이라는 생각이 들었다.

아내는 마지막까지 수정의 일에 대해 물었다. 우진은 그것 이 마음에 걸렸다. 의사가 얘기한 '원무과에서의 소란'이 뭔지 도 마음에 걸렸다. 우진은 제발 자신이 생각하는 그런 일만은 없었기를 바라며 진료실 복도를 걸어나왔다.

원무과 사무실로 들어서자 직원들과 노닥거리고 있던 중년 의 남자가 우진을 발견하고는 인상부터 구겼다. 간이 안 좋은 듯 술꾼 특유의 어두운 낯빛인 김동기 과장은 몇 가닥 남지 않은 머리카락을 이마 위로 넘기며 짜증스럽게 말했다. 비아 냥거리는 그의 말투는 변함이 없었다.

"이제는 남편이 납셨군."

이미 우진이 누군지 아는 눈치니 따로 이름을 말할 생각은 없었다. 주위에 있던 직원 둘이 우진과 과장의 눈치를 살피더니 슬그머니 사무실을 나갔다.

"며칠 전에 아내가 왔었다고 들었습니다."

"당신들 말이야, 너무 뻔뻔한 거 아니야?"

우진은 예상치 못한 김 과장의 말에 어안이 벙벙해졌다.

"왜 갑자기 들이닥친 건가 하고 이상해서 내가 진료 기록을 찾아봤지. 암이 재발했다고? 그래서 또 찾아온 거잖아? 이번에도 수술비 내라 이거지? 여기가 당신네 전용 병원인 줄 알아?"

우진은 말문이 막혀 아무 말도 할 수가 없었다. 그가 하는 말을 들어보니 아내가 어떤 수모를 겪었는지 알 것 같았다. 애당초 이 병원에 오는 게 아니었다.

"사람이 호의가 계속되면 권리로 생각한다더니, 이거 뭐 염치가 없어도 정도껏이지."

"……집사람이, 알았습니까?"

받지 않을 생각이었다. 아내의 수술비, 치료비는 주변에서 빌리든 대출을 받든 어떻게 해서든 마련할 수 있었다. 먼저 병원비를 받지 않겠다고 한 건 그쪽이었다. 아니, 알아서 병원비를 낸 것으로 처리해버렸다.

"우리 형님이 점잖으니까 그런 호의라도 베푼 건데, 아주 건수 잡았다 이거야? 도대체 얼마나 뜯어먹어야 속이 시원하겠어?"

"뜯어먹다니······. 당신, 우리 집사람에게도 그렇게 말했어?"

"그래서, 뭐 어쩔래? 아주 말간 얼굴로 모르는 척하더구먼. 자기 수술비가 어디서 나왔는지 정도는 알고 있었을 텐데, 안 그래?"

"뭐라고 했어?"

"뭐야, 그렇게 눈을 부라리면 어쩔 건데?"

"아이 엄마에게 뭐라고 했냐고!"

"어디서 행패야? 죽은 딸 팔아서 몇 번이나 우려먹을 생각이냐고 했다, 왜? 그놈의 목숨값이 얼마라고······."

우진은 참지 못하고 김 과장의 멱살을 움켜쥐었다. 머리끝까지 뜨거운 것이 올라와 눈이 따끔거렸다. 이빨을 으드득거리며 욕이 튀어나오는 것을 억눌렀다. 우진은 부들거리며 그의 얼굴에 대고 침이라도 뱉고 싶은 기분을 간신히 참았다.

"이거 안 놔? 어디서 미친 새끼가······."

김 과장은 우진의 팔을 뿌리치고 거칠게 밀쳐냈다. 우진은 비틀거리며 옆에 있는 책상에 손을 짚다가 삐끗했다. 팔꿈치가 그대로 꺾이고 몸은 책상 옆으로 쓰러졌다.

"그 정도 해줬으면 됐지, 어디서 또 손을 내밀어? 거지 같은 것들."

우진은 그대로 주저앉은 채 김 과장이 쏟아내는 말을 들었다. 그는 마치 아내의 수술비를 내놓으라고 난동이라도 피운 듯 이야기하고 있지만 그것은 사실과 다르다. 앞뒤가 전도된 이야기지만 우진은 그 말에 반박할 생각도 들지 않았다. 이제 와서 무슨 소용인가, 앞뒤 상황이 어찌되었건 아내의 수술비와 항암 치료비를 모두 면제받은 것은 사실이다.

동네 의원에서 암 소견 진단을 받고 더 큰 병원으로 가서 정밀 검사를 하라는 말에 대학 병원에서 조사란 조사는 모두 했다. 그곳에서도 병명은 알았지만 암 덩어리의 위치와 징후에 대해 이야기하며 난색을 표했다. 결국 췌장암에 가장 용하다는 의사가 있는 곳을 물어물어 온 곳이 이 병원이다.

윤창신이라는 의사가 췌장암에서는 가장 권위자라고 했다. 모두가 혀를 내두를 정도로 어려운 수술도 척척 해내는 명의라고 했다. 그런 노련한 의사도 아내의 상태를 보고 난색을 표했다. 아내를 살릴 생각밖에 없었던 우진에게 다른 것은 보이지 않았다.

우진은 무릎을 꿇고 아내를 살려달라고 빌었다. 이제 그에게 남은 것은 아내밖에 없었다. 우진은 그 의사에게 아내의 모든 것을 맡겼다.

다행히 아내는 무사히 수술을 마쳤다. 절대 안정을 취해야

한다고 1인실로 옮겼다. 함께 수술실에 있었다는 간호사가
전해준 말에 의하면 윤창신 의사가 아니었다면 절대 해내지
못할 수술이었다고 했다. 겨우 한숨 돌린 우진에게 현실적인
문제가 다가왔다. 아내의 수술비. 수정을 잃은 뒤 한동안 제
대로 일도 못 하고 손을 놓고 있던 사이 빚이 꽤 늘어 있었다.
어떻게 돈을 마련하나 머리가 무거웠지만 아내에게 내색하지
않았다.

　며칠 뒤 병원비 청구서를 받았다. 청구서에 적힌 금액은
16,800원.

　우진은 1680만 원을 잘못 본 게 아닌가 싶어 몇 번이나 다
시 읽어보았지만 16,800원이 맞는다. 어려운 수술까지 마치
고 1인실에 입원하고 있는데 병원비가 16,800원이라니. 뭔
가 착오가 생긴 것이 틀림없었다.

　원무과로 찾아가서 물어보았지만 병원비가 이미 지급되었
다는 말만 들었다. 누가, 라고 잠시 생각하다가 우진은 고개
를 저었다. 생각나는 사람이 없었다. 주변에 그렇게 선뜻 병
원비를 내줄 사람도 없었지만, 그랬다면 분명 자신에게 이야
기를 했을 거라는 생각이 들었다. 누가 병원비를 냈는지 알고
싶다고 하자 사무실을 알려주었다. 김 과장을 만난 것은 그곳
이었다.

　청구서에 착오가 있는 것 같아 왔다는 우진에게 김 과장은

아주 불쾌한 얼굴로 물었다. 하필이면 우리 병원에 온 것도 그것 때문 아니냐고. 그때까지도 무슨 말인지 이해가 되지 않았다.

"우리 조카 인생 그만큼 망쳐놨으면 됐지, 뭘 더 괴롭힐 게 있어 이러는 거야?"

"무슨 말을 하는 겁니까? 누구 인생을 망쳐요?"

"어디서 시치미야? 누가 모를 줄 알아? 수술 날짜 받아놓고 소동을 일으킨 것도 다 그런 계산인 거 누가 모를 줄 알아?"

그때야 비로소 깨달았다. 악연은 아직 끝난 게 아니었구나.

우진은 아내가 수술을 받던 날 있었던 일이 생각났다.

병원 원무과에서 수술을 위한 입원 수속을 밟고 돌아서다 머리를 노랗게 염색한 한 남자를 발견했다. 머리 때문에 얼굴이 달라 보이긴 했지만 그래도 한눈에 알아볼 수 있었다. 놈들은 아무리 멀리 있다고 해도, 아무리 오랜 세월이 지난다고 해도 한눈에 알아볼 수 있다.

재판정에서 만난 놈들. 내 딸 수정이를 죽인 놈들.

그 세 놈의 얼굴은 그의 뇌리에 너무나 깊이 박혀 있어서 절대 잊을 수가 없다. 소년의 티를 벗은 얼굴이었지만 우진은 단숨에 김승찬을 알아보았다.

우진은 앞뒤 볼 것 없이 달려가 승찬의 멱살을 잡았다. 그가 묻고 싶은 것은 하나였다.

감옥에 있어야 할 놈이 왜 여기에 있나.

하지만 승찬은 우진을 기억하지도 못했다. 그는 우진의 팔을 뿌리치며 소리를 질렀다. 거칠게 발길질을 해댔다. 미친놈 아니냐고 욕설까지 퍼부으며 성질을 부렸다. 주변에 있던 경비원이 와서 말린 뒤에도 놈의 발길질은 멈추지 않았다. 어디선가 나타난 중년 의사가 차분하지만 날카롭게 소리쳤다.

"병원에서 무슨 소란이야!"

그의 한마디에 소란이 가라앉았다. 한눈에도 그가 가진 연륜과 병원에서의 위치가 느껴졌다. 우진에게 주먹질을 해대던 승찬도 의사의 얼굴을 확인하자 자신의 팔을 잡고 있던 경비원의 손길을 뿌리치고 그대로 밖으로 나가버렸다.

"거기 서, 이 살인자!"

승찬을 향해 소리를 지르며 달려가던 우진을 경비가 붙잡았다. 누군가 중년 의사에게 뭐라고 소곤거리며 상황 설명을 하고 있었다. 원무과 직원이 나와 우진의 팔을 잡았다.

"수술 동의서에 서명을 하셔야죠."

우진은 승찬을 잡기 위해 밖으로 나가려 했지만 서명을 안 하면 수술실을 잡을 수 없다는 말에 어쩔 수 없이 원무과로 발걸음을 돌렸다.

그때는 경황이 없어 소동을 멈춘 중년 의사가 누군지 알아볼 생각도 하지 못했다. 뒤늦게 생각해보니 그의 표정이 꽤나 굳어 있었던 것 같다. 그의 옆을 지나면서도 그가 김승찬의 아버지이자 이 병원의 원장일 거라고는 생각도 하지 못했다.

"우리 형님이 양반이어서 이런 호의를 베푸는 줄 알아. 나였으면 수술이고 뭐고 그길로 내쫓았을 거야."

우진은 원무과장의 말에 아무 말도 할 수가 없었다. 악연은 한 번으로 끝나지 않는다는 말만 떠올랐다. 아내의 수술을 받기 위해 온 병원이 하필이면 딸을 죽인 놈의 아버지가 하는 병원이라니. 생각지도 못한 재회에 머리가 어지러웠다.

병실로 돌아온 우진은 아내에게 아무 말도 하지 못했다. 약에 취해 자고 있는 아내의 얼굴을 보며 그는 몇 번이나 이 일을 어떻게 설명해야 하나 고민했지만 결국 입을 다물기로 했다. 가장 어렵다는 췌장암의 전문가가 이곳에 있다. 수술이 까다로울 뿐 아니라, 췌장암의 오 년 이내 생존율은 고작 칠팔 퍼센트밖에 되지 않는다. 이제 간신히 수술을 마쳤다. 앞으로 아내의 목숨을 살릴 수 있는 건 수술을 집도했던 윤창신 의사밖에 없다.

이곳의 원장이 누구인지 말하면 아내는 틀림없이 병원을 옮기자고 할 것이다. 아니, 당장 병실 문을 열고 밖으로 뛰쳐나갈 것이다. 그렇게 할 수는 없었다. 우진은 이미 수정을 잃으면서 너무나 많이 무너져 내렸다. 여기서 아내마저 잃게 된다면 더 살아갈 힘도 없을 거라고 생각했다. 결국 아내에게는 비밀로 하고 수술과 항암 치료 후 퇴원을 했다.

병원에 갈 때마다 우진이 직접 아내를 데리고 다녔다. 허약해진 아내의 곁을 지킬 심산이기도 했지만 아내가 병원 원장의 정체를 눈치채지 못하게 할 셈이었다.

다행히 경과는 좋아서 2차 항암 치료도 무사히 끝나고 정기 검진만 다니면 된다고 했다.

그대로 끝났더라면, 암세포가 재발하지 않았다면 아내는 모르고 넘어갔을 것이다.


'모르기를 바랐는데……. 이 일만은 영원히 아내가 모르길 바랐는데.'

우진은 자리에서 일어나 원무과를 나왔다. 뒤에서 김 과장이 뭐라고 소리를 지르고 있었지만 귀에 들어오지 않았다. 이제야 알 것 같았다. 왜 아내가 마지막으로 수정의 이야기를 꺼냈는지.

'……당신, 나한테 이러는 거 아니야.'

아내가 자살하던 날 자신에게 전화를 걸어 말했던 첫마디가 생각났다. 그날의 선뜩하고 불안하던 예감. 아마도 병원 일과 수술비를 숨긴 것에 대한 책망일 것이다. 그리고 아내는 또 이렇게 말했다.

'왜 이렇게…… 사람을 구차하게 만들어?'

우진의 거짓말 때문이었을까? 아니다. 그것만이 전부는 아니다.

아내는 딸을 팔아서 살고 싶지 않았던 것이다. 자신도 모르게 벌어졌던 일이라 해도 억장이 무너지는 기분이었을 것이다. 그 일은 아내에게 치욕감을 느끼게 만들었다. 게다가 다시 암이 재발했다. 또 수술을 해야 할지, 항암 치료를 해야 할지도 모르는 상황에서 딸의 목숨값 운운하는 이야기를 들었다면…….

어떤 부모가 그런 이야기를 듣고 아무 일도 없다는 듯 고개를 돌릴 수 있을까?

우진은 아내가 얼마나 참담한 심정으로 병원을 나섰을지 충분히 가늠할 수 있었다.

아무것도 모르고 있던 자신이 너무나 한심스럽고, 자신에게 모든 것을 감춘 우진이 한없이 원망스러웠을 것이다. 그런 말을 들으면서까지 살고 싶은 세상이 아니다. 아내는 구차한 모습으로 사는 자신을 용서할 수 없었을 것이다.

딸을 죽인 놈의 가족에게 그런 모욕을 듣고 집으로 돌아온 아내는 아파트 옥상에 올라가 세상을 떠나는 마지막 순간에 우진에게 원망의 한마디를 하지 않을 수 없었다.

우진은 아내의 목숨을 살려야 한다는 생각만 했지 아내의 자존감은 생각하지 못했다.

인간은 육체의 아픔보다 수치심이나 모멸감 같은 정신적 고통이 더 아플 수 있다. 자신의 얄팍한 생각이 단정한 아내의 심성에 얼마나 상처가 되었을지 이제야 뼈저리게 느껴졌다. 아내는 단지 살아 있다는 것만으로 산다고 말하는 사람이 아니라, 인간답게 사는 게 중요하다고 말할 사람이다.

속이 뒤틀렸다. 자신의 얄팍한 변명에 속에서 구역질이 올라왔다.

병원 건물을 나온 우진은 다리가 후들거려 제대로 걸을 수가 없었다. 그대로 걸어가다간 길에 쓰러질 것 같아 눈에 보이는 대로 앉을 곳을 찾았다. 마침 병원 정원 한쪽에 벤치가 보여 그곳으로 걸음을 옮겼다. 뱃속에 뜨거운 것이라도 끓고 있는 것처럼 열기가 얼굴로 올라와 속이 답답했다. 속에 있는 것을 토해내고 싶어 근처에 있는 나무를 붙잡았지만 헛구역질만 올라왔다. 크게 심호흡을 몇 번 하고 찬바람을 쐬고 나자 서서히 속이 가라앉았다. 그사이 식은땀이 흘렀는지 이마며 뒷머리가 차가운 물기로 흥건하다.

우진은 손으로 이마의 물기를 닦아내다가 여전히 아내의 핸드폰을 손에 쥐고 있다는 것을 깨달았다.

아내와의 마지막 통화에서 그는 무슨 말을 했던가?

무슨 일인지 제대로 알아보지도 않고 마지막까지 허둥거렸다. 만약 그때 아내의 일을 눈치채고 제대로 이야기를 나누었다면 아내가 그런 선택을 했을까? 어쩌면 옥상에 올라간 아내를 설득해서 내려오게 할 수도 있지 않았을까?

또 반복이다. 수정이 죽었다는 것을 알게 된 뒤 몇 달 동안 머릿속에서 반복하던 질문들. 만약 수정에게 전화를 했더라면, 만약 수정을 데리러 갔었더라면. 만약, 만약…… 만약.

하지만 '만약'은 절대 이루어질 수 없는 지나간 과거일 뿐이다. 되돌리지도 못할 시간을 붙잡고 후회와 자책을 해봐야 남는 것은 더 깊은 우울뿐이다.

이제 우진의 곁에는 아내의 핸드폰만 남았다.

우진은 어젯밤 아내의 핸드폰을 다시 찾은 뒤, 그 핸드폰 하나로 아내의 일상을 알아가기 시작했다.

핸드폰에는 많은 정보들이 들어 있었다. 통화 내역과 문자들을 통해 아내가 평소 누구와 연락을 자주 하는지, 또 어떤 이야기를 주고받는지 아는 것은 물론이고 그 사람과 어떤 관계인지도 확인할 수 있다.

아내가 저장해둔 전화번호는 서른 개가 넘지 않았다. 그중에 집 주변의 가게, 세탁소나 슈퍼, 미용실 전화번호 같은 것들을 빼고 나면 개인적으로 친밀한 관계에 있는 사람들의 전화번호는 열 몇 개에 불과하다. 시댁이라고 해봐야 연락할 곳은 고모님밖에 없고 친정도 장모님과 처남, 처남댁이 전부다.

아는 친구 이름이 몇 있고 모르는 사람 번호가 서너 개 있다. 하루 통화 내역도 우진을 빼면 한두 개 있을까 말까.

우진은 혜인에게 친구가 많지 않다는 것은 알았지만 이렇게 섬처럼 외롭게 지내고 있을 거라고는 생각도 하지 못했다. 수정이 살아 있을 때만 해도 이렇지는 않았다. 그때는 수정이 다니는 학교, 선생님, 수정의 친구 그리고 친구의 부모 전화번호까지 저장하고 있었다. 초등학교 때부터 시작된 학부모 모임에도 자주 나가곤 했다. 그 관계들이 수정이 죽고 나서 모두 사라졌다.

아내는 달팽이처럼 안으로 숨어들어 살고 있었다. 스스로 죄인이라 불렀다. 누가 다가오면 몸을 안으로 집어넣고 잔뜩 웅크린 채 꼼짝도 하지 않았다. 주변에서 연락이 와도 잘 받지 않았던 것 같다. 연락을 좀 하라고 하는 문자를 여러 번 받았지만 답은 없었다. 외출도 잘하지 않는다는 것을 알고 있었지만 몸이 아파서 그런 것이라고만 짐작했다. 아내가 세상으로 열려 있는 문을 하나씩 닫을 때에도 우진은 모르고 있었다.

진작 알았더라면, 병원에서 연락이 온 것만이라도 눈치를 챘더라면 아내를 살릴 수 있지 않았을까?

우진의 눈에 눈물이 고였다. 하지만 그는 이내 눈물을 닦아냈다.

나는 울 자격도 없다. 아내를 살리겠다고 발버둥쳤지만 그

것이 오히려 아내를 아프게 만들었다. 아내가 어떤 마음으로 세상을 버렸을지 생각하니 나락으로 떨어지는 기분이 들었다.

우진은 아내의 마지막 모습을 떠올렸다.

'우리 수정이 왜 죽어야 했지?'

아내는 마지막까지 그렇게 물었다.

'당신은 궁금하지 않아? 우리 딸 수정이 왜 죽었는지.'

우진은 주머니에 들어 있는 종이를 꺼냈다.


진범은 따로 있다.


죽어가는 아내가 마지막으로 했던 질문에 대한 답을 듣기 위해 그가 할 수 있는 일은 한 가지밖에 없다. 진범을 찾아야 한다. 그리고 그자에게 물어야 한다.

너는 왜 내 딸을 죽였는가.

우진은 자리에서 일어났다. 뒤틀리던 속은 가라앉고 머릿속도 투명하게 맑아졌다. 늦가을의 차가운 바람이 머리를 개운하게 해주었다. 목표가 생기자 다리에 힘이 들어갔다.

우진은 저녁에 다시 병원으로 오기로 했다.

진범을 찾기 위해서는 재판정에서 봤던 놈들을 찾아야 한다. 당장 그가 아는 것이라고는 김승찬의 아버지가 그 병원에서 근무하고 있다는 것이다. 그가 퇴근하고 나오는 시간을 기다려 뒤를 미행하면 승찬의 집을 확인할 수 있을 것이다. 승찬을 만나면 다른 놈의 연락처를 알아내는 것은 어렵지 않을 것이다.

우진은 집으로 돌아가 앞으로 해야 할 일들과 그때 필요한 물건들이 무엇일지 생각했다. 어쩌면 놈들을 찾기 위해 오래 길에서 지내야 할지도 모른다는 생각이 들었다. 머릿속에 앞으로의 계획들이 하나둘 자리를 잡기 시작했다.


# 7


문을 연 것은 승찬이었다. 그는 실내로 들어서는 윤기의 뒤를 살펴보며 물었다.

"세영이는?"

"묻지도 마. 망할 기집애."

윤기는 오피스텔 안으로 들어오며 자기집이라도 되는 듯 냉장고부터 뒤졌다.

"맥주 없냐?"

"맨 아래 안쪽 뒤져봐."

거실 안쪽 소파에 앉아 있는 재강이 소리쳤다.

그의 말대로 과일과 치킨 상자를 치우니 안쪽에 맥주들이 있었다. 윤기는 나란히 놓여 있는 병들을 살펴보다가 새뮤얼 애덤스를 발견하자 냉큼 꺼냈다. 미국에서 마시던 맥주를 재강의 냉장고에서 만날 줄이야. 그러고 보니 과일이 담긴 봉지에도 영어가 적혀 있다. 윤기는 그제야 재강의 엄마가 미군 부대 안에 있는 슈퍼를 애용한다는 사실을 떠올렸다.

"세영이 안 데려왔어?"

문을 닫고 들어선 승찬이 다시 윤기를 채근했다. 맥주병을 따려던 윤기가 짜증스러운 표정으로 승찬을 쳐다보았다.

"그렇게 똥줄 타면 네가 가지 그랬냐?"

"아, 어떻게 됐냐구!"

승찬은 버럭 소리를 질렀다. 제대로 된 대답 한마디면 될 일을 자꾸 빙빙 돌리며 말하는 윤기에게 짜증이 난 모양이다. 윤기는 여전히 주방 근처를 두리번거리며 병따개를 찾고 맥주를 들이켜며 시간을 끌었다. 승찬은 윤기에게 한마디 더 하려다가 몸을 돌려 재강에게 향했다.

"재강아, 네가 물어봐."

승찬의 말을 못 들었을 리 없건만, 재강은 들은 척도 하지 않고 손에 든 퍼즐 조각의 모양을 살피고 있었다. 맥주를 한 모금 마신 윤기는 승찬의 뒷머리를 툭 치며 재강이 있는 소파 옆에 가 앉았다. 그는 짜증 섞인 목소리로 승찬에게 물었다.

"왜 이렇게 난리야? 애초에 너 때문에 벌어진 일이잖아."

"뭐가 나 때문이야?"

"이미 삼 년 전에 끝난 일이야, 병원에서 너랑 마주치지만 않았으면 완전히 사라질 얘기였다고."

"그건 윤기 말이 맞네."

재강은 남 이야기하듯 윤기의 말에 장단을 맞추었다. 승찬이 얼른 다가와 맞은편 소파에 앉았다.

"됐고, 세영이 왜 안 데려왔는지 그거나 얘기해."

"아, 몰라, 나도."

"야!"

승찬과 투덕거리는 소리를 듣던 재강이 툭 한마디 던졌다.

"저렇게 안달하는데 얘기해주지그래?"

윤기는 그제야 세영을 데려오지 못한 이유를 설명했다.

"내 얼굴 보자마자 도망치던데? 누가 보면 귀신 만난 것처럼 경기를 일으키더라, 젠장."

재강은 탁자 위에 지그소 퍼즐을 펼쳐놓고 맞추고 있었다.

조각들이 담겨 있던 퍼즐 박스에 인쇄된 그림을 보니 하얀 바탕에 작은 장미꽃 한 송이가 그려져 있을 뿐이다. 이천 개나 되는 조각 대부분은 흰색이라는 얘기가 된다. 나갈 때만 해도 테두리만 겨우 맞추기 시작했는데 어느새 장미는 완성이 되었고 흰 바탕도 꽤 많이 맞춰져가고 있었다. 무늬도 없고 색도 없는 퍼즐을 맞춘다는 것은 여간 집요하지 않으면 힘든 일이다.

어릴 때부터 재강은 퍼즐 맞추기를 좋아했다. 최 선생 공
부방에서 처음 만났을 때도 그는 퍼즐을 하고 있었다. 그때는
재강과 이렇게 오래 만나게 될 줄 몰랐다. 수학 경시대회에
나가 전국 일등을 했다는 소개와 함께 공부방에 모인 여섯 명
끼리 인사를 나누게 했지만 재강은 아이들의 얼굴을 힐끔 보
았을 뿐 입도 열지 않았다.

'재수 없는 새끼.'

오늘도 아무 일 없다는 듯 태연하게 퍼즐 조각만 쳐다보고
있는 재강을 보자 새삼 그에 대한 불만이 떠올랐다. 아직도
내가 네 심부름꾼인 줄 알아? 이 추운 날 세영이를 데려오라
는 말을 해놓고 자기는 따뜻한 오피스텔에 들어앉아 퍼즐이
나 맞추고 있다 이거지.

처음 만났을 때부터 재강은 시도 때도 없이 자기가 필요한
순간마다 윤기를 불렀다.

가방 좀 들어줄래? 음료수 좀 빼 오지? 선생님한테 전화해
봐. 차 좀 가져와.

처음엔 부탁하는 말투였지만 어느 순간부터 명령조로 변했
다. 친구끼리니까 얼마든지 해줄 수 있는 일이라고 생각하고
넘겼지만 어느 순간부터 그런 태도가 불쾌해지기 시작했다.
오늘도 재강의 전화에 세영의 학원 앞까지 다녀와야 했다.

추운 곳에서 떨며 기다렸는데 세영인 데리고 오지도 못하고 거기에 승찬의 채근까지 듣자 이래저래 기분이 좋지 않던 터였다. 그런데도 남 일처럼 듣는 둥 마는 둥 하는 저 태도는 정말 마음에 안 든다.

"들었냐? 도망쳤다고!"

"뭐라고 했는데?"

"젠장 뭐라고 하긴, 내가 욕이라도 했을까 봐? 그냥 할 얘기가 있다고 했지."

손에 든 퍼즐 조각만 들여다보던 새강이 빈 구석에 조각을 채워 넣으며 차분하게 말했다.

"삼 년 만이잖아. 갑자기 들이대면 놀라지."

그 말에 발끈한 윤기의 목소리가 커졌다.

"그럼 나보고 어쩌라고?"

맞은편의 승찬도 지지 않고 목소리를 높였다.

"아니, 여자애 하나 못 잡아와서 이러냐? 도망치면 쫓아갔어야지."

"쫓아갔다고. 어떤 자동차 잡아타고 도망치는데 어떻게 잡아? 내가 우사인 볼트야? 젠장, 그렇게 잘하면 네가 가지 그랬냐? 이게 다 너 때문이잖아."

"뭐가 나 때문이야?"

"조용히 좀 하자. 귀 안 먹었다."

일어나 주먹질이라도 할 듯 기세등등하던 승찬도 재강의 말 한마디에 다시 주저앉았다.

'너만 아니면 이렇게 다시 모이는 일도 없었다구!' 윤기는 속으로 중얼거렸다.

이 일만 없었으면 하와이로 돌아가서 친구들과 스킨스쿠버나 할 생각이었다. 엄마에게 졸라 이미 필요한 경비도 받아두었다. 서핑도 좋지만 산소통을 메고 물속 깊이 들어가보니 그곳은 완전히 다른 세상이었다.

"그 얘긴 됐고, 한 가지 물어보자."

재강이 고개를 돌리고 찬찬히 승찬을 보다가 물었다.

"그 남자가 뭐라고 했어?"

"뭐? 다 말했잖아? 그날 무슨 일이 있었는지 제대로 이야기하라고."

"그리고?"

"그리고, 거짓말하는 거 알고 있다고, 자기 딸 죽인 범인이 누구냐고."

"그래서?"

"몇 대 갈겨줬지. 그 인간 때문에 아버지한테 당한 거 생각하면, ㅇㅇㅇ."

재강이 이번에는 윤기를 향해 시선을 돌렸다.

"사흘 뒤에 널 찾아갔지. 넌 뭐라고 했어?"

"왜 같은 얘기를 자꾸 물어. 모른다고 했지. 그건 사고였을 뿐이라고."

"뭐? 돌았네, 돌았어."

윤기의 대답을 들은 승찬이 어이가 없다는 듯 한심한 표정으로 쳐다보며 말했다.

"뭐, 내가 뭘 잘못했는데?"

"그러니까 넌 머리가 나쁘다는 소리를 듣는 거야."

옆에 있던 재강이 고개를 절레절레 흔들어가며 나지막이 입을 열었다.

"모른다고 하는 건 누군가 있다는 소리잖아? 우리가 재판도 받았는데 이미 끝난 이야기라고 했어야지."

그제야 윤기도 자기가 말실수를 했다는 것을 깨달았다.

"젠장, 골목에서 갑자기 튀어나와서 멱살을 잡혀봐, 너는 뭐 별수 있을 것 같아?"

"왜 상대를 해? 그냥 피하라고. 피곤하게……."

재강에게 떠들어봐야 자기만 한심한 놈으로 모는 분위기라 더 말하고 싶지도 않았다. 셋이 어울리기는 했지만 항상 이런 식으로 자신을 깔보고 누르는 경우가 많았다. 이 두 자식은 나를 너무 무시하는 경향이 있어. 짜증이 확 밀려왔다.

"그때 털어놨으면 좋았잖아. 이제 와서 뭔 개고생이냐고."

윤기가 툴툴거리며 말했다.

"그랬으면 과연 우리가 무사히 풀려났을까?"

재강이 윤기의 말을 막으며 또다시 가볍게 고개를 흔들었다. 윤기는 재강의 고갯짓에 기분이 더 상했다.

애초에 별로 하고 싶지도 않은 일이었다. 재강과 승찬이 부추기지만 않았으면 드라이브나 하고 집으로 기어들어갔을 것이다. 그 일만 아니었으면 지금쯤 수능을 마치고 대학에 합격해 입학할 날만을 기다리고 있었을 것이다. 꽃길만 걸으리라 생각했던 미래는 그날의 사건으로 쓰레기통에 처박히고 말았다.

"너한테는 아직 안 온 거야?"

승찬이 재강에게 물었다.

"곧 오겠지. 기다리고 있어. ······그렇지 않아도 심심했거든."

재강의 말을 들은 윤기는 등줄기에 소름이 돋았다.

심심했다고 말하는 재강의 눈빛이 예사롭지 않았다. 요즘 들리는 소문이 별로 좋지 않다. 몇 년 만에 다시 모이자는 전화를 받았을 때 망설였던 것도 그 때문이다.

삼 년 동안 무슨 일을 하며 지냈는지는 모르겠지만 재강은 더 음침하고 어두워졌다. 자신과 승찬이 그날 이후 자리를 못 잡고 떠도는 동안 재강은 여전히 고등학교를 다니고 전국 상위권의 성적을 유지하며 서울대에 합격했다.

"세영인 어떡해?"

"연락해봐. 아깐 당황해서 그런 거겠지."

말을 마친 재강이 자리에서 일어나 주방 쪽으로 걸어갔다. 승찬이 쪼르르 재강의 뒤를 따라 주방으로 가더니 자기들끼리 뭐라고 수군거렸다.

윤기는 핸드폰을 꺼내 연락을 하려다 멈칫했다. 재강이 시키는 대로 아무 생각 없이 핸드폰을 꺼내는 자신의 모습이 한심스러웠다. 짜증으로 인상을 구기며 자리에서 일어서려는데 소파 한쪽에 놓인 핸드폰이 손에 잡혔다. 재강의 핸드폰이다.

윤기는 자기 핸드폰보다는 재강의 것으로 하는 게 훨씬 효과가 있을 거라는 생각이 스쳤다. 우리 중에서는 재강과 가장 가깝기도 했고 지금도 연락을 주고받는 것 같았다. 바뀐 세영의 전화번호를 알려준 것도, 학원 이름을 알려준 것도 재강이었다.

윤기는 재강의 핸드폰을 열고 화면을 밀었지만 패턴으로 여는 잠금 화면이 떴다. 그대로 포기할까 하다가 문득 떠오르는 게 하나 있었다. 그게 맞았는지 다음 화면으로 넘어갔다.

재강이 퍼즐을 할 때면 생각에 잠긴 채 탁자에 항상 같은 모양으로 그리는 패턴이 있다. 모래시계마냥 위아래가 붙은 삼각형을 그리는 게 습관이었다. 핸드폰 잠금 해제 패턴을 입력할 때 움직임이 낯익다는 생각을 한 적이 있었는데 역시나 맞았다. 똑똑한 척하지만 이럴 때 보면 재강도 별수없다.

윤기는 가볍게 흥분을 느끼며 곧 문자메시지 아이콘을 눌러 연락처에서 세영을 검색했다. 그러자 화면에 세영의 연락처가 뜨고 예전에 주고받았던 문자메시지들이 얼핏 보였다. 호기심에 스크롤을 해 위를 찾아보았다.

문자 내용을 읽던 윤기는 화들짝 놀라서 얼른 재강이 있는 쪽을 돌아보았다.

재강은 승찬과 함께 양주를 꺼내고 냉장고를 열어 안주로할 만한 것을 찾느라 윤기 쪽은 전혀 신경을 쓰지 않고 있다. 그의 옆얼굴을 보며 윤기는 새삼 소름이 돋았다.

예전부터 음침하고 냉혹한 면이 있다는 것은 어렴풋이 느껴졌지만 이런 일까지 저지를 거라고는 생각도 못 했다. 본능적으로 놈에게 거부감을 느끼고 있던 이유를 깨달았다. 이거다, 라고 꼭 집어 이야기할 수 없었지만 동작 하나, 말 한마디도 묘하게 신경을 건드리고 반감이 생기는 때가 많았다.

문득 아까 만났던 세영의 얼굴이 떠올랐다. 재강이 부른다는 말에 당혹해하던 세영의 표정이 무엇을 말하는지 비로소알 것 같았다. 단순히 자신을 보고 도망치는 거라 생각했지만사실은 그게 아니었다. 세영은 재강이 찾는다는 말에 도망을친 것이다. 그렇게 생각하니 상했던 기분이 조금은 회복이 되었다.

윤기는 재강의 재수없는 얼굴을 쳐다보다가 갑자기 좋은 생각이 떠올랐다.

일 초의 망설임도 없이 얼른 세영과 주고받은 문자 내용을 캡처해서 자신의 핸드폰으로 전송했다. 잊지 않고 자신에게 메시지를 보낸 기록은 지웠다. 언젠가 이걸로 재강의 뒤통수를 제대로 한 방 후려갈겨줄 생각을 하니 벌써 입꼬리가 올라갔다.

"넌 안 마실래?"

갑자기 재강이 얼음이 든 온더록스 잔을 들어 보이며 윤기에게 물었다. 순간 동작을 멈춘 윤기는 핸드폰을 든 손을 탁자 아래로 감추며 태연하게 재강을 쳐다보며 말했다.

"난 맥주나 마실래, 아까 마시던 거."

고개를 돌리는 재강을 쳐다보며 윤기는 조심스럽게 핸드폰을 원래 있던 자리로 옮겨놓고 안도의 한숨을 내쉬었다.

윤기는 곧 아무 일도 없었다는 듯 자신의 핸드폰을 들고 자리에서 일어났다. 탁자에 있던 맥주병을 들어 단숨에 벌컥벌컥 들이켰다. 자극적인 탄산 용액이 목구멍을 간질이며 위 속으로 들어가는 게 그대로 느껴졌다.

윤기는 맥주병을 내려놓고 주방을 향해 걸어갔다. 쟁반에 담아놓은 육포를 뜯으며 두 친구의 어깨에 팔을 얹었다. 비록 삼 년 동안 못 만나긴 했지만 그전에는 함께 어울려 별짓을 다 한 사이다. 모처럼 옛날 기분을 내볼까 하는 생각이 들자 진심으로 즐거워지기 시작했다.

　재강은 갑자기 분위기가 돌변한 윤기가 의아한지 뜨악한 표정으로 쳐다보았다. 윤기는 그 표정만 봐도 기분이 좋았다.

　'소름 끼치는 새끼, 우리가 같이 웃는 건 오늘이 마지막이야.'

　기분 좋은 웃음을 머금은 얼굴과 달리 윤기의 머릿속에서는 재강을 향해 차가운 냉소를 보내고 있었다.

8

　커튼을 열자 새근거리며 자고 있는 아이의 얼굴이 보였다. 몇 시간 전 간호사에게 건네준 서류를 통해 아이의 이름이 세영이라는 것을 알았다.

　우진은 잠시 세영을 깨울까 하다가 그대로 물러났다. 본인은 가벼운 타박상이라고 하지만 놀란 근육에 뒤늦게 통증이 올지도 모르는 일이다. 지금 깨운다고 해봐야 바다로 가겠다고 고집을 피울 게 뻔했다. 지금 상태로는 무리다. 부모에게 연락을 하는 게 먼저라는 생각이 들었다.

　집에 연락하라는 말만 꺼내도 날카로워지는 걸 보면 부모와 사이가 좋은 것 같지는 않다. 우진의 차를 탄 뒤 집으로 가지 않고 선뜻 낯선 남자를 따라나선 것도 집으로 돌아가고 싶지 않았기 때문이 아닐까 싶었다. 자신은 목적이 있어 동행을 하고 있지만 세영의 무모함에 적잖이 놀랐다. 이러다 무슨 일을 당할지 걱정도 없는 것일까?

우진은 윤기에게 쫓기던 세영의 모습을 떠올렸다.

이야기하는 걸 봐서 둘이 완전히 모르는 사이는 아닌 것 같다. 세영의 말대로 예전에 잠깐 알던 사이라면 윤기가 이렇게 추운 겨울밤 일부러 이 아이를 만나러 갔을까? 또 낯선 남자의 자동차에 올라탈 만큼 세영이 필사적으로 도망쳤을까? 둘 사이에 무엇인가 복잡한 사정이 있다는 생각이 들었다.

이 아이는 무슨 일로 윤기로부터 도망치고 있었던 걸까?

윤기의 뒤를 미행할 때만 해도 이런 일이 생길 줄은 전혀 몰랐다. 얼떨결에 세영을 자동차에 태우기는 했지만 둘이 어떤 사인지도 모르니 성급하게 물어볼 수도 없었다. 섣불리 얘기를 꺼냈다가 아이가 입을 닫아버리면 윤기에 대한 정보를 얻지 못한다.

우진은 조금 더 시간을 들여 윤기와 무슨 관계인지, 혹시 삼 년 전 딸의 사건에 대해 알고 있는 것은 없는지 확인하고 싶었다. 어떻게 말을 붙일까 고심하는 사이 세영이 먼저 바다에 가고 싶다는 말을 해서 다행이다 싶었다. 강릉을 다녀오면 최소한 하루는 함께 있을 수 있다. 같이 있는 시간이 늘어나면 윤기에 대해 물어볼 기회가 있을 것이다. 휴게소에서 잠깐 얘기를 꺼내면서 살펴본 반응으로는 조금 시간을 들여야겠다 싶었다. 그런데 예상하지 못한 변수가 생겼다.

교통사고까지 난 상황에서 이대로 아이를 데리고 다니기는 힘들겠다는 생각이 들었다. 우선 집에 돌려보내고 다른 날 만나 이야기를 들어보는 게 옳은 것 같았다. 계속 걸려 오는 전화도 신경쓰였다. 부모가 지금 어떤 심정으로 전화를 하고 있을지 짐작할 수 있다.

자정이 지나도 돌아오지 않는 아이. 그때 나는 무엇을 하고 있었던가?

수정이 무슨 일을 겪고 있는지도 모른 채, 우진은 그날 상가 사람들과 동지 팥죽을 나눠 먹다가 결국 술자리까지 벌인 뒤 집으로 돌아갔다. 수정이 아직 집에 오지 않았다는 말을 듣고도 "어련히 알아서 올까, 당신은 딸을 너무 어린애 취급해"라고 아내에게 핀잔을 주고 그대로 쓰러져 잠이 들었다. 어스름 날이 밝아오는 시각에 부스스 일어나 화장실에 다녀왔고 수정의 방문을 열어보았지만 아이는 방에 없었다. 그래도 걱정하지 않았다.

이따금 친구네 집에 놀러갔다가 자고 오기도 하니 또 그런가 보다 했다. 전화를 하지 않은 것이 신경쓰이긴 했지만 깜빡한 거라고 생각했다. 그날도 그렇게, 평범한 여느 날과 다르지 않은 날이라고 믿었다. 수정이 전화를 받지 않는다며 밤새 한숨도 자지 못한 아내의 걱정도 별일 아닐 거라고 다독였다.

세수를 하고 식탁에 앉아 아침을 먹으려던 순간, 딸의 전화를 받으며 이제야 전화를 하느냐고 한마디하려는데 낯선 남자의 목소리가 들려왔다. 그리고 무심히 보낸 지난밤 무슨 일이 있었는지 알게 되었다.

경찰의 말은 벼락같았다. 땅이 꺼지고 무릎이 꺾었다. 세상이 무너지는 것 같았다. 부들부들 떨면서 경찰이 알려준 곳으로 달려가며 그는 지난 몇 시간을 얼마나 자책했던가.

그때가 생각나서 우진은 세영의 부모를 떠올릴 수밖에 없었다. 가벼운 부상이지만 연락을 받고 오는 동안 그의 부모 또한 가슴을 졸이며 밤길을 달려올 것이다.

응급실의 문을 열고 밖으로 나오니 지방 소도시답게 사방이 조용했다. 사고 현장의 부상자를 실어나르던 응급차와 경찰차도 떠나버리고, 거리를 오가는 차도 보이지 않는다. 이따금 지나는 겨울바람만이 나뭇가지를 붙잡고 윙윙 울었다.

우진은 자동차로 향했다. 운전석에 올라타서는 조수석 아래에 있는 세영의 가방을 찾아 들어올렸다. 조금 전 울리는 전화기를 확인하고 가방 앞주머니에 넣었던 것을 기억하고 있다. 가방을 열어 핸드폰을 꺼냈다. 버튼을 눌러 화면을 켜서 문자와 통화 내역을 확인했다.

문자메시지함에는 엄마, 아빠라고 적힌 연락처말고 이름이 없는 전화번호가 있었다. 부재중 전화번호 역시 마찬가지. 시간을 보니 자동차에 탄 뒤 온 전화와 문자였다. 윤기가 틀림없다.

—죽고 싶어? 까불지 말고 연락해. 안 하면 너만 손해야.

—연락하라고!!! 나중에 후회하지 말고.

문자만 봐서는 무엇 때문에 윤기가 세영을 쫓는지 확실하지 않다. 하지만 다급해 보이는 것은 알 수 있었다.

엄마에게 온 문자로 대충 세영의 기분이 왜 그리 우울했는지 짐작할 수 있었다. 아빠 모르게 여행 간 엄마. 아빠 집에 가 있으라고 하는 것을 보면 부부가 서로 떨어져 사는 것 같다. 어느 쪽에 전화를 걸어야 하나 싶었다. 여행을 간 엄마에게 전화를 하는 것보다는 남겨진 아빠에게 하는 게 나을 것 같았다.

혹시 핸드폰 안에 다른 정보는 없을까 싶어 앱을 열어보기 시작했다. 대부분의 아이들이 하고 있을 SNS도 없었다. 엄마와 아빠가 제각기 다른 채팅방에서 세영에게 말을 남겼지만 세영은 간신히 최소한의 답만 하고 있었다.

우진은 갤러리 앱을 열어 핸드폰에 들어 있는 사진을 살펴보았다.

처음엔 무엇인지 잘 알지 못해 한참을 쳐다보았다. 조금 지나서야 세영이 피사체로 잡은 것들이 길바닥이라는 것을 알수 있었다. 교실의 바닥, 보도블록. 지하철 바닥, 계단, 맨홀, 아스팔트의 선……. 밟고 다녔던 모든 곳의 바닥을 찍은 것 같았다. 맨홀 뚜껑이나 아스팔트에 그어진 선들 중 낯선 나라의 글자도 많이 보였다. 또래의 아이들이 찍을 법한 예쁜 풍경이나 셀카는 없었다. 바닥만 보고 다니는 아이처럼 왜 이렇게 땅만 열심히 찍었을까?

한참 넘기다 보니 이국의 거리와 이름 모를 음식, 가족과 여행을 간 사진 같은 것들이 몇 장 보였다. 사진을 넘기던 우진의 손가락이 멈췄다. 가족사진을 보던 우진은 핸드폰 화면을 건드려 사진을 확대했다. 왠지 낯이 익은 까닭인데, 역시 생각했던 그 인물이 맞는 것 같다. 설마 그의 얼굴을 세영의 핸드폰에서 보게 될 거라고는 상상도 하지 못했다. 생각지도 못한 인물이 그곳에 있었다.

'이재혁, 왜 당신 사진이 여기 있지?'

처음엔 의아한 생각이 들었다. 왜 세영의 핸드폰 사진에 그가 있는지.

세영과 그가 어떤 사이인지 궁금했다. 우진은 자신의 핸드폰을 꺼내 이재혁 검사를 검색했다. 일 년 전쯤 로펌의 변호사로 변신했다는 인터뷰 기사가 몇 개 보였다. 구글을 검색하고 기사를 몇 개 찾아보니 이내 가족 관계와 사진이 나왔다. 그제야 둘의 관계를 알 수 있었다.

세영의 아버지다.

갑자기 머릿속에 안개라도 밀려들듯 모든 게 흐릿해졌다. 손을 휘저어 시야를 확보하려고 했지만 쉽게 머리가 맑아지지 않았다. 다행히 뒤엉키던 머릿속이 윤기라는 연결점에서 서서히 정리되기 시작했다.

이재혁. 내 딸 수정이의 살인 사건을 담당했던 검사.

조윤기. 내 딸을 죽인 살인범 중의 한 명, 이재혁 검사에게 재판을 받았던 범인.

그런 조윤기가 이재혁 검사의 딸 이세영을 알고 있다. 세영은 과거에 알던 사이라고 했다. 자신을 재판했던 검사의 딸을 뒤쫓고, 딸은 도망을 친다?

이재혁은 조윤기가 딸과 아는 사이라는 것을 알고 있었을까?

머릿속을 휘젓던 여러 단서들이 빠르게 제자리를 찾아 움직이기 시작했다. 생각지도 못한 큰 그림이 희미하게 떠올랐다. 처음에는 터무니없는 생각이라고 고개를 저었지만 그동안 석연치 않았던 점들을 생각해보면 가능성이 전혀 없는 것도 아니다.

진범을 찾으려고 아이들을 만나 다그치면서 그가 깨달은 것이 있다. 그 아이들은 입을 열지 않을 것이다. 새삼 진범의 존재를 인정한다면 그동안의 재판에서 거짓말을 했다는 얘기가 된다. 그렇다면 누구의 입을 열게 할 것인가? 의외로 세영의 핸드폰에 실마리가 있었다.

이재혁, 그에게 자신이 풀고 싶은 문제를 물을 것이다.

우진은 세영의 핸드폰을 열고 문자메시지 창을 열었다. 그에게 뭐라고 써야 하나? 문장이 쉽게 떠오르지 않았다. 문득 고개를 돌려 조수석 뒤쪽 바닥에 놓인 아내의 유골함으로 시선을 던졌다. 손을 뻗어 유골함을 싸고 있는 보자기를 만져보았다.

'……여보, 뭐라고 보내야 하지?'

아내의 대답이 들려오기라도 할 것처럼 그는 가만히 귀를 기울였다. 아내가 몸을 던지며 묻지 않았다면 여기까지 오지 못했을 것이다. 수정의 일은 기억 깊은 곳에 묻어두고 애써 외면하고 살았을 것이다.

잊고자 마음먹고 등을 돌리고 살 때는 아무것도 보이지 않았다. 하지만 이유를 알아야겠다고 결심하고 방법을 찾다 보니 기다렸다는 듯 어둠 속에 하나둘 별들이 나타나 가야 할 길을 알려주고 있다.

"우리 딸이 왜 죽어야 했지? ……나는 이유를 알고 싶어."

아내는 그렇게 말했다. 그렇다. 단순하고 정확한 상황을 전하면 된다.

우진은 한 문장으로 이재혁에게 하고 싶은 말을 적었다. 망설임 없이 보내기 버튼을 눌렀다.

—당신 딸은 내가 데리고 있다.

우진은 세영의 핸드폰을 자신의 주머니에 넣고 다시 응급실로 걸음을 옮겼다. 지금까지와는 전혀 다른 동행이 될 거라는 생각이 들었다.


9


버스에서 내린 기영은 뛰다시피 정비소를 향해 달려갔다.

장례를 마치고 며칠 동안 PC방에 처박혀 게임으로 시간을 보냈다. 손과 눈은 바쁘게 눈앞에 나타나는 적들을 향해 총질을 해대고 있었지만 생각은 딴 곳에 머물러 있었다. 장례식장에서 보았던 우진의 모습이 머릿속에서 떠나질 않았다.

정비소에서 일한 지 삼 년. 그동안 단 한 번도 그런 모습은 본 적이 없다. 겉모습은 침착해 보였지만 속은 어딘가 텅 비어버린 사람 같았다. 만지면 금방이라도 털썩 하고 형체가 부서져 내릴 것만 같았다. 딸과 아내를 잃고 멀쩡할 수야 없겠지만 이따금 허공을 쳐다보는 눈빛에서는 생기를 느낄 수 없었다.

그 모습을 지켜보기가 힘들어 애써 고개를 돌렸지만 마음 속에서 피어나는 죄책감은 피할 수가 없었다. 어쩌면 이 모든 일은 자신으로부터 시작한 것인지도 모른다. 처음부터 이야 기를 했더라면 좋았을 텐데, 말하지 못한 무게가 시간이 지날 수록 점점 더 커져간다.

이제는 늦었겠지.

장례식장에서 잠깐 이야기를 나눌 때 우진은 한동안 정비 소 문을 열지 못할 거라고, 기영의 어깨를 토닥이며 미안하다 는 말을 했다. 경황이 없는 와중에도 자신에게 그런 말을 건 네는 모습에 더 마음이 편치 않았다.

정비소의 문은 완전히 열려 있지 않았다. 자물쇠만 열렸을 뿐 문은 굳게 닫혀 있는 채였다.

기영은 조심스럽게 문을 열었다. 가게 안에서 우진이 여기 저기 널려 있는 연장이며 부속품들을 정리하고 있었다. 인기 척이 느껴지자 우진이 고개를 돌렸다.

기영은 얼른 고개를 숙여 인사를 했다.

"그래, 왔어."

어젯밤 정비소에서 보자는 우진의 전화를 받고 한숨도 못 잤다.

기영은 인사를 끝내고 묵묵히 정비소 안을 치우고 있는 우진을 보며 점점 불안해지기 시작했다. 초조한 마음을 감추기 위해 얼른 우진의 곁으로 가서 부속품 치우는 일을 거들었다.

"됐어. 그냥 정리만 좀 하려고."

우진은 기영의 손을 빌리고 싶지 않다는 듯 손에 든 부속품을 빼앗았다.

"제가 치울게요."

"안에 들어가 앉아 있어. 곧 끝나."

차분한 우진의 말에 중압감을 느끼긴 처음이었다. 기영은 긴장감을 감추지 못하고 가건물로 만들어진 사무실로 들어섰다. 조바심에 자리에 앉지도 못하고 우진의 모습을 바라보던 기영은 얼른 종이컵에 커피믹스를 넣고 기다렸다.

우진이 정리를 끝내고 사무실 안으로 들어서자 기다렸다는 듯 정수기의 물을 따라 커피를 만들었다. 이내 작은 사무실에는 헤이즐넛 커피 향이 번졌다.

기영은 우진과 함께 일을 끝내고 손에 묻은 기름때를 씻지도 않은 채 종이컵에 든 믹스커피를 나눠 마시던 시간이 좋았다. 그럴 때면 둘 다 말이 없었지만 그 침묵이 불편하지 않았다.

자리에 앉은 우진은 기영이 건네주는 종이컵을 받고 안에 든 커피를 다 마실 때까지 아무 말도 하지 않았다. 이전과 달리 이번에는 우진의 침묵에 신경이 쓰였다. 왠지 초조한 마음에 뭐라도 말을 하지 않으면 안 될 것 같았다.

"가게…… 다시 문 여는 거예요?"

우진은 정비소를 둘러보았다. 기름때와 쇠 냄새가 배어 있는 곳. 온갖 장비들이 헝클어져 있는 것 같지만 일하기 편하게 정돈되어 있고, 시간의 무게로 내려앉은 먼지 위에 던져진 걸레가 추레하다.

"이상하지? 고작 며칠인데 이렇게 낯설어 보이니……."

"……."

"여기 처음에 어떻게 오게 됐지?"

생각지도 못했던 질문에 기영은 자신도 모르게 꿀꺽 마른 침을 삼켰다.

"그냥, 지나다가 직원을 구한다는 종이가 붙어 있는 걸 보고……."

우진은 그제야 생각난다는 듯 고개를 끄덕였다.

"그래, 그랬다고 했지."

말을 마친 우진은 무슨 생각인지 한동안 의자 너머에 있는 기영의 얼굴을 보다가 고개를 돌렸다. 그는 다시 한번 공장 안을 찬찬히 둘러보며 기영에게 말했다.

"내가 왜 자동차 정비 일을 시작하게 됐는지 얘기했던가?"

"……아뇨."

"우리 부모님은…… 교통사고로 돌아가셨어. 고등학교 2학년 때지."

여름방학을 보내고 집으로 돌아가는 영동고속도로 대관령
구간, 비가 쏟아지던 날. 우진의 이야기는 흔한 교통사고였지
만 그의 운명을 바꾼 날에 대한 것이었다.

"이십 년도 전이니까 예전 국도를 사용하던 때지. 도로 사
정도 안 좋았어. 고속도로라고 이름만 붙인 2차선에 중앙분
리대도 없는 도로였으니까. 길도 구불구불한데 옆은 바로 낭
떠러지. 아버지는 겁이 많은 분이라 속도도 최소한으로 줄이
고 대관령을 내려오고 있었어. 나는 휴가에서 돌아오는 길이
라 피곤해서 뒷좌석에 누워 자고 있었지. 온몸에 엄청난 충격
을 느끼고 깨어났을 때는 자동차가 미끄러져 도로를 벗어나
뒹굴고 있었고."

"……."

기영은 숨을 죽이고 우진의 다음 말을 기다렸다. 하지만 우
진은 갑자기 할말을 잊은 듯 입을 다물고 생각에 잠겼다. 묵
묵히 허공을 보고 있는 그를 보자 슬그머니 겁이 나기 시작했
다. 얘기하다 말고 입을 닫아버린 우진이 왠지 불안했다.

"……괜찮으세요?"

생각에 잠겨 있던 우진은 그제야 생각에서 깨어났는지 두
손으로 마른세수를 했다.

"갑자기, 어떤 생각이 떠올라서."

"네?"

"생각해보니…… 그게 시작이군."

우진은 혼잣말처럼 뭔가 중얼거리더니 이내 기영을 돌아보며 쓸쓸한 미소를 지었다.

"눈앞에서 가족이 죽는 것을 본 게…… 그때가 처음이었다는 생각이 들어서."

우진의 목소리가 낮게 가라앉았다.

장례식장에서 들은 말이 떠올랐다. 문상객을 맞으며 식탁을 치우고 있을 때 그들끼리 주고받던 말들. 상주가 몸을 날려 막으려 했지만 눈앞에서 아내가 떨어지는 모습을 봐야 했었다고. 기영은 넋을 놓고 아내의 영정 사진을 바라보고 있는 우진의 모습을 쳐다보며 그가 어떤 기분이었을까 생각했다. 자신도 모르게 가슴이 서늘해졌다.

생각보다 상처가 오래되고 깊은 사람이라는 것을 알게 되자 마음이 더욱 착잡해졌다.

어떤 사람의 인생은 왜 이렇게 파도처럼 끊임없이 고통이 밀려드는 것일까? 자신의 삶도 팍팍하다고 느끼고 있었지만 우진에 비할 바가 아닌 것 같았다.

기영은 우진의 시선을 따라 과거의 기억으로 빨려 들어갔다.

"온몸이 허공에 떠오르며 몇 번이나 여기저기 부딪히며 뒹굴던 그때. 갑자기 모든 것이 정지된 영화처럼 보였어."

일 분도 되지 않을, 몇 초 만에 끝났을 일들이 그에게는 느리게만 느껴졌다고 했다. 모든 것이 너무도 선명하고 또렷하게 눈에 들어와, 자신이 마치 전혀 다른 시공간으로 이동하는 것 같은 기분을 느낄 정도였다고 했다.

기영은 자신도 모르게 고개를 끄덕였다. 그 역시 그런 경험이 있다.

피자 배달을 하던 시절, 사거리에서 신호를 지키지 않고 뛰어나온 자동차와 부딪히던 날, 시간은 일정한 속도로 흐르는 것이 아니라, 때에 따라서는 아주 느리게 혹은 너무 빠르게 지나간다는 것을 처음 알았다. 나중에 어느 다큐멘터리를 통해 고도의 집중력이 필요한 긴박한 상황에서는 온몸의 신경들이 바짝 긴장을 하면서 그런 일이 일어난다는 것을 알았다.

우진의 이야기를 들으며 기영은 자동차가 뒤집히는 순간을 눈앞에서 보는 듯했다.

"충돌의 여파로 차 안에 있던 물건들이 허공으로 흩어지고 그 와중에 앞좌석의 유리창을 깨며 튕겨져 나가는 엄마의 뒷모습. 엄마를 잡기 위해 팔을 뻗는 아버지의 손이 빈 허공을 허우적거리는 것까지 생각나. 그 뒤 깨어보니 병원이었고 부모님이 모두 돌아가셨다는 소식을 들었지."

병원에서 열흘 뒤에 깨어났고 그 뒤로 오래 잠을 잘 수가 없었다고 했다. 머릿속에서는 계속 자동차에 타고 빙글빙글 돌던 순간들이 무한 반복으로 재생되고, 같은 질문을 몇 번이나 되풀이했다고 한다.

"점심 먹은 게 체한 것 같다며 안전벨트를 풀고 가슴을 두드리던 엄마에게 왜 다시 안전벨트를 매라고 하지 않았을까? 아버지는 왜 하필 그날, 비도 오는데 꼬불꼬불한 내리막길을 선택한 것일까?"

"……."

"하루만 더 일찍 출발했으면 비를 피했을 텐데, 아니 오전에만 떠났어도 사고를 피할 수 있지 않았을까? ……나중에야 마주 오던 트럭을 피하다 그렇게 됐다는 걸 알았지. 그럼 오 분만 늦게, 아니 일 분만 늦게 휴게소에서 출발했더라면 그 화물차와는 만나지 않았겠지 싶더군."

찌릿한 기운이 위를 조였다. 기영 역시 '그렇게 했더라면' 이라는 가정을 지난 삼 년간 몇 번이고 되뇌었다. 왜 하필 그날 약속을 잡았을까? 왜 엉뚱한 사람에게 나머지 일을 맡기고 고작 술을 마시고자 뛰쳐나갔을까?

"그러면 사고 같은 건 일어나지도 않았을 것이고, 나는 열일곱의 나이로 고아가 되는 일도, 고모네 집에 얹혀사는 일도 없었을 텐데."

기영은 우진의 말을 들으면서 같은 말을 중얼거렸다.

'제시간에 퇴근을 했으면, 뒷마무리를 수정이 아니라 다른

사람에게 맡겼더라면, 그랬더라면 수정이 죽는 일도, 아주머니가 자살하는 일도 없었을 텐데.'

기영은 자신도 모르게 두 손에 얼굴을 묻었다.

수천 번, 수만 번 같은 후회를 해봐야 지나간 일은 바뀌지 않는다. 가슴속에 자꾸 무거운 돌멩이만 던지고 죄책감은 회전하는 칼날처럼 되돌아온다.

"……자동차 정비를 하게 된 계기를 말하다 엉뚱한 이야기만 했군."

우진은 목이 마른지 종이컵을 입에 대다 비어 있는 것을 확인하고, 자리에서 일어나 정수기로 향했다. 그는 물을 받으며 이야기를 계속했다.

"나중에 보험 회사에서 나왔을 때 운전 미숙을 이유로 보험료가 깎일 거라고 하더군. 브레이크를 안 밟았다나? 어이가 없지. 그 자리에 있지도 않았던 사람이 그걸 어떻게 안다고."

우진은 종이컵 가득 물을 따라 벌컥벌컥 들이켰다. 그는 자리로 돌아와 앉았다.

"나는 분명히 아버지가 브레이크를 밟았다는 걸 알고 있었거든. 기영아, 브레이크를 밟았다는 걸 어떻게 알지?"

"예?"

갑작스러운 질문에 당황했다. 기영은 왜 갑자기 그런 것을 묻는지 의아했다.

"운전자가 브레이크를 밟았다는 걸 다른 사람이 어떻게 아느냐고?"

"……글쎄요."

"소리, 냄새, 진동. 급브레이크를 밟으면 페달이 삐걱거리는 소리가 났어. 고무 타는 냄새가 나기도 하고. 브레이크 없이 충돌할 때와 브레이크를 밟았을 때 충돌하는 건 다르지."

생각해보니 그런 것도 같다. 기영은 우진의 이야기에 고개를 끄덕였다.

"단순하게 생각하면 뒤따라오던 차의 운전자라면 후미등을 보고 브레이크를 밟았는지 알 수도 있었을 것이고……. 하지만 뒤늦게 사고 목격자를 찾는 건 쉬운 일이 아니지."

"……."

"결국 나는 폐차장으로 옮겨진 아버지 차를 찾아내서 하나씩 분해하기 시작했어. 자동차에 대해서는 아무것도 모르면서, 보닛을 열고 숨겨진 나사를 풀고, 배선을 뜯고……. 미친 듯이 자동차를 뜯어내는 날 보고 폐차장 주인이 달려왔어. 브레이크를 밟았다는 증거를 찾아야 한다고 하니까, 옆에 붙어서 어떻게 자동차를 분해해야 하는지 하나하나 알려줬지. 결국 다 구겨진 아버지의 차를 나사 하나까지 완전히 분해했어."

"브레이크를 밟았다는 증거를 찾으셨어요?"

우진은 고개를 저었다.

"……하지만 그 덕분에 슬픔에서 조금 빗겨날 수 있었어. 몰두할 게 생겼으니까."

우진은 주머니를 뒤져 편지봉투를 꺼냈다. 그는 기영 앞에 가만히 편지봉투를 내보였다.

기영은 머리가 쭈뼛 서며 목덜미부터 뜨거운 기운이 올라오는 것을 느꼈다.

"너는 여기를 우연히 지나다 들어온 게 아니야. 그렇지?"

"……."

대답을 해야 하지만 아무 말도 할 수가 없었다. 우진은 차분하고 깊은 눈빛으로 기영을 바라보았다.

"얘기해주겠니? 왜 이 편지를 썼는지?"

"……어떻게 아셨어요?"

기영은 자신도 모르게 편지를 쓴 사람이 자신이라는 것을 실토하고 말았다.

"자리를 비운 몇 시간 동안 편지를 내 양복 주머니에 넣을 사람이 몇 명이나 되겠니? 그리고 여기, 진범의 미음 자가 12처럼 적혀 있는 걸 보고 금방 알아챘지. 네 이력서에도 그렇게 적혀 있거든."

어디서부터 말을 꺼내야 할까? 기영은 바짝 마르는 입술을

172

적시며 생각을 정리했다.

"전…… 수정이와 같은 곳에서 일했어요. 주유소에 딸린 패스트푸드점이었죠."

이야기를 듣는 우진의 얼굴에 얼핏 고통이 스쳤다.

"그날, 놈들에게 끌려가던 날 수정인…… 저 때문에 퇴근을 못 했어요. 제가 저랑 바꿔서 한 시간만 더 일해달라고……. 저 때문이에요. 저만 아니었으면 수정인 제시간에 퇴근했을 거고, 놈들이랑 만날 일도 없었을 텐데……."

삼 년 동안 꾹꾹 눌러왔던 울음이 터져 나왔다.

한순간의 선택이 누군가를 죽음으로 몰아넣었다는 것을 뒤늦게 알게 되자, 기영은 수많은 밤을 뒤척이며 자책으로 입술을 수백 번 깨물어야 했다. 그때부터 한순간도 편하지 않았다.

기영은 패스트푸드점 알바를 그만두고 한동안 집에 처박혀 자신을 책망했다. 그 뒤 편의점 일을 하며 수정의 일을 잊어보려고 했지만 그럴 수가 없었다. 눈을 감아도 마지막으로 본 날의 모습이 떠올랐고, 환하게 웃으며 흔쾌히 자신의 청을 들어주던 수정의 목소리가 들렸다. 때로는 악몽을 꾸다 식은땀을 흘리며 깨어나기도 했다. 그대로 있을 수가 없었다.

수정과 이야기를 나눈 적이 있어 아버지가 정비소를 하는 것도, 위치도 알고 있었다. 수정이 얼마나 아버지를 자랑스러워하고 좋아하는지도 알고 있었다.

기영은 무언가에 끌리듯 정비소를 찾았다. 마침 입구 쪽에 붙은 구인 광고를 보자 수정이 이곳으로 이끈 게 아닌가 싶은 생각이 들었다. 이곳에서 묵묵히 일을 하다 보면 언젠가 사실을 털어놓으며 속죄할 기회가 오지 않을까 싶었다. 하지만 애써 수정의 일을 지우고 일에 열중하려고 하는 우진을 보자 차마 먼저 이야기를 꺼낼 수가 없었다.

점점 시간이 지나면서 침묵은 더 굳건해져갔고 비밀은 그대로 묻어두어야 할 일처럼 생각되기도 했다. 뒤늦게 사죄를 한다는 게 오히려 우진의 상처를 후벼파는 일이 될까 두려웠다.

"이제 와서 이런 말해봐야…… 소용없지만, 죄송합니다. 정말…… 죄송합니다."

기영은 울음 섞인 목소리로 삼 년 동안 가슴에 묻어둔 이야기를 드디어 꺼냈다.

우진은 묵묵히 기영의 울음이 잦아들 때까지 기다렸다.

"……네 잘못이 아니야. 우리가 어떻게 다음 순간의 일을 알겠니? 그냥…… 어떤 나쁜 조건들이 우연히 한곳으로 모여서 그런 일이 생기는 거지. 마치 교통사고처럼."

애써 침착한 듯 평정심을 보이려고 했지만 우진의 목소리는 흔들리고 있었다. 그는 잠시 침묵을 지키며 기영이 쓴 쪽지를 만지작거렸다. 그는 가볍게 머리를 흔들고 다시 담담한 표정으로 기영을 쳐다보았다.

"그런데 이 편지를 쓴 건 무슨 이유지?"

"그건……."

"진범이 따로 있다는 말은 무슨 뜻이야?"

"……."

"우리 수정이, 죽인 놈이 따로 있다는 거냐?"

우진은 잠시 말을 끊고 높아진 언성을 낮추려는 듯 한숨을 내쉬었다. 마음을 진정시키고 다시 차분하게 물었다.

"누구야, 진범이?"

"그건…… 저도 몰라요."

"뭐?"

"하, 하지만 진짜 진범은 따로 있어요."

"그걸 어떻게 알지? 누구한테 들은 거야?"

"상훈이라고 주유소 아들하고 아는 애가 있어요. 아시잖아요, 그 주유소 아들이……."

우진의 얼굴이 일그러졌다.

주유소 아들. 조윤기. 잊을 수가 없지. 우진이 이를 악다무는 게 느껴졌다.

기영은 어깨를 움츠리며 조심스럽게 상황을 이야기했다.

"상훈이랑 몇 달 전에 같이 술을 먹는데 잔뜩 취해서 깽판을 쳤나 봐요. 그동안은 외국에 나가 있었다고 하는데, 아무튼 술이 꽐라가 되어가지고 자긴 죽이지도 않았는데 왜 이렇게 살아야 하냐고, 진짜 수정일 죽인 사람은 따로 있는데, 잡히지도 않고 잘만 살아가고 있다고."

"진짜 수정일 죽인 사람은…… 잡히지도 않고, 잘만 살아가고 있다고?"

"상훈이도…… 수정이 사건 알고 있거든요. 그래서 누가 범인이냐고 물어봤대요. 그랬더니 갑자기 정신이 들었는지 딱 잡아떼고 모른다고 하더래요."

"……잡히지도 않고, 잘만 살아?"

"자기들이 범인이라고 재판을 받아놓고 범인이 누군지 모른다고 하는 건 말이 안 되잖아요. 전에도 상훈이가 좀 이상하다고 하긴 했어요."

"이상해? 뭐가?"

"아무리 돈 있고 백 있어도 형사사건 재판중이었고, 거기다 사람이 죽은 사건인데 갑자기 소년법원으로 옮겨진 것도 그렇고, 나중에 들으니까 세 명 다 2호 3호 처분을 받았다고 하더라구요. 말이 처분이지 그건 그냥 풀어준 거나 마찬가진데."

"뭐?"

"……모르셨어요?"

우진은 믿기지 않는 듯 고개를 저으며 뭔가 되짚어보는 눈치였다.

"아니야, 분명히 감옥에 갔다고 했어. 다들 소년원에 갔다고 했다고."

"소년원에 수감되는 건 8호 이상인데, 윤기나 다른 애들 모두 2호 3호였대요. 상훈 말이 그건 초범이거나 경미한 범죄일 때 해당되는 거래요."

"2호, 3호? 그러면 소년원에 가지 않는 거냐?"

"예, 일정 시간 교육을 듣거나 사회봉사만 하면 되는 거예요. 그냥 집으로 돌아가서 말이에요."

기영은 자신이 왜 그렇게 자세히 소년법을 알고 있는지 말하지 않았다. 애당초 상훈과 알게 된 것은 6호 처분을 받고 아동보호시설에 보호위탁되었던 때라는 것도 밝히지 않았다.

아버지에게 죽을 지경까지 맞는 경험을 몇 번이나 한 뒤 살기 위해 도망쳤고 길에서 살았다. 그런 환경에서 먹고살기 위해 노점의 과일을 들고 도망치기도 하고 식당에 들어가 밥도 훔쳐먹었다. 소년범으로 몇 번 잡혀서 엉망이 될 수도 있는 삶이었지만 보호시설에 살면서 기영은 오히려 자신이 반듯하게 사는 길만이 아버지에게 복수하는 거라고 깨닫고 그 세계를 벗어나기 위해 발버둥쳤다. 시설을 나올 때 도움을 준 게 상훈이었다.

나이를 먹으면서 제 손으로 돈을 벌게 되자 조금씩 자리를 잡아갔고 스물이 넘어 우진의 가게에 다닌 뒤로는 완전히 다른 사람이 되었다고 스스로 생각했다.

"……검사는 그렇게 말하지 않았어. 어린 나이라 감옥에 가지는 않지만 소년원에는 가게 될 거라고 했어. 세 명 다 몇 년은 그곳에 수감될 거라고 했다고."

"검사요?"

기영의 질문에 우진은 아무 대답을 하지 않았다. 그는 무척 혼란스러워 보였다. 혹시 자신이 보낸 편지가 우진을 더욱 깊은 슬픔으로 밀어넣은 것은 아닌지 염려스러웠다. 기영은 그저 우진이 알아야 한다고 생각했다. 아주머니가 그렇게 죽고 나자 기영은 두려웠다. 자신이 저지른 일이 또 다른 연쇄 작용을 일으키는 것은 보고 싶지 않았다.

긴 침묵을 지키는 우진을 쳐다보다 조심스럽게 물었다.

"편지……. 제가…… 괜한 짓을 한 건가요?"

우진은 가만히 기영의 눈을 들여다보다가 고개를 저었다. 기영을 안심시키려는 듯 억지로 입꼬리를 끌어올려 미소를 지어 보였다.

"너는…… 나를 살렸어."

"네?"

"……이제 하나씩 분해해봐야지. 아버지의 차를 하나씩 뜯어내고 풀어서 들여다봤던 것처럼."

한동안 우진의 눈에서 보지 못했던 생기를 다시 본 것 같아 다행이라는 생각이 들었다. 화장터를 떠나올 때 장의 버스에서 본 우진의 모습은 땅으로 꺼져버릴 것만 같아서 많이 걱정스러웠다.

기영은 자리를 털고 일어나는 우진을 보며 덩달아 자리에서 일어났다. 우진이 열쇠를 찾아 다시 가게 문을 닫으려는 것을 보자 다급하게 물었다.

"가게는…… 언제 여실 거예요?"

"그건 나도 모르겠다. 시간이 얼마나 걸릴지."

우진과 함께 정비소를 나오면서 기영은 끝내 물어보지 못했다.

'무엇을 하는 데 걸리는 시간인데요?'

물어보지 않아도 알 것만 같았다. 진범이 누군지는 기영도 궁금했다. 기영은 집으로 돌아가는 대신 상훈에게 전화를 걸어 PC방에서 만나기로 했다.

수정을 위해서 조금이라도 많은 정보를 찾아보는 게 좋을 것 같았다. 어떻게 해서든 우진을 도와 잘못된 일을 바로잡고 싶었다.

그것은 아저씨와 수정을 위한 일이기도 하지만 자신에게도 필요한 일이었다. 자책감으로 잠 못 이루는 시간을 이제는 지우고 싶었다.

우리는 모두 악마를 품고 있기에 이 세상을 지옥으로 만든다.

오스카 와일드

# 10

대관령IC를 빠져나와 막다른 길에 다다르자 우진은 자신이 길을 잘못 빠져나온 것이 아닌가 하는 생각을 잠시 했다. 삼 년 전과는 너무 다른 모습이었다.

무성하던 숲이 사라지고 산이 깎인 자리에 평창 올림픽을 알리는 안내판이 커다랗게 눈앞을 가로막고 있었다. 우진은 이정표를 보고서야 길을 찾았다. 횡계 방향으로 우회전을 하면서 비로소 눈에 익은 길이 나타났다.

이곳을 다시 오리라고는 생각도 하지 않았다.

처음 내려왔던 때처럼 소나무 그늘이 진 곳에는 언제 내린 것인지 모를 눈이 먼지를 뒤집어쓴 채 자리를 잡고 있었다. 곳곳에 공사 표지를 알리는 안내판이 서 있고 모래와 시멘트,

자재들이 쌓여 있었다. 2차선 도로변으로 스키 대여점과 마트, 식당이 몇 개 늘어선 썰렁한 거리를 지나자 곧 나올 갈림길에 앞서 이정표가 보였다.

리조트 방향으로 들어선 뒤 잠시 달리자 좌측으로 올림픽이 열리면 선수들이 묵을 아파트 단지 공사가 한창인 모습이 보였다. 먼지를 풍기며 레미콘과 화물차가 우진의 자동차를 지나쳤다.

우진은 용평골프클럽을 지나 고루포기산 쪽으로 향했다.

겨울이면 이곳은 스키를 타러 오는 사람으로 붐비는 곳이다. 우진처럼 노는 것과는 인연이 없는 사람에게는 생소한 곳이지만 겨울 스포츠를 즐기러 오는 사람들에게는 익숙한 곳이다.

그놈들도 스키를 타러 가는 길에 수정을 끌고 이곳에 왔다. 자신들의 들썩거리는 기분을 주체하지 못하고 장난스럽게 시작한 일이 이런 결말이 될 줄 알았을까?

고루포기산을 좌측으로 두고 수하리를 지나자 길가에 띄엄띄엄 있던 식당과 펜션도 더이상 보이지 않았다. 이곳에는 올림픽의 열풍이 불어오지 않은 듯 삼 년 전과 다름없는 모습이었다.

도암호를 향해 가는 길에 갈림길이 나오자 뒤따라오던 오토바이 몇 대가 그쪽으로 갈라졌다. 저 길을 넘어가면 안반데

기라고 했던가? 고루포기 능선을 사이에 두고 평창군과 강릉이 나뉘는 곳이다.

우진은 송천을 막아 만들어진 도암호 쪽으로 계속 나아갔다. 이제는 자동차 한 대 정도만 다닐 정도의 폭이 좁은 도로가 이어졌다. 우진은 속도를 늦추고 천천히 차를 몰면서 마주 오는 자동차를 피하기 위해 만들어놓은 작은 대피 공간에 차를 세웠다.

자동차에서 내리자 강원도의 찬바람이 매섭게 옷을 파고들었다. 국도를 벗어난 외진 곳이라 그런지 지나는 차는 한 대도 보이지 않는다. 아직 4시도 되지 않았는데 벌써 해거름인지 햇살이 옅어졌다. 빽빽이 서 있는 나무들 사이로 얼핏얼핏 송천의 물이 보였다. 조수석에 놓아둔 꽃다발을 꺼내고 문을 닫았다.

우진은 조심스럽게 나무들 사이 오솔길의 흔적을 따라 내려갔다. 이내 내를 따라 드러난 돌들이 보였다. 물가의 돌은 물이 얼다 녹다 해서 그런지 몇 겹의 얼음을 두르고 있다. 하지만 물살이 흐르는 경계에 있는 얼음의 두께를 보니 섣불리 얼음 위로 발을 내딛다가는 빠지기 십상일 듯싶었다.

주위는 산으로 둘러싸여 있고 내 건너편도 가파른 절벽이 가로막혀 있다. 소리를 지른다고 해도 달려와줄 사람 하나 없어 보이는 황폐하고 외진 곳이다.

우진은 천천히 수정이 발견된 곳으로 걸어갔다.

기억은 어디에 저장되는가? 걸음을 옮길 때마다 우진은 삼
년 전 그날 그 순간으로 걸어 들어가는 것처럼 모든 게 생생
했다. 아무것도 들리지 않았다. 자신의 거친 숨과 터질 듯 격
하게 뛰는 심장박동 소리만이 귀에 맴돌았다.


눈에 미끄러지고 돌부리에 부딪히며 도착한 곳에서 우진
이 가장 먼저 본 것은 사람의 윤곽을 그리며 놓여 있는 흰 끈
이었다. 흰 끈이 이 세상과 죽음을 나누는 결계처럼 느껴졌
다. 바닥에 누워 있는 흰 선을 바라보면서 저 자리에 있던 건
수정이 아니라고 부인하고 싶었다. 이렇게 차갑고 적막한 곳
에서 다리가 꺾인 채 팔을 늘어뜨리고 누워 있었을 리 없다고
생각했다. 분명 무슨 착오가 있었으리라 믿고 싶었다. 하지만
우진은 이곳에 오기 전 이미 시신을 확인했다.

서울에서 연락을 받고 다급하게 내려와 읍내의 한 의원에
서 싸늘하게 시신이 된 수정의 모습을 먼저 보았다. 경찰의
안내를 받아 가보니 의원의 빈방 바닥에 펼쳐진 하얀 천 위에
수정이 누워 있었다.

관자놀이 근처에 엉켜 있는 피만 아니라면 눈을 감고 자고
있는 것 같았다. 옷 밖으로 드러난 손은 얼어 있었는지 푸르
스름해 보였다. 어제까지만 해도 곁에 와서 팔짱을 끼고 크리

스마스 선물로 망원경을 사는 데 돈을 보태달라고 조르던 아이다.

우진은 꿈을 꾸는 듯 멍하니 낯선 대리석 바닥에 누워 있는 딸의 모습을 바라보았다. 도무지 믿기지 않기 때문인지 마음속에 아무런 바람도 불지 않았다. 누군가 "아버님?"이라고 부른 뒤에야 자신이 대리석 바닥에 주저앉아 넋을 놓고 있다는 것을 깨달았다.

우진은, 가족을 잃은 경험이 있는 우진은, 수정이 태어나던 날부터 남모를 두려움을 느꼈다.

자신의 팔뚝보다 작은 아기를 조심스럽게 안아 올리며 가족이 생겼다는 벅찬 감동과 같은 무게로 두렵고 무서운 감정이 마음을 흔들었다. 그의 복잡한 얼굴을 보고 아내는 혹시 우진이 아이를 싫어하는 것은 아닌가 싶어 겁이 났다고 할 정도였다.

우진의 두려움은 아무리 설명해도 당사자가 아니면 느끼기 힘든 것이었다. 곁에 있는 게 너무나 당연하던 가족이 눈앞에서 죽어가는 모습을 지켜봐야 하는 경험을 한 뒤로 사람의 목숨이라는 것은 그렇게 한순간이라는 것에 두려움을 느꼈다. 죽음이란 것이 그림자처럼 우리의 발끝에 달라붙어 있는 존재라고는 생각도 하지 못했다.

차라리 자신이 죽는다면 그건 덜 무서울 것 같았다. 수정이 태어나는 순간부터 우진은 보드라운 살갗을 만지다가도 불쑥 언젠가 이 아이와 작별을 하게 되는 순간에 느끼게 될 절망과 두려움이 염려스러웠다. 그것은 아내에게도 말할 수 없는 감정이었다.

수정은 자라면서 이따금 넘어지고 무릎을 다치거나 이마가 깨지고 팔이 까지기는 했지만 비교적 큰 병 없이 건강하게 성장했다. 죽음을 떠올리기에는 너무 어리고, 밝고, 에너지가 가득했다. 마음 한쪽을 채우던 두려움도 시간이 지나며 차츰 희미해졌다. 어느 순간부터는 완전히 방심하고 있었다. 마음 한구석의 허전함을 채우고 처음으로 이룬 완전한 세상, 더 바랄 것이 없는 날들이었다. 그런데…….

어둠 속에서 죽음의 신이 우진의 방심을 눈치채고 슬며시 기어나와 딴지를 걸었다. 방심했던 우진은 살아갈 의욕도 잃어버릴 만큼 세게 넘어졌다. 이렇게 다시 당할 거라고는 생각도 못 했다.

신원 확인을 마치자 검안을 위해 나가달라는 말을 듣고 억지로 방을 빠져나왔다. 낯선 동네에 와서 내가 뭘 하고 있나 하는 생각을 하다가 근처에 있는 경찰에게 부탁해 수정을 발견한 곳에 데려다달라고 부탁했다. 그렇게 우진은 송천의 물가에 도착했다.

그때의 흰 끈은 보이지 않았지만 그 자리가 어딘지는 분명히 기억한다.

우진은 눈이 채 녹지 않아 미끄러운 돌 위에 조심스럽게 걸음을 옮기며 수정이 누워 있던 그곳에 같은 동작으로 누웠다. 흰 끈이 있었다면 완벽하게 그 윤곽과 들어맞았을 것이다.

우진은 가만히 하늘을 올려다보았다. 시야에 들어오는 하늘은 서늘한 푸른빛이었다. 햇살이 차츰 기울어지는 게 느껴졌다. 이내 어둠이 찾아오고 이곳은 불빛 하나 들어오지 않는 암흑이 될 것이다.

그날 깨질 듯 추운 밤하늘을 바라보며 수정은 무슨 생각을 했을까?

생각지도 않았던 차가운 눈물이 얼어붙은 얼굴 위로 주르륵 흘렀다. 우진은 옆으로 흐른 눈물을 얼른 닦아내고 자리에서 일어났다. 눈물을 흘릴 때가 아니다. 이런 감상에 빠지려고 온 것이 아니다.

우진은 자리에서 일어나 누워 있던 자리에 가져온 꽃다발을 내려놓았다. 수정이 좋아하는 꽃을 가져오고 싶었지만 무슨 꽃인지 모른다. 늘 곁에 있어 잘 안다고 생각했지만 사실은 무엇 하나 제대로 알지 못한다. 딸이 무슨 색을 좋아하는지, 친구들과 만나면 어떤 이야기를 하고 노는지 아무것도 알지 못했다.

적어도 딸이 좋아하는 꽃이라도 알았다면, 꽃다발을 들고 오는 손이 덜 미안했을 텐데.

딸에게 줄 꽃이라고 하자 직원이 몇 가지 추천해주었다. 그 중에 몇 가지를 골라 꽃다발을 부탁했다. 라넌큘러스라는 꽃 과 작약, 꽃향기가 좋은 스토크 등을 풍성하게 담아주었다.

오늘은 딸이 죽은 지 딱 삼 년이 되는 날이다. 이런 날을 챙기는 건 아내의 몫이었지만 이제는 챙겨줄 사람도 없다. 기영의 말을 듣고 처음부터 하나씩 짚어봐야겠다는 생각을 했을 뿐이다. 이 사건을 다시 풀어볼 출발점이라면 '여기'라고 생각 했다.

우진은 꽃다발을 바라보며 수정을 생각했다.

제발 너무 긴 시간 아프고 무섭지는 않았기를.

더 머무르다간 견디기 힘들 것 같아 흐르는 물소리를 뒤로 하고 돌아서 나왔다. 자동차를 세워둔 곳으로 걸어나오는 길 에 메마른 나뭇가지가 자꾸 그의 몸을 잡았다. 무성한 나뭇가 지를 헤치고 나오는 길은 쉽지 않았다. 우진은 의아한 생각이 들었다.

'놈들은 어떻게 이 길을 알았을까?'

수정을 데리고 간 장소는 차를 세워놓고 오솔길을 통해 내 려가야만 나오는 곳이다. 지리를 잘 아는 사람은 그 길 끝에 강물이 흐르는 물가가 있다는 것을 알겠지만 자동차를 타고 지나가던 아이들이 이런 오솔길을 찾아내는 건 쉬운 일이 아니다.

자기들 말로는 용평리조트를 왔다가 길을 잘못 들어 이곳까지 왔다고 했다지만 지금 생각해보면 길을 잘못 들어서 오기에는 꽤 먼 길이다. 게다가 용평리조트를 찾아가는 길은 이정표가 곳곳에 있어서 아무리 밤이라고 해도 헤맬 염려는 별로 없다. 콘도를 가지고 있어서 겨울마다 왔다는 아이들의 평계로는 부족하다.

머리가 차가워지자, 경황이 없었을 때는 의식하지 못했던 것들이 하나씩 보이기 시작한다. 우진은 자동차에 올라타며 시간을 확인했다. 어느새 5시가 가까워지고 있었다. 시내로 나가기 전에 핸드폰으로 전화를 걸려고 했지만 통화권 이탈로 연결이 되지 않았다. 하는 수 없이 큰 도로로 나가면서 전화를 하기로 했다. 산을 하나 넘어가면 용평골프클럽이 나온다. 그곳이라면 통화가 가능할 것이다.


"벌써…… 삼 년이 됐군요."

삼 년 전 사건을 담당했던 이영석 형사는 우진의 인사를 듣자 이내 사건을 기억해냈다. 그는 같은 나이의 딸을 키우고 있다고 했었다. 어쩌면 그래서 이 사건을 잘 기억하고 있는지도 모른다. 전화로 전해지는 목소리에도 그때의 투박하지만 속 깊고 따뜻했던 심성이 느껴졌다.

"괜찮으시면 오늘 저녁에 뵀으면 합니다. 언제 퇴근하시는지?"

여기서 평창경찰서까지는 한 시간도 넘게 걸린다. 6시 퇴근이면 서둘러야 한다. 하지만 뜻밖에도 이 형사는 대관령목장 쪽에 나와 있다면서 머뭇거리는 기색도 없이 흔쾌히 우진의 제의를 받아주었다. 볼일이 끝나는 대로 갈 테니 먼저 가 있으라며 만날 장소를 알려주었다. 대관령파출소 옆에 자주 가는 식당이 있다고 했다.

평창경찰서까지 갈 각오를 하고 있다가 시간을 벌게 되니 오히려 남는 시간이 막막했다. 언제 올지 모르지만 낯선 거리에서 서성거리는 것도 여의치 않아 일찍 약속 장소에 가기로 했다.

이 형사가 알려준 식당은 골목에 있었지만 간판이 도로변에 크게 설치되어 있어 찾기는 어렵지 않았다. 문을 열고 들어간 '할매 찌개집'은 간판만큼이나 오래된 식당이었다.

'할매'는 보이지 않았지만 길이 들어 반짝거리는 탁자며 삐걱삐걱 소리를 내는 의자가 할매라는 이름만큼 오래되어 보였다. 일행이 오는 대로 주문을 하겠다고 하고 잠시 기다리며 창밖을 바라보았다. 아내를 보내고 고작 보름이 지났을 뿐인데 백만 년은 지난 것 같다.

인간이란 간사한 동물인 건지, 아니면 살아야 할 이유가 생겼기 때문인지, 장례식이 끝나고 세상을 버리려던 생각 같은 건 이미 까마득히 옛일이 되었다.

우진이 식당에 들어온 지 십여 분이 지나자 이내 이 형사가 가게 안으로 들어왔다. 기다리는 사람이 있으니 서둘러 일을 마치고 온 느낌이었다. 괜히 부담을 준 것은 아닌가 싶어 미안한 마음이 들었다. 하지만 이 형사는 손을 내저으며 전혀 개의치 않는 눈치였다.

삼 년 만에 다시 만난 그는 흰머리가 조금씩 눈에 띤다는 점만 다를 뿐 그때와 똑같았다. 여전히 얼굴 윤곽이 훤히 드러날 정도로 짧은 스포츠머리에 입고 있는 야상 점퍼까지도 같아 보였다.

이 형사는 단골답게 먹을거리를 시키면서 주인과 농을 주고받았다. 이 형사가 와서야 할매는 이미 오래전에 세상을 떠나셨고 지금은 아들과 며느리가 가게를 물려받아 하고 있다는 것을 알았다.

"여긴 그냥 찌개 몇 인분 그걸로 끝이에요. 딴 메뉴는 있지도 않으니 속 편하죠."

김치찌개가 될지 동태찌개가 될지는 나와봐야 안다고 했다. 그날 아침 아들이 장을 어떻게 봐 왔느냐에 따라 찌개 종류가 달라진다는 것이다. 마침 물 좋은 대구가 있다며 얼큰한 대구탕을 끓여준다고 하니 이 형사는 입맛을 다셨다.

음식이 나오기 전까지 우진과 이 형사는 겉도는 안부 인사와 관심도 없는 세상 이야기를 잠시 나누었다. 술이 몇 잔 들어간 뒤에야 이 형사가 조심스럽게 물었다.

"그냥 지나치다 들르신 것 같지는 않고, 기일이라 온 겁니까?"

"그런 것도 있지만 사실은 이 형사님께 물어보고 싶은 게 있어서 왔습니다."

"저한테요? 뭐 제가 답해드릴 수 있는 거라면……."

"이 형사님이 처음부터 아이들을 잡은 걸로 아는데 그때 일을 자세히 알려주시겠습니까?"

이 형사는 잠시 우진의 얼굴을 물끄러미 쳐다보다가 술잔을 비웠다.

"이렇게 말하면 냉정하게 들릴지 모르지만…… 이제 그만 잊으시는 게 어때요?"

"……"

"그때 잡힌 아이들은 재판을 받았고……. 힘드시겠지만 이제 잊으시는 게 좋지 않을까요?"

"이 형사님이 나라면…… 그럴 수 있습니까?"

"……"

"재판을 받았다는 그놈들, 알아보니 소년보호재판으로 넘어가서 봉사 활동 150시간 선고받고 훈방 조치됐더군요."

그 말을 들은 이 형사는 적이 놀라는 기색이었다. 하지만 잠시 생각하더니 고개를 끄덕였다.

"……나이가 어리니 그럴 수도 있겠군요."

"나이가 어리다구요? 내 딸을 납치해서 여기까지 끌고 와서 죽인 놈들입니다. 나이가 어리다는 이유만으로 용서가 되는 일입니까?"

우진은 자신도 모르게 목소리를 높였다. 나이 어린 기영 앞에서는 감정을 다스릴 수 있었지만 이 형사 앞에서는 그게 쉽지 않았다. 처음부터 그만 잊으라는 말을 하는 점도 그렇지만 자신이 체포한 아이들이 제대로 처벌받지 않았다는 사실을 듣고도 옹호하려는 것 같은 말투를 듣자 감정이 상했다.

이 형사는 그런 우진의 기분을 눈치챘는지 비어 있는 술잔을 빙글빙글 돌리며 조심스럽게 말을 골랐다.

"법이란 게 그렇다는 말입니다. 마음 같아서야 어디 용서가 되겠어요?"

"……."

이 형사는 우진의 빈 잔에 술을 따르며 그를 달랬다.

"법이란 게 참 공평해야 하는데, 이럴 때 보면 공평한 것 같지도 않지요."

"……."

"사실 우리끼리도 좀 이상하다고 생각한 게 있었어요."

뒷머리에 찌르르 전율 같은 것이 지나갔다. 그의 입에서 무슨 말이 나올지 궁금했다.

"뭡니까, 그게?"

이 형사는 고개를 들어 잠시 생각에 잠겼다. 삼 년 전 일들이 하나둘 선명하게 떠오르기 시작하는 것 같았다.


크리스마스가 다가오는 주말부터 평창경찰서의 형사들은 대관령파출소로 파견 나와 비상경계 근무를 선다.

그때부터 겨우내 용평을 오가는 관광객이 워낙 많다 보니 사건 사고도 많다. 스키장에서 놀다가 인근 식당에 나와 저녁을 먹다 보면 반주를 하게 되고 그러다 보면 자연스레 음주운전을 하고, 교통사고가 난다.

김승찬과 일행이 탄 아우디 차량의 교통사고도 처음엔 그런 사고인 줄 알았다.

도암댐에서 횡계 쪽으로 가다가 용평리조트 쪽으로 넘어가는 용산교 삼거리는 신호등도 세워져 있지 않은 곳이다. 서로 적당히 도로 상황을 봐서 멈추거나 지나가는 곳인데, 12시가 넘어가는 늦은 밤 그곳에서 교통사고가 났다는 신고를 받고 달려갔다.

승찬이 몰던 자동차가 용산교로 넘어가다 마주 오는 엑센트 승용차와 충돌을 하면서 그 충격으로 다리 난간 쪽으로 튕겨나가 멈춰 서 있었다. 양쪽 다 보닛과 차량 옆이 좀 찌그러지기는 했지만 다행히 많이 다친 사람은 없는 것 같았다. 신호등도 없고 목격자도 없으니 어느 쪽의 과실이라고 쉽게 판단할 수 없는 상황이었다.

"아니, 저놈들이 깜빡이도 안 켜고 갑자기 차를 틀었다니까요."

상대 운전자는 운전 수칙도 지키지 않은 놈들 때문에 사고가 난 것이라고 했다. 하지만 정작 상대 운전자를 열받게 한 것은 따로 있었다.

승찬 일행은 상대방 운전자의 과실이라고 몰아붙였고, 자신들의 차가 얼마짜린 줄 아느냐며 봐줄 때 그냥 가라는 말을 했다는 것이다. 보아하니 나이도 어린 놈들이 허세를 부리는 것도 같잖아서 바로 경찰에 신고를 했는데 그 와중에 도망치려고 하기에 차 키를 빼앗고 옥신각신하고 있었다는 것이다.

이 형사는 현장에 도착하자마자 이상한 점을 느꼈다.

운전을 한 승찬과 함께 탄 아이들은 한눈에 봐도 어려 보였다. 운전면허증을 확인했지만 승찬의 얼굴과 맞지 않았다. 비슷하게 생겼지만 다른 사람이다. 이 형사는 놈이 다른 사람의 신분증을 제시했다는 것을 금방 눈치챘다.

이 형사는 휴대용 지문 채취 카드를 꺼내 승찬의 코앞에서 흔들어 보였다.

"요즘엔 경찰 장비가 좋아져서 말이지, 휴대용 지문인식기가 이렇게 나와요. 손가락만 찍으면 바로 누군지 알 수 있지."

거짓말을 좀 보태기는 했지만 효과가 있었다. 놈은 이 형사의 말에 사색이 되어 일행과 시선을 주고받았다. 그런 상황에서 당황하는 건 당연하겠지만 그들은 생각 이상으로 굳어 있었다. 교통사고를 걱정하는 게 아닌 것 같았다. 뭔가 다른 게 더 있다는 것을 직감했다.

이 형사는 승찬에게 진짜 신분증을 내놓으라고 으름장을 놓았다. 신분증 도용은 죄가 크다는 얘기에 망설이다 지갑을 꺼냈다. 이 형사는 파출소 박 순경에게 운전자인 승찬의 지문 채취를 부탁하고 다른 일행에게도 신분증을 달라고 했다. 두 사람은 어쩔 수 없다는 듯 지갑을 꺼내 신분증을 내주었다. 학생증. 조윤기와 나재강. 모두 열여섯 살.

그럼 그렇지, 미성년에 무면허로군.

얼굴을 가까이 대보니 술냄새도 살짝 났다. 음주 측정도 해봐야겠다는 생각을 하며 우선 놈들의 연락처를 확보하고 경찰차에 태워 파출소로 보냈다. 상대 운전자는 그럴 줄 알았다는 듯 기세등등해서 "어린 노무 시끼들이……" 어쩌고 하며 욕을 하다 사고 경위서를 써야 한다는 이 형사의 말에 파출소로 이동하기로 했다. 사고 소식을 듣고 레커차가 몇 대나 오긴 했지만 상대방 운전자의 사고 차량은 운전하는 데 지장이 없어 그대로 타고 오기로 했고 청소년들이 몰던 차만 레커차에 매달기로 했다.

승찬 일행이 탔던 자동차를 살피던 이 형사는 혀를 찼다. 한눈에 봐도 억대는 되어 보이는 차를 보니 어떤 상황인지 말하지 않아도 알 것 같았다.

분명 부모님 차를 슬쩍해서 가지고 나왔다가 사고가 난 것이다. 사고가 나서 차가 망가진 상황인데도 보험사를 부르거나 시비를 가릴 상황이 아니니 서둘러 자리를 피하려고 했겠지. 도망치려고 했다던 운전자의 말이 타당하다는 생각이 들었다.

그런데 파출소로 이동해서 차를 세우고 내리려는 순간 신경을 건드리는 게 있었다. 이 형사는 파출소 앞에 세워진 아우디 승용차 안을 둘러보았다. 하지만 연두색 점퍼가 뒷좌석에 놓여 있을 뿐 이상한 점은 없었다. 무엇 때문에 신경이 쓰이는지 설명하기 힘들었다. 이 형사는 일단 차번호를 적고 파출소 안으로 들어갔다.

작은 파출소 안이 낯선 방문객으로 시끌시끌했다. 동네 술집에서 술을 먹다 시비가 붙어 싸움을 한 청년들이 여전히 입씨름과 삿대질로 흥분을 감추지 못하고 있었다. 아이들은 그 옆 소파에 나란히 앉아 제각기 난감한 얼굴이었다. 형광등 아래에서 보니 훨씬 앳돼 보였다. 술꾼들의 시비가 대충 정리가 되고 파출소가 조용해지자 이 형사는 승찬을 불렀다.

"김승찬, 이거 누구 전화번호야?"

"……형요."

"여기 같이 왔어?"

가족들이 리조트에 있는 동안 차를 가지고 나온 것은 아닌가 싶어 물었다.

"아뇨, 서울에 있어요."

"차는 누구 거야?"

"……형요."

이 형사는 우선 형의 핸드폰으로 연락을 했다. 이 형사의 설명을 들은 형은 동생과 통화를 할 수 있느냐고 물었다. 전화를 건네주었더니 그 순간부터 동생을 향해 욕을 퍼붓는 소리가 옆에서도 들릴 정도였다. 형과 통화를 끝낸 승찬은 인상을 쓰며 소파에 주저앉았다.

"너희들도 전화번호 내놔."

"우리는 필요 없잖아요."

"같은 차에 있었잖아."

"운전은 승찬이가 했는데요?"

"넌 이름이?"

198

"……나재강. 근데 왜 반말해요?"

안경을 치켜 올리며 쳐다보는 눈매가 보통이 아니다 싶었다. 이 형사는 어이없는 표정으로 쳐다보다가 사무적인 말투로 답했다.

"음주운전은 동행한 사람도 처벌받게 되어 있습니다. 미성년이니까 부모에게 연락해서 인수할 테니 부모님 전화번호나 내놔……요."

자기들끼리 눈짓을 주고받는 것을 보니 재강이라는 놈이 주도적인 역할을 하는 것 같았다. 승찬도 윤기도 어떻게 해야 할지 몰라 재강을 쳐다보고 있었고, 잠시 생각에 잠겨 있던 재강은 전화번호를 적어주었다. 윤기도 재강을 따라 전화번호를 건네주었다.

전화를 받은 부모들은 처음엔 믿지 못하는 눈치였다. 아이들은 공부하러 친구 집에 간다고 했다며 용평까지 와 있다는 사실에 당황했다. 연락을 끝내고 부모가 오기를 기다리는 동안 아이들은 더 초조해 보였다.

가족들이 도착한 것은 새벽 4시에 가까운 시간이었다.

한눈에 봐도 승찬의 형으로 보이는 사람이 안으로 들어오면서 동생을 발견하자마자 주먹을 날렸다. 그 뒤로 엄마로 보이는 중년 부인이 얼른 뒤따라 들어와 승찬을 온몸으로 감싸안았다.

"그만해, 그까짓 차 얼마나 한다고 애를 때려?"

"차가 문제가 아니잖아요, 이 자식 미성년이라고. 어디서 차를 몰아? 더구나 음주운전? 넌 아버지 아시면 죽었어, 새끼야."

"시끄러워, 입만 뻥끗했다간 새 차고 뭐고 없는 줄 알아."

형은 새 차라는 말 때문인지, 얌전히 머리를 맞고 있는 동생 때문인지 이내 흥분을 가라앉혔다. 중년 부인은 감싸고 있던 승찬의 얼굴을 이리저리 살피며 걱정이 가득한 얼굴로 말했다.

"찬아, 어디 다친 데는 없어? 괜찮은 거야?"

승찬의 가족은 한바탕 요란한 상봉을 한 뒤에야 이 형사에게 눈길을 돌렸다. 승찬의 엄마는 얼른 이 형사에게 다가와 고개를 숙이며 앓는 소리를 했다.

"형사님, 죄송합니다. 보다시피 아이들이다 보니 철이 없어요. 입시 공부하다 스트레스가 쌓여서 그런 모양이에요. 아시잖아요, 요즘 아이들 공부만 하느라 뭐가 나쁘고 뭘 하면 안 되는지도 모르고……. 이제 열여섯 살밖에 안 된 애들이에요. 제발 잘 좀 봐주세요. 쟤들도 놀라서 두 번 다시 이런 사고 안 칠 거예요. 뭐해, 어서 와서 빌지 않고. 재강아, 넌 생각이 깊은 놈이 왜 애들을 말리지 않고. 어서 와서 죄송하다고 해."

아이들과 이야기를 하는 걸 보니 다들 알고 지내는 사이 같았다. 승찬 엄마의 성화에 아이들은 하는 수 없이 고개를 숙이는 시늉을 했다.

"어떻게 하면 되나요? 앞으로 우리 애들은 어떻게 되나요?"

"다행히 큰 사고가 아니어서, 사고와 관련한 것은 상대 운전자와 합의를 하시면 되는데 무면허는 조사가 끝나고 따로 기소 여부가 정해질 겁니다."

"운전자분은 어디 계신가요?"

"우선 하룻밤 경과를 봐야겠다고 하고 집으로 돌아갔으니 날이 밝는 대로 연락을 해보시죠."

이 형사는 상대 운전자의 연락처를 알려주었다.

"그럼 애는 데려가도 되겠죠?"

그때 파출소 밖으로 요란한 엔진음을 내며 자동차가 와서 멈추는 소리가 들렸다. 이내 현관문을 열고 중년의 남자와 여자가 들어와 안을 두리번거렸다. 그들을 쳐다보던 윤기가 잔뜩 고개를 움츠리고 인상을 구겼다. 여자가 놀란 눈으로 윤기에게 다가오더니 온몸을 주무르며 잔소리를 늘어놓았다.

"괜찮아? 어디 다친 데는 없니? 도대체 이게 무슨 일이야?"

윤기 엄마가 아들을 살피는 동안 남자는 담당 형사를 묻더니 이 형사에게 다가왔다.

"승찬이 너 때문에 다들 이게 무슨 고생이니?"

"뭐요? 우리 승찬이 잘못이라는 거예요?"

"맞잖아요. 승찬이가 차만 안 가지고 나왔으면 애들이 왜 여기까지 와서 사고를 당해요?"

"기가 막혀. 승찬이를 꼬드겨서 차 가지고 나오라고 시킨 게 누군데?"

"우리 애가 그랬단 말이에요?"

"그만들 해요. 여기서 떠들어봐야 자기 얼굴에 침 뱉기지."

윤기 아버지의 말에 두 여자의 말싸움이 수그러들었다. 재강의 부모는 끝내 나타나지 않았다.

윤기 엄마가 재강의 엄마와 통화를 마쳤는지 이 형사에게 상황 설명을 했다. 남편은 외국에 나가 있고 자신은 내려갈 상황이 아니라고 했다며 윤기 엄마에게 재강을 부탁한 모양이었다. 어떻게 해야 하나 싶었지만 운전을 한 것도 아니고 해서 그대로 훈방 조치하고 그들에게 인계하기로 했다.

한바탕 소란을 일으키고 그들이 모두 떠나가자 파출소 안은 굿판이 멎은 것처럼 조용해졌다. 박 순경과 눈이 마주친 이 형사는 쓴웃음을 지었다.

"있는 집 자식들도 사고 치는 건 똑같네요."

"부모들도 똑같지. 하나같이 나쁜 친구 때문이라고. 하하

하.”

부모들은 하나같이 청맹과니다. 자식이 사고를 쳐서 경찰의 연락을 받고 왔는데도 자기 자식의 허물을 보기보다 나쁜 친구가 아니었으면 내 자식은 절대 이런 짓을 하지 않을 거라고 맹신하고 있다. 하지만 이 형사는 그들의 태도를 질책할 생각이 없다. 자신도 부모 입장이기 때문에 그들의 마음을 십분 이해했다. 그 또한 엇비슷한 일로 학교에 불려다닌 경험이 있기 때문이다.

조용해지니 슬슬 졸음이 왔다. 어느새 날이 밝아오고 있어 휴게실에서 잠깐 눈이라도 붙일까 싶어 자리에서 일어나는데 파출소 전화기가 요란하게 울렸다. 또 뭔가 사고가 생겼다는 얘기다. 오늘은 한숨도 못 자나 보다 하고 전화를 받는데 느낌이 안 좋았다.

도암댐 근처에서 시체를 발견했다는 신고 전화였다. 이른 새벽 등산을 위해 길을 나선 등산객이 발견했다고 한다. 이 형사는 동네 지리에 밝은 박 순경과 함께 자동차에 올랐다.

신고한 장소로 올라가는 도로변 식당 앞에서 등산객 두 명이 발을 동동거리며 서성이고 있는 모습이 보였다. 등산객은 경찰차를 보자 손을 흔들며 방향을 가리켰다. 자동차를 세우고 그들을 태워 산 쪽으로 조금 더 올라갔다. 그들은 신고를 위해 읍내 쪽으로 걸어 내려오다 식당에서야 신호가 터져 거기서 전화를 걸었다고 한다. 그들이 가리키는 지점에 차를 대고 물가로 내려갔다.

"저 아래부터 물가로 걸어오다가 저쪽으로 건너가면 산길이 있거든요, 옥녀봉으로 넘어가는 길이 등산 코스 초입인데⋯⋯."

온통 잿빛이어야 할 풍경에 원색이 눈에 띄어 가까이 다가가보니 시체였다는 얘기다.

이 형사는 우선 산으로 둘러싸인 주변부터 둘러보았다. 도로는 위쪽에 있다. 여름이라면 물가를 찾아 내려왔다고 생각할 수 있지만 이런 겨울에 일부러 물가를 찾아오는 사람은 지름길을 찾는 등산객 정도밖에 없다. 주변 지형을 잘 알고 있는 사람일 거라는 생각이 들었다. 이 형사는 등산객들의 연락처를 받아놓고 먼저 돌려보냈다.

시체는 물가의 돌들이 울퉁불퉁 드러난 곳에 누워 있었다. 이 형사는 족적을 생각해서 가급적 멀찌감치 서서 시신을 살폈다.

십 대로 보이는 소녀가 누워 있다. 등산객의 말대로 노랑과 핑크가 섞인 스웨터가 눈에 확 띄었다. 소녀의 머리가 놓인 돌들이 피로 물들어 있다. 누군가에게 맞아서 생긴 상처인지 넘어지면서 돌에 부딪히며 생긴 상처인지 분명하지는 않지만 머리의 충격이 출혈로 이어져 사망으로 이어진 게 아닌가 싶었다. 넘어진 형태로 보아 갑작스럽게 일을 당한 것 같았다.

옆에 서 있는 박 순경이 추위 때문인지 잔뜩 몸을 움츠리고 발을 동동 굴렀다.

"점퍼는 어디 두고?"

"차에 있어요. 갑갑해서 자꾸 벗어놓고 깜빡하네요."

박 순경은 한겨울에 막국수를 먹어도 땀을 흘린다. 체질적으로 열이 많다는 건 알고 있지만 이런 겨울 산기슭의 추위는 아무나 버틸 수 있는 게 아니다. 이 형사는 박 순경을 자동차로 돌려보냈다. 추위에 떠는 것도 한심스러웠지만 그보다는 괜히 근처의 증거물을 훼손할까 하는 우려가 더 컸다.

평창경찰서에서 감식반이 오려면 한 시간은 넘게 걸린다. 그 역시 차츰 몸이 식어가는 것을 느끼며 돌아서서 도로 쪽으로 올라가다가 문득 이상한 생각이 들어 고개를 돌렸다. 뭔가 머리 한쪽에 굴러다니던 퍼즐 조각 하나가 그의 신경을 툭 건드렸다.

'저 아이, 외투는 어디 갔지?'

이 겨울에 외투 없이 나왔을 리 없다. 주변에는 인가도 없다.

현장에 있는 것도 증거지만 현장에 있어야 할 것이 없는 것도 증거가 된다. 아무리 생각해도 이 겨울에 외투도 입지 않고 산으로 올라왔다는 건 이해가 되지 않는다. 자의든 타의든 어딘가에서 외투를 벗은 게 틀림없다.

그때 승찬의 자동차 뒷좌석에 있던 연두색 외투가 생각났다.

그 외투가 왜 계속 머릿속에서 덜컹거리며 불편하게 돌아다녔는지 알 것 같았다. 승찬과 일행 모두 외투를 입고 있었다. 뒷좌석에 있던 연두색 외투는 여성용이었다. 이 일과는 전혀 상관없는 일일 수도 있지만 외투를 입지 않은 시체를 보자 지난밤 자동차에 놓여 있던 연두색 외투가 자연스레 떠오른 것이다.

불편하고 당혹스러운 기색이 역력했던 아이들의 표정도 떠올랐다.

'그 아이들은 무면허나 교통사고를 걱정한 게 아니었어.'

그런 생각을 지울 수 없었다. 불확실하지만 가능성은 충분히 있다는 생각이 들었다. 이 형사는 우선 자동차부터 확보해야 한다는 생각이 들었다. 그는 재빠르게 자동차가 세워진 도로로 올라가 박 순경을 내리게 하고 자동차에 올라탔다. 감식반을 부르는 일은 그에게 맡기고 파출소로 향했다.

파출소로 돌아와 승찬의 형에게 전화를 걸었다. 잠이 덜 깬 목소리로 전화를 받은 승찬의 형은 자동차를 봤으면 좋겠다는 이 형사의 말에 잠시 기다리라고 하더니 자신이 묵고 있는 숙소를 알려주었다. 새벽에 사고 난 차를 가지고 이동을 하려니 아무래도 불안해서 일단 아침에 정비소를 찾을 생각으로 근처에서 숙박을 했다는 것을 알았다. 이 형사에게는 너무나 다행스러운 일이었다.

그가 알려준 숙소는 파출소에서 십 분 거리에 있는 펜션이었다. 그는 서둘러 파출소를 나와 펜션으로 향했다. 알 수 없는 예감이 온몸을 찌릿하게 만들었다. 이게 선배들이 말하던 형사의 감이라고 하는 것인가, 하는 생각도 들었다.

펜션에 도착하자 지난밤에 보았던 자동차가 주차장에 얌전히 있는 게 보였다.

곧 펜션에서 나오는 승찬의 형이 보였다. 그는 무엇 때문에 그러느냐고 물었다. 이 형사는 대수롭지 않다는 듯 지난밤 진술 내용을 확인하기 위한 것뿐이라고 말을 돌렸다. 조서에 쓴 내용을 확인하려는 것뿐이라는 말에 그는 수긍이 가는지 고개를 끄덕였다.

"자동차를 열어볼 수 있을까요? 안도 확인을 해봐야 할 것 같은데."

승찬의 형은 순순히 차 키의 버튼을 눌러 자동차를 열어주었다.

이 형사는 뒷자리부터 확인했다. 어젯밤에 보았던 연두색 외투가 그대로 놓여 있다. 상체를 들이밀고 자리에 놓인 외투를 꺼내는데 좌석 밑에 뭔가 반짝거리는 게 보였다. 이 형사는 고개를 숙여 앞좌석 밑을 살폈다. 핸드폰 불빛이 깜빡이고 있었다. 그는 외투와 핸드폰을 꺼냈다.

폴더를 여는 손이 떨려왔다. 그는 예상이 맞았다는 것을 직감했다. 꽃무늬 스티커가 붙은 폴더를 열자 대기 화면에는 연두색 외투를 입은 소녀가 환하게 웃고 있다.

조금 전 송천 물가에 쓰러져 있던 바로 그 소녀가 부모로 보이는 중년 남녀와 함께 밝은 미소를 지으며 웃고 있는 사진이었다. 자신의 예감이 맞았다는 짜릿함이 지나가고 안타깝고 씁쓸한 마음이 들었다. 사진 속의 그들은 밤새 돌아오지 않는 딸을 기다리면서도 이런 일이 있을 거라곤 상상도 못 하고 있을 것이다. 그들에게 연락하기 전에 처리할 일이 있었다.

이 형사는 승찬의 형을 바라보며 말했다.

"부모님에게 연락해서 동생을 데리고 이곳으로 다시 오시라고 하세요."

청소년들의 일탈이라고 단순하게 생각했던 무면허 교통사고가 살인 사건으로 바뀌는 순간이었다.


"이상하다고 하신 건?"

"그날 오후에 평창경찰서로 아이들이 모두 불려왔죠. 부모들도 오고. 전날 교통사고로 불려왔을 때는 그렇게 소란을 부리며 서로 책임을 떠넘기던 부모들이 약속이나 한 듯 모두 조용하더군요. 처음엔 자식들이 살인 사건과 관련된 충격 때문이라고 생각했지만 다음날 갑자기 사건 자체가 서울로 이전

되니까……."

"……?"

"우리 경찰서로 다시 불려왔을 때 이미 그렇게 될 걸 알고 있었던 게 아닌가 하는 생각이 들더군요."

"왜 갑자기 수사가 서울 경찰서로 이전된 겁니까?"

"뭐, 통보받기로는 가해자도 피해자도 모두 서울 소재라서 그렇다고 하는데 현장 수사도 제대로 이루어지지 않은 상황에서 그렇게 사건을 이송해도 되나 싶더군요. 그 뒤로 초동수사를 했던 우리에게 협조 요청 같은 것도 전혀 없고. 영 개운치가 않았다고 할까……."

그 뒤로 다른 사건에 쫓기다 보니 이 사건이 어떻게 되었는지 신경을 쓸 틈은 없었지만 이따금 재판이 어떻게 되었는지 궁금하긴 했다고 한다.

"부모들 중 누가 힘을 좀 쓴 모양이라고 생각했지만 뒷맛은 씁쓸하더군요."

"……."

"모두 중학교에 들어가면서 최 선생인가 하는 사설 과외 그룹에서 만나 알게 되었다고 하던데, 그런 거 있잖아요, 재력이든 권력이든 힘 좀 있다 하는 집 아이들만 끼리끼리 모여서 공부하는 곳……."

이 형사의 말을 듣지 않아도 너무 잘 알고 있다.

우진은 병원장인 승찬의 아버지를 만나면서 그가 가진 영향력을 직접 경험했다. 조윤기의 부모는 강남의 주유소와 빌딩을 몇 채나 가지고 있는 부동산 부자였고 나재강은 학원 재단 이사장의 아들이었다. 그렇게 어릴 때부터 부모가 만들어준 인맥으로 친분을 쌓고 자신들만의 세계를 만들어 더 견고하고 친밀한 관계를 만들어가는 것이다.

처음 재판이 열렸을 때 우진도 그곳에 있었다. 겁에 질린 아이들을 보았다. 그 뒤로 쓰러진 아내 때문에 더이상 재판에 가지 않았지만 재판정에 들어섰으니 법대로 처벌을 받을 거라고 생각했다. 하지만 법은 딸을 죽인 아이들에게 관대했다.

기영의 얘기를 듣고 뒤늦게 소년보호재판 결과를 알아보니 그들 모두 솜방망이 처벌을 받았다. 전교 수석을 다투는 상위권의 성적을 유지하며 학교에서는 임원을 지내는 등 모범적인 생활을 유지했고 우발적인 사고로 발생한 사건에 대해 깊이 뉘우치고 있으며 수차례 반성문을 제출하고 반성하는 모습을 보여 선처를 했다고 한다.

단 한 번의 사건으로 수정인 목숨을 잃었는데, 누구에게는 실수라고 정의되어 선처가 베풀어진다. 우진은 자신이 너무 순진했다고 생각했다. 법은 정의로운 도구이거나 누구에게나 공평한 잣대가 아니다. 이 형사를 만나면서 더욱 그런 생각이 굳어졌다.

기영이 얘기했던 것처럼 진범이 따로 있다면, 아니 어쩌면 그 진범을 감추기 위해서 일찍 사건을 서울로 이송했는지도 모른다.

"사건을 서울로 이송하게 한 사람이 누군지 찾을 수 있을까요?"

우진의 질문에 이 형사는 고개를 저었다.

"그런 건 보이지 않는 곳에서 이루어지는 것 아닙니까? 확실한 증거를 내밀어도 내가 했다고 할 사람이 있을까요?"

"......!"

거대한 벽이 눈앞을 가로막고 있는 갑갑함이 느껴졌다. 넘으려고 해봤자 높이가 얼마나 되는지 가늠할 수도 없다. 평범한 소시민으로 살아온 우진에게는 감당하기 어려운 일이다. 하지만 포기할 수 없었다. 처음부터 제대로 지켜보고 수정을 떠나보내는 일을 분명하게 매듭지었더라면 아내는 아직 우진의 곁에 있을 것이다.

"저...... 그 아이들말고 다른 아이가 더 있었을 가능성은 없을까요?"

"예? 글쎄요. 뭐라도 들은 얘기가 있는 겁니까?"

"아니, 그냥....... 현장에서 직접 수사를 하셨던 분이니까 물어본 겁니다."

우진은 기영에게 들었던 이야기를 할까 하는 생각도 해보앉지만 삼 년 전 제대로 수사도 못 해보고 사건을 이송해야 했던 이 형사에게 새로운 정보가 나올 것 같지는 않아서 입을 닫았다.

이제 방법은 하나밖에 없다. 아이들의 입으로 직접 이야기를 듣는 것이다. 범행을 저지른 다른 놈이 있다면 그 자리에 함께 있었던 아이들만큼 잘 아는 사람이 어디 있을까? 술을 마시고 불평을 했다는 걸로 봐서 아이들도 달라진 것이다.

삼 년 전에는 진범을 감춰주었지만 이제는 자신들만 재판을 받았던 일이 억울하게 느껴지는 것이다. 단단했던 결속이 시간이 흐르면서 끊어졌다는 것을 의미한다.

우진은 어떻게 해서든 그 끊어진 틈을 비집고 들어가 진범의 정체를 찾아내리라 마음먹었다.

우진이 묵묵히 술잔을 비우자, 그런 모습이 안쓰러웠는지 이 형사가 지나가는 투로 말을 흘렸다.

"사건을 이송할 힘을 가진 건 하나밖에 없지요……."

우진은 무슨 소린가 싶어 이 형사를 쳐다보았다. 이 형사는 눈을 반짝이며 조심스레 말했다.

"……검찰."

# 11

이재혁은 책상에 쌓여 있던 서류들이 후드득 떨어지는 소리를 듣고 겨우 눈을 떴다. 소장을 쓰기 위해 수십 권의 서류를 보느라 눈이 시려 잠시 의자에 기대 쉰다는 게 어느새 잠이 든 모양이다. 벽에 걸린 시계를 보자 8시가 지나고 있다.

유리벽 너머 사무실은 이미 불이 꺼지고 조용하다. 건너편 벽 쪽에 자리한 개인 사무실 두 군데만 불이 켜져 있을 뿐이다. 연말이라 그런지 평소라면 부산할 사무실이 적막하기만 하다.

재혁은 습관적으로 양손을 들어 관자놀이를 문질렀다. 모니터를 오래 봐서 그런지 눈이 시큰하고 머리도 지끈거렸다. 잠시 눈을 감고 쉬었던 시간도 그다지 도움이 되지 못한 것 같다. 재혁은 자리에서 일어나 바닥에 떨어진 서류들을 책상에 올려놓고 창가로 향했다.

창밖으로 보이는 겨울밤은 한산하기만 했다.

건너편 건물 앞에 장식해놓은 크리스마스트리와 루돌프 장식들이 요란하게 번쩍거렸지만 오히려 추레해 보였다. 나빠진 경기로 연말의 분위기 같은 것은 찾아보기 힘들다. 습관적으로 세운 크리스마스 장식들은 허술하고 촌스러웠다.

창문을 열자 기다렸다는 듯 차가운 공기가 밀려들었다. 재혁은 숨을 깊게 들이마셨다. 머리가 조금은 맑아지는 기분이었다. 차가운 공기는 눈에도 생기를 불어넣어 시큰거리던 것이 가시고 시야가 밝아지는 것 같았다.

똑똑.

노크 소리에 돌아보니 동계 인턴으로 와 있는 로스쿨 학생이 빼꼼히 문을 열고 인사를 했다.

"이 변호사님, 저희 피자 주문하려고 하는데 같이 드시겠어요?"

삼십여 명의 인턴이 지난주부터 팀별로 변호사에게 배정이 되어 업무를 배우고 있다. 고작 일주일밖에 되지 않았지만 그들 중 누가 일을 꼼꼼하게 하는지, 누가 팀 내 협력을 잘하는지 파악이 끝났을 것이다.

재혁의 사무실 문을 연 학생은 인턴 중에서도 가장 먼저 이름을 외운 학생이다. 강희경이라고 했던가? 붙임성이 좋아서 그렇기도 하지만 김 대표가 인턴 첫날부터 끼고 다니다시피 하면서 고검 부장판사인 강순형의 딸이라고 대놓고 인사를 시켰기 때문이다. 인턴이 끝나면 조기 채용은 정해진 수순일 것이다.

재혁은 가볍게 고개를 저었다.

"이제 나가려고."

"아, 예. 그럼, 내일 뵙겠습니다."

희경은 상큼한 미소와 싹싹한 말투로 인사를 하고 문을 닫았다.

재혁은 희경의 모습에서 세영의 얼굴을 떠올렸다. 세영에게 기대했던 모습도 저런 당당함이었는데……. 왠지 입맛이 썼다.

중학교 때까지만 해도 전교 상위권을 유지하던 아이였지만 고등학교를 들어간 뒤로는 흥미를 잃었는지 성적이 떨어지더니 결국 재수를 하게 되었다. 세영이 수험생이라는 것을 아는 주변 사람들에게 한동안 안부 인사를 받느라 마음이 불편했다. 재수를 하는 게 문제가 아니라, 무엇도 할 생각이 없어 보인다는 게 문제다.

한순간 삐끗하더니 그 뒤로 감당이 안 될 만큼 어긋나기 시작했다. 어디서부터 잘못된 것인지 생각하다 결국 아내 영화의 얼굴을 떠올리고 불쾌해진다. 몇 년 전만 해도 이렇게까지 아내와 사이가 벌어지지는 않았다.

자신은 모든 것을 아내에게 맡기고 일에 빠져 살았다. 당연히 세영의 학업도 모두 아내에게 맡겼다. 하지만 세영이 중학교에 들어간 뒤로 아내는 밖으로 도는 시간이 많아졌고 점점 더 자신과 세영에게 소홀해졌다. 집안이 엉망이 되어가고 세영이 엇나가고 있다는 것을 나중에야 알았다. 재혁은 일에 쫓겨 매일 새벽 한두 시가 되어야 퇴근을 했고 집에 들어가면 자느라 바빠서 아무것도 모르고 있었다.

조금 더 일찍 알았더라면 달라졌을까? 그렇지 않을 것이다.

아내에게 남자가 있다는 것을 알고 말다툼을 하던 날, 재혁은 아내의 태도에 충격을 받았다. 용서를 빌어도 봐주기 힘들 판에 아내는 고개를 세우고 재혁에게 얼굴을 들이밀며 차갑게 말했다.

"이게 다 당신 때문이야."

적반하장의 아내를 바라보다 입을 닫아버렸다. 아내는 그렇게 나고 자란 사람이다. 원하는 것은 뭐든 손에 넣었고, 안되면 생떼를 써서라도 자기 뜻대로 살았다. 부를 가진 부모 밑에서 뭐 하나 부족한 것 없이 자란 아내는 자신의 욕망이 중요했고, 그 욕망에 충실했고, 다른 것은 중요하지 않았다. 우주가 자기를 중심으로 돌아간다고 믿는 여자.

창으로 들어오는 찬 공기로 급격히 실내 온도가 떨어졌다. 재혁은 창문을 닫고 책상으로 걸어가 어지럽게 놓인 서류들을 대충 정리했다. 아직 봐야 할 자료들이 수북하지만 더 펼치고 싶은 마음은 없었다. 다시 본다고 해도 피로한 눈은 이내 시려올 것이다.

재혁은 외투를 챙겨 입고 자신의 사무실을 나와 인턴들이 있는 방을 향해 손을 흔들어주며 로펌의 문을 나섰다.

승강기에 올라 지하 주차장으로 가는 동안 핸드폰을 열어

보니 문자가 와 있다.

—오늘 불참?

총무인 박변의 건조한 문자를 보고 나서야 연수원 동기들의 연말 모임이 오늘이라는 것을 깨달았다. 까맣게 잊고 있었다. 얼마 전 통화에서 이번만은 꼭 참석하겠다고 철석같이 약속해놓고 완전히 잊고 있었다. 변명이라도 몇 자 적어 답을 할까 하다가 그만두었다.

늦기도 했고 이제 와서 연락을 해 가고 싶은 마음도 없었다. 눈이 피곤하니까 머리도 아프고 기분까지 처졌다. 모임에 나갈 에너지가 남아 있지 않았다. 이대로 집에 들어가 욕조에 뜨거운 물을 받아놓고 꾸벅꾸벅 졸고 싶었다.

지하 주차장에서 내린 재혁은 서둘러 자신의 자동차를 찾아 운전석에 올라탔다. 주차장의 눅눅하고 차가운 냉기가 외투 사이로 파고들었다. 시동을 켜고 핸들을 잡으니 손바닥에 냉기가 그대로 전해졌다.

집에 도착한 것은 9시가 넘은 시간이었다. 간간이 눈발이 날려 도로의 자동차가 기어다니는 바람에, 평소라면 이십 분이면 도착할 거리를 오십 분이 넘게 걸렸다. 덕분에 피곤이 온몸을 짓눌렀다.

재혁은 집안으로 들어서며 소파에 저고리를 벗어놓았다.

바로 욕실로 가 뜨거운 물부터 받았다. 와인 냉장고에서 지난 밤 마시다 남은 와인을 꺼내 한 잔 따라 들고는 서둘러 욕조에 들어갔다. 혼자 살게 되면서 몸과 마음이 자유로워졌다. 누구에게도 방해받지 않는 공간과 시간을 즐길 수 있는 계기를 만들어준 아내가 고마울 지경이다.

재혁은 아직 채워지지 않은 욕조에 누워 뜨거운 물줄기에 발을 내밀었다. 온몸이 따끔거렸다. 너무 뜨거운 게 아닌가 싶었지만 곧 물의 온도에 적응했다. 따끔거리던 감각은 사라지고 온몸의 근육이 기분 좋게 이완되었다.

와인을 한 모금 마신 뒤 길게 몸을 뻗으니 저절로 눈이 감겼다. 찰랑이는 물소리와 수증기, 와인의 쌉싸름한 뒷맛을 느끼며 눈을 감자 스르르 잠이 밀려들었다. 머릿속에 뒤엉켜 부유하던 사건 자료들과 가지 못한 모임에 대한 생각, 새해가 되면 오게 될 세영을 위해 준비중인 깜짝 선물 계획 같은 것들은 지워버렸다. 오로지 온몸을 감싸는 따뜻한 온도의 목욕물과 나른해지는 몸의 감각만 느꼈다. 잠깐 좋았다고 생각하고 눈을 떴는데 어느새 욕조의 물이 조금씩 식어가고 있다.

재혁은 서둘러 목욕 가운을 걸치고 욕실을 나왔다. 따뜻해진 몸이 졸음을 불렀다. 이대로 침대로 들어가 서른 시간 정도 푹 잠들었으면 싶었다. 하지만 아직 오늘의 할 일이 끝나지 않았다.

재혁은 핸드폰을 찾아 세영에게 전화를 걸며 시계를 확인했다. 10시가 넘었으니 학원은 끝났을 것이다. 첫날이라 응원 겸 다짐을 받기 위해 딸과 잠시 통화를 할 생각이었다. 하지만 세영은 전화를 받지 않았다. 학원을 마치고 엄마와 함께 있는 것 같았다.

—아빠한테 전화해라.

재혁은 문자로 저녁 인사를 끝낼까 하다가 전화를 하라고 메시지를 보냈다. 어찌된 일인지 답이 없었다. 침대에 누워 다시 한번 전화를 할 때도 세영은 전화를 받지 않았다. 하루 종일 학원에 있느라 피곤해서 벌써 자는 건가 싶었다. 이제 다시 신발끈을 졸라매고 제대로 달려줬으면 하는 바람을 문자로 보냈다. 세영이 들으면 좋을 리 없는 잔소리지만 가장 중요한 시기를 두 번이나 엉망으로 보낼 수는 없다. 지금이야말로 세영을 단단히 챙겨야 할 때라고 생각했다.

이내 정신을 잃고 잠에 곯아떨어졌지만 침대에서의 수면은 편하지 않았다. 단편적인 꿈들이 계속 재혁을 괴롭혔다.

어딘지 모를 어두운 고속도로, 쏟아지는 빗속에 앞도 잘 보이지 않는 길을 운전하며 가고 있다. 뒷좌석에서 자꾸 덜그럭거리는 소리가 들려 신경이 쓰인다. 아무도 태운 기억이 없는데, 분명 혼자 자동차에 있는데 무슨 소리지?

갑자기 검은 그림자가 눈앞에 나타난다. 급정거를 하자 몸이 앞으로 쏠린다. 핸들이 멋대로 흔들린다. 자동차가 도로를 이탈한다. 절벽 아래로 굴러 곤두박질친다. 차 안에서 무중력 상태로 떠 있는 재혁은 물건들이 튕겨 오르고 부딪히는 모습을 지켜본다. 창밖으로 거센 검은 파도가 이빨을 드러내고 떨어지는 자동차를 집어삼키기 위해 날름거린다.

자동차가 수면에 충돌하자 온몸으로 충격이 느껴진다. 하지만 그것으로 끝이 아니다. 차가 물속으로 침몰하면서 거친 물살이 자동차 틈으로 쏟아져 들어온다. 금세 물이 가득차고 재혁도 물에 잠긴다.

숨을 쉴 수 없다. 목이 막힌다. 허파가 공기를 달라고 비명을 지른다. 눈알이 튀어나올 것 같다. 자동차 문을 열어보려고 하지만 꿈쩍도 하지 않는다. 발버둥치며 캑캑거리는데 검은 머리카락이 재혁의 목을 휘감기 시작한다. 머리카락은 살아 있는 것처럼 더 강하게 목을 조른다. 더 많은 머리카락이 재혁의 몸을 감싼다. 온몸을 조이는 머리카락의 감촉은 소름이 끼칠 만큼 차갑고 매끄럽다. 머리카락이 얼굴을 덮자 아무것도 보이지 않는다. 공포가 밀려든다.

재혁은 거칠게 몸부림을 치다가 눈을 떴다. 침대였다. 창으로 겨울의 햇살이 들어와 침대를 비추고 있다. 어느새 아침.

얼마나 꿈을 꾼 것일까? 밤새 꿈에 시달린 것처럼 머리가 무겁다. 뇌 속에 이물질이라도 낀 것처럼 개운치가 않다. 침대에 걸터앉아 정신을 차리다가 시선을 돌렸다. 사이드 탁자에 놓아둔 핸드폰이 깜빡거리고 있다. 밤사이 문자가 온 모양이다.

재혁은 핸드폰을 들어 문자를 확인했다. 세영에게 온 것이었다.

아침에 확인하고 답장을 보낸 것이리라 짐작했지만 예상은 빗나갔다. 딸의 핸드폰에서 온 메시지인 건 맞지만 세영이 보낸 것은 아니었다. 문장을 확인한 순간 머리로부터 냉기가 온몸을 타고 돌았다. 투명한 얼음처럼 정신이 번쩍 들었다.

─당신 딸은 내가 데리고 있다.

장난전화일 리 없다. 부녀 사이에 이런 장난을 해본 적은 없다.

재혁은 문자가 온 시간을 확인했다. 새벽 4시 14분.


# 12

세영은 선뜩한 기운에 잠이 깨었다.

"좀더 자요."

간호사가 세영의 팔에서 링거 주삿바늘을 빼고 있었다. 팔에 닿는 간호사 손이 차가웠다. 아마도 그래서 선뜩하게 느껴졌던 모양이다. 눈을 뜨고도 한동안 여기가 어딘지 감이 오지 않았다. 지금 누워 있는 곳이 병원이라는 것을 깨닫자 뭔가 이상하다는 생각이 들었다. 모든 것이 낯설고 생소하게 느껴졌다. 자신이 왜 병원에 누워 있는지 의아했다.

"손은 잠깐만 누르고 계세요."

간호사가 세영의 손을 들어 주삿바늘이 꽂혀 있던 자리로 옮겨주었다. 그제야 지난밤 무슨 일이 있었는지 떠올랐다.

윤기 때문에 놀라 낯선 사람의 차에 올라탔던 일, 생각지도 않았던 일탈, 교통사고, 고속도로의 화물차. 아저씨는 어디 간 거지?

세영은 자리에 누운 채 주위의 침상을 둘러보았지만 자신을 태워준 남자의 모습은 보이지 않았다. 교통사고 현장에서 온 사람들도 대부분 응급처치를 받고 잠들어 있는 것 같았다.

출입구 쪽에 걸린 시계를 보니 5시가 지나고 있었다.

세영은 조심스럽게 팔과 다리를 움직여보았다. 무릎이 조금 아프기는 했지만 못 견딜 정도는 아니었다. 생각보다 별 이상은 없는 것 같았다.

'바다를 보고 싶었는데, 교통사고라니.'

일이 꼬여도 단단히 꼬였다는 생각이 들었다. 큰 결심을 하고 일탈을 한 것치고는 결과가 너무 초라하다. 이대로 집으로 가야 하나 싶어 한숨이 새어 나왔다. 남자가 사라졌다면 어쩔 수 없다. 이런 냄새나는 담요를 뒤집어쓰고 지방 병원에 누워 있는 건 싫다. 누군가에게 전화해서 와달라고 하는 수밖에. 그런데 누구에게?

엄마는 어디 있는지도 모른다. 여행을 간다고 했으니 어쩌면 비행기를 타고 먼 곳으로 갔을지도 모른다. 그렇다면 아빠에게? 그것도 싫다.

왜 이렇게 되었을까? 어젯밤 윤기를 뿌리치고 도망쳤을 때 택시라도 잡아타고 집으로 갔으면 좋았으련만. 기다렸다는 듯 앞에 나타난 자동차를 보고 아무 생각 없이 올라탄 게 문제다. 평소의 자신이라면 하지 않을 행동이다. 지금 생각해도 뭔가에 홀린 것 같다.

그래, 돌아가자. 그렇게 생각하는 순간 인기척이 들리고 남자가 다가오는 것이 보였다. 그를 보자 왠지 안심이 되었다. 불과 몇 시간 전만 해도 모르던 사람이었는데 왜 이런 기분이 드는 걸까? 남자는 세영이 깨어난 것을 보고 얼른 다가왔다.

"언제 깨어났어?"

"난 아저씨가 가버린 줄 알았어요."

"잠깐 자동차에 가서 눈을 붙였지."

세영은 자리에서 일어나 한쪽에 놓인 코트를 집어 들었다.

"가요."

"어딜?"

"바다. 해 뜨는 거 보여준다고 했잖아요?"

"그 몸으로?"

세영은 팔다리를 움직여 보였다. 남자는 난감한 표정을 지었지만 별말은 하지 않았다.

"약속 지키실 거죠?"

남자는 잠시 망설이다 간호사가 있는 곳으로 걸어갔다. 세영은 남자가 간호사와 이야기를 주고받는 것을 보다가 얼른 옷을 챙겨 입고 다가갔다.

"가도 되죠? 저희가 일이 있어서요."

간호사가 세영의 얼굴을 보더니 잠깐 기다리라고 하고 이내 의사를 데리고 왔다.

"퇴원하고 싶다고요?"

"보세요. 멀쩡하잖아요. 저희는 사고가 난 것도 아니고, 급정거해서 약간 부딪힌 것뿐이에요."

"혹시 나중에라도 통증이 느껴지면 병원에 꼭 가보세요."

의사의 말이 끝나기도 전에 세영은 남자의 팔을 잡아끌며 얼른 응급실을 빠져나왔다.

"빨리요, 빨리."

"벌써 5시가 넘었는데 늦지 않을까?"

"가보면 알겠죠. 여기 있는 것보단 나아요."

그렇게 서둘러 자동차에 올라타고 원주 시내를 벗어나 다시 고속도로에 진입했다.

겨울이라 일출 시간이 늦기도 하고, 새벽 시간의 고속도로가 한가하기는 했지만 해뜨기 전에 경포대에 도착할지는 장담할 수 없었다. 세영은 조바심을 내며 계속 이정표를 보면서 목적지까지 몇 킬로미터가 남았는지 확인했다.

"아까 병원에서 무슨 꿈을 꿨는지 아세요?"

"……."

"바다로 달려가는 꿈요. 아무리 가도 바다가 안 보이는 거예요."

남자가 조금 속도를 높여준 덕분에 해가 뜨기 전 간신히 경포대에 도착할 수 있었다.

자동차를 해안가 주차장에 세우기가 무섭게 세영은 서둘러 차에서 내렸다.

경포대 해변은 어둠이 가시고 주위가 밝아오고 있었다. 수평선 너머, 머지않아 일출이 시작될 하늘은 붉은빛이 번져가기 시작했다. 날씨는 맑은 편이었지만 바다라 그런지 여기저기 구름도 떠 있다. 차가운 바람이 코끝을 때렸다. 바다에서 불어오는 바람은 가슴 깊은 곳까지 시원하게 만들었다.

이른 시간인데도 해변에 제법 사람들이 띄엄띄엄 보였다. 그들도 일출을 보러 온 것 같았다. 세영은 서둘러 해변으로 달려가기 시작했다. 모래에 발이 푹푹 빠져 걸음이 느려졌지만 파도를 향해 달려가는 것을 멈추지 않았다.

"다리는 괜찮아?"

"괜찮아요!"

세영은 뒤따라오는 우진의 목소리에 크게 대답하면서 바다를 향해 내달렸다. 병원에서 더 머뭇거리지 않고 서두르기를 잘했다는 생각이 들었다. 괜히 어영부영했으면 이렇게 청명한 하늘과 차가운 공기를 느끼지 못했을 것이다.

새벽의 겨울 바다는 추웠지만 세영은 개의치 않았다. 밝아오는 수평선을 바라보는 것만으로도 가슴이 뻥 뚫리는 것 같았다. 말없이 바다를 바라보며 기다렸다. 파도 소리만이 주변을 채웠다. 모두들 몸을 움츠리고 한곳만을 바라보며 해가 뜨기를 기다렸다.

해는 아주 천천히 붉은 얼굴을 드러내며 수평선 위로 올라오기 시작했다. 아주 조금 얼굴을 내밀었을 뿐인데 놀랍게도 사방으로 빛줄기가 퍼져나갔다. 붉은 덩어리가 느리게 올라오는가 싶더니 이내 쑥, 하고 완전한 모습으로 떠올랐다. 한 번도 이렇게 온전한 일출을 본 적이 없었다.

왠지 울컥 눈물이 나올 것만 같았다. 넓은 바닷가에 혼자서 있는 것 같았다. 하늘로 올라선 태양은 이제 바라보는 눈이 시릴 만큼 강렬한 빛을 발했다. 세영은 얼른 눈가에 고인 눈물을 훔치고 고개를 돌렸다. 등뒤로 남자의 기척이 느껴지자 자신도 모르게 해변을 향해 달리기 시작했다. 눈물을 보이는 게 쑥스러웠다.

해변을 내딛는 발 위로 크게 파도가 밀려왔다. 발을 빼고 방향을 튼다는 게 그만 발을 헛디디는 바람에 휘청, 몸이 기울었다. 그대로 모래사장으로 쓰러졌다. 아프지는 않았다. 세영은 거친 숨을 내쉬며 차가운 공기와 바다 내음과 붉은 햇살을 온몸으로 들이마셨다. 참았던 눈물이 터져 나왔다. 언제 이렇게 차곡차곡 눈물이 쌓였는지 울음은 쉽게 가라앉지 않았다. 다행히 남자는 멀리서 지켜볼 뿐 다가오지 않았다.

거칠게 밀려오는 파도 소리를 방패 삼아 엉엉 울었다. 몸은 아이처럼 울고 있는데, 머릿속에 그런 자신을 냉정한 눈으로 바라보는 또 다른 자신이 있다.

'왜 우는 거지? 모든 걸 망친 건 너잖아?'

몇 년 전만 해도 세영은 무서울 게 없었다. 모든 게 자신만만했다. 그런데 지금은 그렇게 잘난 이세영은 어디로 사라지고 까칠하고 예민한 성격에 우울하고 짜증스러운 자신만 남았다. 남들 앞에서는 태연한 척 행동하지만 자신을 지켜보는 냉정한 또 하나의 이세영에게는 숨길 수가 없다. 마치 타인처럼 스스로를 평가하는 또 하나의 이세영은 자신을 혐오스럽게 바라본다.

왜 이렇게 됐을까? 어디서부터 잘못된 것일까?

'너도 잘 알잖아, 아빠 말대로 다신 그 아이들을 만나지 말 았어야 해.'

머릿속에 재강의 얼굴이 떠올랐다 사라졌다. 소리 없는 비명이라도 지르고 싶었다. 그건 누구에게도 말할 수 없는 비밀이다. 이제 그 비밀을 윤기도 알게 된 것 같다. 더 끔찍한 일이 기다리고 있을 거라는 예감이 들었다. 어디서부터 잘못된 것일까.

'울지 마, 운다고 해결되는 건 아무것도 없어.'

이세영이 다시 차갑게 자신을 바라보고 있다. 그래, 더 이상 내버려둘 수는 없어.

차츰 눈물이 잦아들었다. 눈물로 젖은 얼굴이 이내 차가워졌다.


얼굴과 마음을 추스르고 모래사장에서 몸을 일으켜 주위를 둘러보자 해돋이를 보러 왔던 구경꾼들 대부분이 어느새 사라져 보이지 않는다. 추위 때문인 것 같았다. 남자는 조금 떨어진 소나무숲 앞 벤치에 앉아 바다를 바라보고 있었다.

그의 얼굴은 불어오는 바람만큼이나 서늘하고 쓸쓸했다. 그러고 보니 이곳은 아내와 딸을 데리고 행복한 한때를 보내던 곳이다. 사진 속의 풍경은 변함이 없는데 아내는 유골이 되어 그의 자동차에 실려 있다. 남자는 어떤 기분으로 바다를 바라보고 있을까?

남자는 다가오는 세영을 보자 조금 전 넘어지는 모습을 보았는지 다리를 쳐다보며 물었다.

"괜찮아?"

세영은 말없이 고개를 끄덕이고는 그의 곁에 나란히 앉아 바다를 바라보았다. 햇살에 부서지는 파도가 눈이 시릴 만큼 반짝거렸다.

"아저씨 어젯밤부터 지금까지, 나한테 가장 많이 한 말이 뭔지 알아요?"

"⋯⋯?"

"괜찮으냐고. 엄마 아빠한테도 언제 들었는지 기억이 안 나는 말인데⋯⋯."

"⋯⋯."

"눈치챘겠지만 부모님이랑 별로 안 좋아요. 안 좋은 정도가 아니라 끔찍하죠."

"아버진 어떤 사람이지?"

먼저 부모 이야기를 꺼내기는 했지만 생각지도 않았던 질문을 받자 선뜻 입을 열기가 어려웠다. 아빠는 어떤 사람이지? 성격? 직업? 집에서의 위치?

"네게 어떤 아버지냐고."

"내게……."

내게 아버지는 어떤 존재일까?

최근 몇 년 동안은 제대로 눈도 마주치지 않았다. 어릴 때는 세영이 깨어나기 전에 출근하고 잠이 든 다음에 퇴근을 하는 바쁜 생활로 얼굴을 볼 사이가 없었다.

중학교에 들어서면서 아빠는 가족과 보내는 시간을 만들려고 노력했지만 세영에게는 이미 아빠의 빈자리가 익숙해진 뒤였다. 그러다 보니 어쩌다 함께 있는 시간이 있어도 어색하게 몇 마디 주고받으면 대화가 끊어졌다. 고등학교에 들어간 후 의식적으로 세영과 시간을 가지려고 하는 것 같았지만 그 럴수록 세영은 부담스럽고 불편했다. 엄마와 사이가 멀어지면서 세영과는 더 멀어졌다.

생각해보니 세영에게 아빠는 남보다 더 먼 존재 같다. 근래이렇게 오래 아빠를 생각한 적도 없었다. 문득 자기도 모르게 큭큭 웃음이 새어 나왔다.

"본 지 하도 오래돼서 얼굴도 기억이 안 나네요."

세영은 얼굴에 닿는 남자의 시선을 느꼈지만 돌아보지 않았다.

"어서 어른이 됐으면 좋겠어요. 그러면 도망칠 수 있겠죠."

"……."

"아, 춥고 배고파요. 우리 아침 먹어요."

세영은 애써 밝은 목소리로 말을 끝내고 자리에서 일어났다. 고개를 돌리니 소나무숲 너머 상가 쪽으로 쭉 늘어선 식당들이 눈에 들어왔다.

"저기 문 연 식당이 있는 것 같아요."

말을 끝낸 세영은 성큼성큼 상가 쪽으로 걸어갔다.

해가 완전히 떠오른 아침. 사람들은 해변을 거닐거나, 다시 자동차로 향하거나, 해변 맞은편에 있는 음식점으로 걸어갔다. 대부분의 식당은 이른 시각이라 문을 열지 않았지만 그래도 해돋이를 보러 온 손님을 위해 문을 연 곳이 몇 군데 있었다.

두 사람은 바다가 내려다보이는 식당 2층 창가에 앉았다. 아침 식사는 전복해물뚝배기와 우럭미역국, 생선구이가 된다고 했다. 해물뚝배기를 시키고 기다리는 동안 세영은 남자의 얼굴을 다시 찬찬히 살폈다.

"뭐 물어봐도 돼요?"

"……"

무심히 바라보는 남자의 표정을 보고 얼른 질문을 던졌다.

"아저씨 이름이 어떻게 돼요?"

"……최우진."

세영은 고개를 끄덕이다가 아저씨라고 불러도 되죠, 라고 다시 물었다. 우진은 말없이 고개를 끄덕였다.

"이렇게 만난 것도 인연인데…… 뭐, 그런 말은 우습지만. 같이 몇 시간을 보냈는데 이름은 알아야죠. 제 이름은…….."

"이세영."

"어, 어떻게?"

"병원에서."

"아……."

그제야 병원에서 이름과 주소를 적었던 기억이 떠올랐다.

"부인은…… 어떻게 돌아가셨어요?"

"암이었어. 어렵게 수술을 했는데, 재발을 했고……."

우진은 말끝을 흐렸다. 세영은 창밖으로 시선을 돌리는 그를 보고 입을 다물었다. 다행히 금방 아침 식사가 나와 두 사람은 말없이 먹는 일에 열중했다.

뜨거운 국물이 들어가자 얼었던 몸이 녹았다. 갖은 해물에 무와 콩나물, 미나리를 넣고 끓인 해물뚝배기는 맑고 개운했다. 늦은 밤 휴게소에서 야식으로 우동을 먹었지만 세영은 며칠 굶은 사람처럼 밥공기를 비우는 것은 물론이고 해물뚝배기의 국물까지 남김없이 싹싹 먹었다. 그에 비해 우진은 국물만 비웠을 뿐 밥은 거의 먹지 않았다.

"이제 서울로 돌아가나요?"

"글쎄, 아직 모르겠군. 어떻게 해야 할지."

"집에 가야죠. 딸도 기다릴 텐데."

세영은 사진 속의 아이를 떠올리며 말했다. 지금은 몇 살이나 되었을지 궁금했다.

"몇 살이에요?"

"열여섯. ……살아 있다면 열아홉."

'살아 있다면?'

세영은 순간 멍한 표정으로 우진을 바라보았다. 그럼 죽었다는 얘긴가?

"삼 년 전에 죽었지. 나를 기다리는 사람은 없어."

우진의 말에 말문이 막혔다. 그제야 왜 자신의 무리한 요구에도 순순히 이곳까지 와주었는지 이해할 것 같았다. 기다리는 가족이 없는 집에는 돌아가고 싶지 않다.

"세영인 어떻게 할 거지?"

"……."

쉽게 답을 할 수 없었다. 지금 기분으로는 돌아가고 싶지 않지만 그렇다고 돌아가지 않을 수도 없다. 엄마가 여행에서 돌아오기 전에 집에 간다면 별일은 없을 것이다. 그저 오늘 하루 학원을 빼먹는 것뿐이다. 하지만 돌아간다는 생각만으로도 벌써 숨이 막혀왔다.

식사를 마친 우진이 옆에 벗어두었던 패딩 점퍼를 집어 들며 자리에서 일어났다. 바지 주머니에서 지갑을 꺼내며 1층에 있는 계산대로 향했다. 그를 따라 자리에서 일어나던 세영이 바닥에 떨어진 종이를 발견했다. 우진의 점퍼에서 떨어진 것 같았다. 세영은 여러 번 접힌 종이를 주워 들고 그의 뒤를 따랐다.

"아저씨?"

계산을 마치고 식당 문을 나서는 우진을 불러 세웠다. 밖으로 나가던 우진이 뒤를 돌아보았다.

"⋯⋯?"

"이거, 주머니에서 떨어졌나 봐요."

우진은 세영이 건네는 종이를 펴보다가 다시 조심스럽게 원래대로 접었다. 점퍼 안쪽 주머니에 종이를 넣는 모습을 보며 세영이 무심코 물었다.

"뭐예요?"

점퍼 안주머니로 손을 집어넣던 우진은 잠깐 세영의 얼굴을 쳐다보다 종이를 꺼내 건네주었다. 세영은 종이를 받아 펼쳤다. 동글동글 귀여운 필체가 눈에 들어왔다.

누리천문대, 우리별천문대, 소백산천문대⋯⋯. 종이에는 열 몇 개가 되는 천문대의 이름과 주소가 적혀 있다.

"이건⋯⋯?"

"딸과 함께 하던 버킷 리스트."

세영은 다시 찬찬히 내용을 읽었다. 천문대 절반 정도는 줄로 지웠고 여섯 개쯤 남아 있었다. 아마도 줄로 지운 천문대는 이미 다녀온 곳인 것 같았다.

"별 보는 걸 좋아했어. ……중학교 들어가면서부터 졸라서 함께 다니기 시작했지. 나는 등산을 더 좋아했지만 어쨌든 여행을 떠나면 둘 다 원하는 걸 할 수 있으니까."

미처 지워지지 않은 항목들이 눈에 들어왔다. 딸이 죽으면서 더이상 이 버킷 리스트는 지워지지 못하고 있는 것이다. 세영은 우진의 눈빛이 그렇게 깊이 가라앉아 있던 이유를 알 것만 같았다.

"우리 여기 가요!"

"어딜?"

"여기 적힌 곳 중에서 제일 가까운 곳에 있는 천문대, 딸과 가려고 했던 곳요."

"천문대를…… 같이 가겠다구?"

"가요. 어차피 이제 할 일도 없잖아요."

세영은 집으로 돌아가지 않을 핑계가 생겨 기분이 좋았다. 어차피 지금 돌아가봐야 학원을 가기도 틀렸다. 우진 덕분에 바다를 보며 답답하던 기분을 털어내고 나니 이번에는 그를 위해 일탈의 시간을 조금 연장하고 싶어졌다. 천문대는 한 번도 가본 적이 없다. 그와 함께 별을 보러 가는 것도 나쁘지 않을 것 같았다. 현실적인 문제는 나중에 생각하자고 마음먹었다. 천문대에 다녀온 뒤 서울로 가도 늦지 않다.

세영의 제안을 받은 우진은 검지로 이마를 만지작거리며 잠시 망설이는 눈치더니 이내 고개를 끄덕거렸다.

세영은 천문대가 적힌 종이를 건네주며 환하게 웃었다. 세영의 웃음이 생소한지 우진이 낯설게 쳐다보았지만 세영은 눈치채지 못했다.

"그럼, 여기 좀더 있어도 되죠?"

이대로 바다를 떠나는 것이 아쉬운지 세영은 해변으로 걸음을 옮기며 물었다.

"추울 텐데."

해변으로 달려가느라 우진의 말은 들리지 않았다.

다행히 햇살이 퍼진 해변은 바람도 잦아들어 따뜻한 기운이 퍼지고 있었다.

세영은 아이마냥 갈매기를 따라 뛰어다녔다. 그 모습을 바라보다가 우진은 천천히 자동차로 걸음을 옮겼다.


자동차에 타자마자 우진은 자동차 콘솔 박스에 넣어둔 세영의 핸드폰을 꺼냈다. 배터리를 끼우고 전원을 켰다. 잠시 후 화면이 켜지면서 부재중 전화 알림과 문자메시지가 연달아 도착했다.

—왜 연락이 안 되는 거니? 엄마한테 화난 거야? 별일 없는 거지. 빨리 연락해.

―이세영! 도망친 이유가 이거냐? 사진 볼만하다.

―나 재강이. 연락해. 빨리!!

세영의 엄마에게 온 문자가 여러 개. 그리고 윤기, 재강.

그래, 그들 모두 아는 사이였어.

우진은 자신에게 온 문자도 발견했다. 이재혁에게 온 문자였다.

―당신 누구야? 목적이 뭐지?

우진은 그 물음에 대한 답을 생각해보았다.

'나는 누구지?'

억울하게 죽은 딸의 아버지.

내 목적은 하나다.

내 딸이 왜 죽었는지 이유를 밝히는 것.

당신이 그 답을 해줄 수 있을까?

우진은 그에게 어떤 답장을 보낼까 잠시 고심하다 이렇게 적었다.

―영동대로 138길 22 골드맥 오피스텔 1305호

문자를 본 이재혁은 분명 이곳으로 달려갈 것이다. 딸을 찾아 미친듯이 달려가겠지. 우진은 이재혁이 그곳에 가서 허탕을 치며 당혹해하는 모습을 보고 싶었다. 발목이 꺾이고 숨이 턱에 차오르도록 달리면서 찾아낸 것이라곤 절망과 좌절뿐인 얼굴을 직접 두 눈으로 보고 싶었다.

승찬의 뒤를 미행하고 있을 때 뜻밖에도 윤기의 주소를 알려준 것은 기영이었다.

기영은 친구인 상훈을 통해 윤기의 주소를 알아냈다며 삼년 전 일로 승찬과 윤기, 재강은 뿔뿔이 흩어져 다시 만나지 않는 것 같지만, 필요하다면 재강의 주소나 연락처도 알아낼 수 있을 것 같다고 했다.

우진은 기영이 어떤 마음으로 그 일을 했는지 알 것 같았다. 그에게 더이상 자책하지 말라고 답장을 보냈다. 나쁜 짓을 한 놈은 따로 있는데 정작 마음의 짐을 지고 밤마다 잠을 못 이루는 것은 엉뚱한 사람이다. 그 무게를 느껴야 하는 건 기영이나 아내 같은 사람이 아니다. 놈들이 없었다면 기영이나 아내는 자기 울타리 안에서 평범하고 소소한 일상을 살고 있을 것이다.

우진이 아무리 자책하지 말라고 해도 기영은 멍에를 쉽게 벗지 못하리라는 것도 안다. 멍에를 없애는 방법은 하나밖에 없다. 사건을 제대로 매듭짓는 것이다.

아이들을 찾아다니며 멱살을 잡았지만 놈들의 입은 열리지 않는다. 그 뒤 그가 택한 방법은 미행이었다. 무턱대고 아이들을 만난 것은 아니다. 진범이 있다는 것을 알고 있다고 말하면 틀림없이 아이들은 흔들리고 고민할 거라고 생각했다. 잘 감추었다고 생각했던 비밀이 드러나게 될 위기에 빠졌으니 그날 그 자리에 있던 아이들이 다시 모일 거라고 생각했다.

우진이 이재혁에게 윤기의 주소를 보낸 이유는 하나뿐이었다.

'그날 재판정에서 당신은 마치 그 아이들을 처음 보는 것처럼 행동했어. 아니, 아예 눈길도 주지 않았지. 서류를 읽고 질문을 해도 아이들과 시선을 마주치지 않았어.'

첫 재판. 우진은 재판정의 아이들을 쳐다보며 이재혁의 목소리를 통해 그날의 이야기를 들었다.

"2014년 12월 22일 밤 9시 40분경 피고인 나재강, 조윤기, 김승찬은 최수정을 만난 적이 있습니까?"

"아르바이트를 끝낸 최수정을 만나 강제로 자동차에 태운 사실이 있습니까?"

"저항하는 최수정의 입을 틀어막고 팔을 잡아 자동차에 태운 뒤 용평스키장 인근 펜션으로 데리고 간 적이 있습니까?"

"사건 현장에서 도망치는 최수정을 잡는 과정에서 무슨 일이 있었죠?"

삼 년 전 그날 이재혁은 딸의 친구들을 신문하면서 사람들을 기만했다. 그의 입김 덕분에 사건은 서울로 이전이 되었고 형사재판이 아닌 소년보호재판으로 넘어갔을 것이다. 그들끼리 어떤 거래가 오고간 것인지 모르지만 그 과정에서 재혁은 진범의 존재를 알았을 확률이 높다.

—삼 년 전 당신이 재판하던 그 아이들을 만나봐. 그럼 뭔가 떠오르겠지. 나와 만나는 건 그 뒤에 해도 늦지 않아.

우진은 재혁이 이 문자를 받고 과연 어떤 반응을 보일지 궁금했다.

문자를 보낸 우진은 핸드폰을 끄고 배터리를 뺐다. 콘솔 박스를 열어 다시 핸드폰을 집어넣고 장갑과 휴지로 덮었다.

고개를 들어 바다 쪽을 쳐다보자 신나게 바다를 달리는 세영의 모습이 보였다.


13


잠자리에서 나온 재혁은 먼저 세영에게 전화를 걸었다. 예상했던 대로 "전원이 꺼져 있어 소리샘으로……" 하는 안내 음성이 흘러나왔다.

'도대체 누가, 왜?'

재혁은 먼저 어떻게 된 일인지 알기 위해 아내에게 전화를 걸었다.

문자를 보낸 시각으로 짐작하면 세영이 아직 집에서 자고 있어야 할 시각이다. 집안으로 들어와 세영을 납치하고 문자를 보냈다? 하지만 이내 고개를 저었다.

아내의 집은 쉽게 외부인이 들어갈 수 없는 고급 빌라다. 입구에 보안 카드가 있어야 들어갈 수 있고 현관 데스크에는 경비원이 지키고 있다. 그것을 뚫고 간다고 해도 집안으로 들어가자면 또 지문 인식으로 보안을 통과해야 한다.

어떻게 해서 들어갔다고 쳐도 납치하자마자 핸드폰을 빼앗아 문자부터 보냈을 리 없다. 납치 후 완전히 제압하고 한숨 돌린 뒤 문자를 보낸 것이라면 납치 시간은 훨씬 앞당겨진다. 그렇다면 집이 아닐 확률이 높다.

먼저 세영이 어디에서 납치되었는지부터 확인할 필요가 있다.

"……아침부터 왜?"

아내는 잠결에 전화를 받았는지 목소리가 잠겨 있었다.

"세영이 어디 있어?"

"갑자기 전화해서 세영이는 왜? 자기 방에서 자겠지."

"자겠지?"

"아, 아니……. 일어났어. 막 학원 갔어."

"정말이야?"

"내가 왜 거짓말을 해? 좀 전에 나갔다니까. 문소리 들었어."

"지금 집 앞이야. 문 열어."

"어? 이 시간에…… 아니, 잠깐만…… 정말이야?"

재혁의 떠보는 말에 아내의 목소리가 떨리고 있다. 금방 들통날 거짓말을 하고는 허둥거리는 꼴이 눈에 훤히 보였다.

'집에 없구나.'

머리 뒤편에서 뜨거운 것이 올라왔다. 짐작한 대로 아내는 집에 없다.

"어디야?"

"나? 저기…… 집에."

"거짓말할 시간 없다고!"

"뭐야, 왜 갑자기 전화해서 이렇게 따지는 건데?"

조금이라도 불리하다고 느끼면 오히려 큰소리를 치는 여자. 변함없이 그 버릇이 나온다. 재혁은 이를 갈며 나지막이 말했다.

"세영이…… 잘못되면 가만 안 둬."

"그, 그게 무슨 말이야? 세영이한테 무슨 일 생긴 거야?"

"그걸 왜 나한테 물어? 세영일 데리고 있는 사람은 당신인데?"

"그게, 갑자기 일이 생겨서……. 잠깐 있어봐. 내가 전화해볼게. 학원 끝나고 바로 집에 갔을 거야. 갑자기 세영인 왜 찾는……."

상황 파악도 늦고 대처 방법도 모른다. 아내가 허둥거리며 중얼거릴수록 짜증이 치밀었다. 재혁은 대꾸도 없이 그대로 전화를 끊었다.

우선 세영이 언제 어디서 사라진 건지 확인해야 한다. 잠깐 동안의 충격이 지나가자 머리가 차가워졌다. 생각들이 빠르게 움직인다. 검사 생활 십오 년이다. 수사가 어떻게 진행되는지는 누구보다 잘 안다. 이럴 때 어떻게 대처해야 하는지 생각해둔 것은 아니지만 그동안 그가 다루던 사건들을 떠올려보면 길이 보일 것이다.

무엇보다 세영의 안전이 먼저다.

세영을 납치했다고 주장하는 놈은 먼저 연락을 했다. 그건 협상의 여지가 있다는 얘기다. 우선 어디 있는지 알 필요가 있다. 놈이 세영의 핸드폰을 가지고 있으니 그 핸드폰이 길라잡이가 되어줄 것이다.

재혁은 자신의 핸드폰에 있는 연락처를 뒤져 적임자를 찾아냈다. 형사부에 있을 때부터 손발이 잘 맞던 이경환 수사관이 그쪽으로 전문가다. 검찰 수사에서 주로 디지털 포렌식 분야를 담당했었는데 검찰을 그만두고 보안업체 간부로 있다는 소식을 들은 게 마지막이다.

"아이고, 영감님. 웬일로 이런 아침부터 연락을 다 주시고."

"핸드폰 하나 추적해줬으면 해서 연락했어."

거두절미하고 본론을 이야기하는 재혁의 태도에서 긴장감을 느꼈는지 방금 전까지 느슨하던 목소리가 금방 팽팽해졌다.

"지금 당장요?"

"당장."

"번호는요?"

재혁은 딸의 핸드폰 번호를 알려주었다.

"누군데요?"

경환의 질문에 잠시 망설이다가 사실대로 말하기로 했다. 세영이 무사히 돌아오기까지 계속 그의 도움이 필요할 것이라는 생각이 들었기 때문이다.

"내 딸."

짧은 신음 소리가 흘러나왔다.

"단순한 겁니까? 아니면……?"

"누군가 딸을 데리고 있다는 문자를 보냈어."

"납친가요?"

"그런 것 같네. 현재 핸드폰은 꺼져 있어."

한동안 말이 없던 경환이 조심스럽게 물었다.

"음……. 혹시 최근에 맡으신 사건이……?"

사람들은 검사가 막강한 권력을 휘두르고 힘이 있을 거라 생각하지만, 온갖 종류의 범죄자를 상대하는 일이라 때로 검사의 권위도 위협을 받는다. 맡고 있는 사건에 따라 협박을 받는 경우도 종종 있다. 하지만 그것도 옛말이다. 지금은 평범한 로펌의 변호사일 뿐이다.

"그런 사건을 맡은 것도 없고 짚이는 데도 없어."

"따님 핸드폰으로 연락이 온 건가요?"

"그래, 아마 자신의 핸드폰을 사용하면 신분이 노출될 테니 그렇겠지."

"경찰에는……?"

"알려지면 소란스러워질 테고, 그럼 아이 안전에도 좋을 게 없을 거야."

경찰에 신고를 한다면 그 순간부터 자신이 할 수 있는 건 없다. 모든 것을 경찰의 손에 맡기고 자신은 초조하게 기다리는 수밖에 없다. 그건 재혁이 원하는 게 아니다. 그가 염려하는 것은 또 있었다.

'전 부장검사, 현 로펌 변호사의 딸이 납치되었다.'

그 사실만으로 경찰서는 부산스러워질 것이고, 하이에나처럼 기삿거리를 찾아 경찰서를 기웃거리는 기자들에게 그보다 좋은 먹잇감은 없다. 아무리 입막음을 시킨다고 해도 연기처럼 소문은 번져나가고 기사가 되어 알려지는 것은 시간문제다.

납치 사실이 알려지면……. 보통 유괴나 납치의 경우 범인은 자신의 범죄가 공개되었다는 사실에 압박을 느끼고 납치한 피해자를 죽이고 도망친다. 그가 담당했던 유괴 사건도 공개수사로 전환된 뒤 아이가 돌아오지 못했다.

"알겠습니다. 우선 따님이 어디 있는지부터 확인하고 연락 드리겠습니다."

통화를 끝내고 나서 침실을 서성거리던 재혁은 사무실로 전화해 출근할 수 없음을 알리고 욕실로 향했다. 정신을 차리고 빠르게 움직여야 한다. 그러자면 냉정하게 상황을 체크하고 신속하게 놈의 소재와 요구 사항을 알아야 한다.

세면대 위에 있는 컵에서 칫솔을 들고 치약을 짰다. 이성적이고 차분한 상태라고 생각했지만 칫솔을 든 손이 떨리고 있었다. 그제야 재혁은 자신이 동요하고 있다는 것을 인정했다.

지금 세영이 어떤 상태인지도 모른다는 것이 그를 가장 두렵게 만들었다. 아무리 머리로는 냉정해야 한다고 다독이지만, 감정은 제멋대로 움직이고 상상력은 연기를 피워댔다. 눈앞을 흐리는 연기 속에 수없이 보아왔던 범죄 현장의 사진들이 떠올랐지만 재혁은 거칠게 머리를 흔들어 부정적인 생각을 털어냈다.

'우리 아이는 무사히 돌아온다. 돌아올 수 있다. 내가 그렇게 만들 것이다.'

재혁은 수증기로 흐려진 거울 속의 자신을 쳐다보며 세영을 생각했다.

언제 얼굴을 마주했는지 기억도 나지 않는다. 한집에 있을 때도 각자 방에 틀어박혀 생활하니 찬찬히 얼굴을 살펴보거나 차분히 대화를 나눌 기회가 없다.

세수를 마치고 욕실을 나오는데 핸드폰이 울렸다. 서둘러 확인해보니 아내였다.

"어젯밤 학원에서는 나왔고 집에는 안 들어왔어. 학원이랑 빌라 경비실에 확인했어."

"세영이 마지막으로 본 게 언제야?"

"마지막이라니 무슨 말을 그렇게 무섭게 해?"

거의 울 것 같은 목소리가 되었다. 징징거리는 목소리에 절로 눈살이 찌푸려졌다.

"얼굴 본 게 언제냐고?"

"어제 아침에. 학원 데려다주면서."

"애 혼자 두고 당신은 어딜 간 건데?"

"나도 숨이 막혀 죽을 것 같다고. 바람 좀 쐬러 왔어, 왜?"

"당신이 왜 숨이 막혀 죽을 것 같아? 허⋯⋯."

헛웃음이 절로 나왔다.

"나도 수험생 엄마니까."

기가 차서 말이 나오지 않았다. 재혁은 더이상 아내와 나눌 이야기가 없다고 판단했다.

일 년 전이라면 모르겠지만 별거를 시작한 지금은 아내에 대해 더이상 애정과 관심도 남아 있지 않다. 누구와 어디를 가건 자신과 무관한 이야기다. 세영의 일이 아니라면 굳이 전

당신의 별이 사라지던 밤 **ǀ** 247

화도 하지 않았을 것이다.

"끊지."

"잠깐만!"

아내가 다급하게 소리쳤다.

"지금 갈게. 빠르면 두 시간, 아니 세 시간이면 도착할 수 있을 거야."

재혁은 말없이 전화를 끊었다.


집을 나와 가장 먼저 간 곳은 대치동에 있는 세영의 학원이었다. 며칠 전 세영과 문자로 주고받아 학원 이름은 알고 있었다. 비서에게 알아보니 대치동 학원가 중에도 꽤 평판이 좋은 학원이라고 했다.

세영의 학원은 학원들이 즐비하게 늘어선 학원가 중간에 있었다. 근처 주차장에 차를 세우고 간이 도로 주변을 살피며 학원으로 향했다. 간이 도로로 접어들면서 띄엄띄엄 보안 카메라가 설치되어 있는 것이 보였다. 여차하면 카메라를 관리하는 곳에 가서 확인해볼 수 있겠다는 생각이 들었다.

학원 관계자는 이미 아내의 전화를 받아서 그런지 바짝 얼어 있었다. 세영의 아버지라고 했더니 잠시 기다리라고 하고는 얼른 원장에게 전화를 걸었다. 그의 입에서 '검사님'이라는 말이 나왔다. 아니라고 하는 것보다는 효과가 있을 것 같아 굳이 부인하지 않았다. 학원장은 이내 사무실에 나타나더니 과장된 표정과 몸짓으로 재혁을 원장실로 안내했다.

원장실에 들어서자 기다렸다는 듯이 여직원이 차를 들고 들어왔다. 재혁은 매뉴얼처럼 이루어지는 행동들에 마음이 조급해졌다. 이렇게 차나 마시며 원장과 한담을 나눌 상황은 아니다. 하지만 원장은 이 상황을 대수롭지 않게 여기는 것처럼 보였다.

원장은 재혁이 자리에 앉자마자 호기롭게 말을 걸어왔다.

"걱정 마세요. 별일 없을 겁니다."

"어젯밤 경비를 섰던 분과 이야기를 하고 싶은데요."

"곧 올 겁니다. 그런데……."

"……?"

원장이 상체를 앞으로 내밀며 은밀한 이야기라도 하려는 듯 목소리를 낮추었다. 무슨 이야긴가 싶어 재혁의 몸도 앞으로 기울었다.

"이런 경우가 왕왕 있습니다. 학원 첫날 수업을 듣고 그길로 며칠……. 갑갑한 거죠. 앞으로 일 년 또 이런 감옥 같은 생활을 해야 하나 싶으니까요. 대개는 며칠 바람 쐬고 돌아옵니다. 그러니 너무 조급해 마시고……."

태평한 소리를 하고 있는 원장에게 정색을 할 수가 없었다. 괜히 일을 크게 벌이면 세영에게도 좋을 것이 없다. 재혁은 고개를 끄덕이고 원장에게 장단을 맞춰줬다.

"그렇겠죠. 아무튼 부모로서는 걱정을 안 할 수 없으니까요."

"그럼요, 그럼요."

노크 소리와 함께 전날 밤 경비를 섰던 직원이 방으로 들어섰다. 밖에서 무슨 이야기를 들었는지 얼굴이 굳어 있었다. 경비원은 원장이 보여주는 서류의 사진을 보다가 뭔가 불안한 표정으로 재혁을 바라보았다.

"마지막까지 혼자 강의실에 남아 있어서 기억납니다."

"그래서요?"

"강의실에서 나가라고 하고 문을 잠갔죠. 학생이 먼저 내려가서 그 뒤는 잘 모르겠네요. 1층으로 내려왔더니 아무도 없어서 현관을 잠그고 건물 셔터를 내렸습니다."

경비원은 더 할말이 없는지 쭈뼛쭈뼛 원장의 눈치를 보다가 그대로 원장실을 나가려고 했다.

"잠깐만, 보안 카메라 같은 것은 있겠죠?"

"네? 아, 있죠. 관리실에."

"좀 보고 싶은데요."

경비원이 눈치를 보자 원장은 벌떡 자리에서 일어났다.

"아, 뭐해. 얼른 보여드려요. 가시죠."

재혁은 자리에서 일어나며 원장을 만류했다.

"바쁘실 텐데, 관리실은 저분과 가도 될 것 같습니다."

재혁의 말에 원장은 고개를 끄덕이며 얼른 손을 내밀어 악수를 청했다. 한편으로 그의 얼굴에서 안도의 표정이 스치는 게 느껴졌다. 아내가 전화로 어떻게 난리를 쳤는지 모르지만 어서 빨리 재혁으로부터 벗어나고 싶어 하는 기색이었다.

원장실에서 나와 관리실로 걸어가며 경비원에게 다가붙었다. 아까 들었던 이야기 중에 마음에 걸리는 것이 있었다.

"강의실에 혼자 있었다고 하셨는데, 어떤 느낌이었습니까?"

"느낌? 글쎄요. 아, 그 강의실로 들어간 게 시끄러운 소리 때문이었는데 들어가보니 책상이 넘어져 있더군요. 그 학생이 걷어찬 것 같았습니다."

재혁은 학생들이 다 빠져나간 강의실에 혼자 남아 책상을 걷어차는 세영의 모습을 그려보았다.

무엇 때문이었을까? 왜 강의실에 혼자 남아 책상을 걷어찬 것일까? 원장이 했던 말처럼 다시 일 년 동안 이 끔찍한 생활을 해야 한다는 것이 기분을 우울하게 만들었을 수도 있다.

지난 일 년은 재혁에게도 악몽 같았다. 아무리 다가가려 해도 세영과 가까워질 수 없었다. 아내가 집을 나간 뒤 단둘이 살게 되면서 가급적 일찍 집으로 돌아오려고 했다. 어떻게 해서든 세영과 함께 있는 시간을 만들고 싶었지만 쉽지 않았다.

로펌에서의 일 때문이기도 했지만 세영 역시 수험생으로 바쁘게 살고 있었다. 한집에 살아도 만날 수 있는 건 잠든 얼굴뿐이었다. 아침 일찍 일어나야 겨우 등교하는 얼굴을 스치듯볼 수 있다. 잠깐 스칠 때만이라도 놓치지 말자고 마음먹었지만 쉽지 않았다. 주스 한 잔을 나눠 마셔도 그것뿐, 세영은 학교에 늦는다며 총총히 집을 나섰다.

겨우 둘이 있는 생활에 익숙해지나 싶으면 세영은 곧 아내의 집으로 떠나갔다. 한 달 뒤 다시 돌아오면 한줌 쌓아올렸던 친근감은 사라지고 없었다.

언제 이렇게 멀어진 것일까?

관리실로 들어선 경비원은 곧 보안 카메라에 녹화된 지난밤의 영상을 재생해주었다.

경비원이 강의실에서 세영을 내보낸 시간이 10시 5분경이었다고 했다. 그 시간부터 녹화된 영상들을 재생시키자 학원 내의 복도와 1층 로비 등이 보였다. 시간을 알리는 디지털 숫자가 "10:07:24"라고 표시된 순간 1층 로비에 계단을 내려오고 있는 세영의 모습이 보였다. 세영은 이내 현관문이 있는 쪽으로 사라졌다. 별다른 점은 없어 보였다.

"건물 밖에도 보안 카메라가 있나요?"

"예, 그때 녹화된 건 이겁니다."

경비원이 다른 버튼을 누르자 건물의 현관문 실외 모습이 나타났다. 잠시 기다리자 문을 열고 나오는 세영의 모습이 보였다. 현관문을 열고 나온 세영은 한참 그 자리에 서 있었다. 날도 추울 텐데 왜 저렇게 가만히 있는지 의아할 즈음 누군가 어둠 속에서 세영의 앞에 나타났다. 세영은 놀란 듯 뒤로 물러섰다.

"잠깐만, 잠깐 멈춰주세요."

재혁은 영상을 정지시켜달라고 부탁하고 화면에 나타난 남자의 얼굴을 바라보았다.

후드가 달린 검은 코트를 입고 있는 남자. 후드를 뒤집어쓰고 있어 얼굴은 보이지 않았다.

화면에 나타난 사실만으로 유추해본다면 놈은 세영이 학원에서 나오기만을 기다리고 있었다. 그것은 세영이 누군지 알고 있다는 것을 말한다.

재혁은 얼굴이 보이지 않는 남자를 노려보았다. 문자를 받을 때만 해도 설마 했던 일을 실제로 보자 훅 하고 현실로 다가왔다. 재혁은 뇌에 새겨 넣기라도 하려는 것처럼 잠시 더 남자의 모습을 바라보다가 다시 재생을 부탁했다.

후드로 얼굴을 가린 남자는 세영의 앞을 가로막고 뭐라고 말하고 있었다. 세영은 뒤로 물러나기는 했지만 그와 이야기를 하고 있는 것처럼 보인다. 세영과 몇 마디 주고받은 남자가 후드를 벗었다.

재혁은 자신도 모르게 얼굴을 앞으로 내밀어 모니터에 다가섰다.

안타깝게도 후드를 벗은 남자는 카메라 프레임을 비껴나며 조명등 때문에 얼굴이 보이지 않았다. 세영은 남자를 피해 걸어가려고 했지만 그는 세영을 위협하는 것처럼 가로막고 팔을 잡았다. 잠시 실랑이가 벌어지다가 세영이 남자의 정강이를 차고 달려가는 모습을 끝으로 카메라는 아무도 없는 건물 앞을 계속 비추었다.

옆에서 지켜보고 있던 경비원이 재혁의 눈치를 살피며 조심스럽게 입을 열었다.

"경찰에 신고를 하는 게 어떨까요?"

경비원이 보기에도 의심스러운 상황인 모양이다.

"그래야죠."

경비원에게 이러쿵저러쿵해봐야 얘기만 길어질 테니 재혁은 짧은 대답으로 이야기를 끊었다.

도로를 걸어오면서 봤던 길가의 보안 카메라를 떠올렸다. 그것들을 연결하면 더 자세하게 나온 남자의 얼굴을 확보할 수 있지 않을까?

"거리에 있는 보안 카메라는 어디서 관리합니까?"

"아, 그건 구에서 운영하는 CCTV 통합관제센터에서 관리하고 있을 겁니다."

마지막으로 검은 코트를 입은 남자가 나왔던 화면의 영상을 따로 저장해달라고 부탁하고 학원을 나왔다.

재혁은 학원 앞에 서서 간이 도로에 설치된 CCTV를 유심히 살폈다. 세영의 학원 앞을 비추는 카메라가 과연 있을까? 이 도로를 뛰어갔으니 그 길 따라 몇 대의 카메라만 확인하면 될 것 같았다. 세영이 뛰쳐나간 방향은 오른쪽이다. 대중교통을 이용하기 위해 큰길로 나갔으리라.

그는 핸드폰으로 세영이 지나갔을 법한 거리의 보안 카메라를 찍었다. 카메라 밑에 적혀 있는 번호로 쉽게 찾아낼 수 있을 것이다. 남자가 미리 학원 앞에 와서 기다렸다는 점을 감안하면 밤 10시 이전부터의 영상을 찾아보면 된다. 관할하는 구청을 확인하려고 핸드폰을 여는데 경환의 번호가 떴다. 얼른 통화 버튼을 눌렀다.

"원주예요."

"원주?"

"마지막으로 잡힌 발신지가 원줍니다. 4시 15분. 거기서 꺼졌어요."

세영에게 문자가 온 시각은 4시 14분. 문자를 보내고 전원을 끈 모양이다.

"그런데…… 뭔가 느낌이 안 좋아요."

"왜 그런 생각이 들었지?"

"보통 전원을 끄는데, 그래도 배터리가 연결되어 있으면 기본적인 건 작동이 되거든요. 위치 추적도 가능하고요. 그런데……."

재혁은 자신도 모르게 마른침을 삼켰다.

"배터리를 빼놓은 것 같아요. 아예 추적이 불가능하게. 보통 사람이라면 그런 정보는 잘 모를 텐데."

"그렇지도 않아. 수사 드라마나 다큐 프로에 그런 정보가 넘쳐. 검색만 해도 금방 알 수 있고."

"그래서 느낌이 좋지 않다는 겁니다. 검색을 해봤다면 계획적이라는 얘기고 숨바꼭질을 해야 한다는 말이니까요."

경환의 말이 맞는다. 재혁은 자신도 모르게 끙 소리를 냈다. 그나마 기대할 건 놈이 먼저 연락을 해 온 것처럼, 다시 연락을 해 오리라는 것이다. 그동안 놈의 정체를 알아내기 위해 최대한 많은 정보를 알아내는 수밖에 없다.

"부탁 하나 더 해도 될까?"

"예."

재혁은 학원에서 받은 CCTV 속 남자의 영상에 대해 이야기했다.

"영상 분석을 해서 화질을 높이면 얼굴이 보이지 않을까 싶은데."

재혁은 검찰청 과학수사부에서 비슷한 케이스를 본 기억을 떠올리며 물었다.

"걱정 마세요. 검게 나온 영상이라고 해도 노이즈 제거하고 필터 조절하면 확실히 윤곽이 드러나니까요."

재혁은 경환과 전화를 끊고 주변을 둘러보며 영상 파일을 전송할 PC방을 찾았지만 눈에 띄지 않았다. 그러다 골목 안쪽으로 대치4동 주민센터라고 적힌 안내판이 눈에 띄자 그쪽으로 걸음을 옮겼다. 주민센터는 최소한의 편의 시설이 준비되어 있다. 팩스를 보내거나 인터넷 검색을 하는 간단한 업무는 무료로 이용할 수 있다.

재혁은 주민센터에 들어가자마자 한쪽 벽에 설치된 컴퓨터를 찾아 경환의 이메일로 영상 파일을 보냈다. 메일을 보내고 자리에서 일어나자 다음에 무엇을 해야 할지 잠시 머릿속이 아득해졌다. 벽에 걸린 관할 구역 지도를 보고 그제야 다음 일이 생각났다.

주민센터 직원에게 관할 구청을 물었다. 대치동은 강남구 관할. 용건을 묻기에 CCTV 통합관제센터를 찾는다고 하자 민원 업무를 보는 쪽으로 가서 확인을 해주었다.

강남구에 설치된 각종 CCTV를 한곳에서 감시하고 통제하는 관제센터는 강남구청이 아니라 역삼지구대 안에 마련되어 있다고 했다. 지도를 짚어가며 알려준 거리를 보니 대충 삼 킬로미터 정도 되는 것 같았다.

재혁은 서둘러 주민센터를 나와 자동차가 세워진 곳으로 향했다. 곧 강남경찰서 역삼지구대로 갈 생각이었다. 그곳에서 학원 앞과 주변의 간이 도로에 설치된 CCTV 카메라에 찍힌 영상들을 확인하면 세영과 함께 있던 놈에 대한 더 많은 정보가 확보될 것이다.

재혁은 자동차에 올라타 시동을 켰다. 디지털시계가 눈에 들어왔다. 어느새 시간은 10시가 가까워 오고 있었다.

그는 서둘러 주차장을 빠져나와 포스코 사거리 방향으로 차를 돌렸다.

모든 나쁜 일에는 그보다 더 나쁜 일이 있다.

토마스 하디

# 14

북영천IC에서 빠져나와 자양 방면 국도를 타고 가면서 우
진은 며칠 전부터 궁금했던 질문을 했다.

"왜 여기로 정했어?"

해발 1000미터가 넘는 천문대를 향해 가는 길에도 수정인
오늘 봐야 할 별자리를 꼼꼼히 챙기고 있었다.

"왜냐하면 우리나라에서 별이 가장 잘 보이는 곳이거든."

"그래?"

"그리고 우리나라에서 가장 큰 천체망원경이 있어. 우리는
못 보지만."

"왜 못 봐?"

"그건 천문학자나 연구하는 분들만 보는 거야."

"그럼 헛수고하는 거잖아?"

"에이, 아빠. 그냥 눈으로 봐도 별이 가장 잘 보이는 곳이라니까. 그리고 이거, 선생님이 특별히 빌려주신 망원경도 있다구."

수정은 학교 과학실에서 빌려 온 망원경을 자랑스레 들어보였다. 아빠와 함께 별을 보러 천문대에 간다고 여기저기 자랑을 한 모양이다.

"우리의 첫 번째 별자리 탐험이잖아, 아빠한테 정말 멋있는 밤하늘을 보여주고 싶단 말이야."

함께 별자리를 보러 다니자고 해놓고 몇 달이 지나자 우진은 그 약속을 까맣게 잊어버리고 있었다. 하지만 수정은 혼자 우리나라 천문대를 찾아보고 가장 가기 좋은 때를 검색하면서 유성우 같은 우주 쇼가 벌어지는 때가 언제인지도 염두에 두고 있었다. 그렇게 고르고 고른 곳이 보현산천문대였다.

보현산천문대는 경북 영천과 포항의 시 경계에 놓인 1126미터의 보현산 꼭대기에 있었다. 해발 1000미터 고지까지는 차로 올라가고 주차장에서 천문대가 있는 곳까지 500미터쯤 걸어가야 한다고 했다. 보현산을 지나 시루봉까지 잇는 산책로가 있는데 그곳은 천수누림길이라고 했다. 왕복 이 킬로미터 정도의 산책로라고 하니 조금 일찍 도착한다면 천문대와 천문전시관 구경을 한 뒤 수정과 가벼운 하이킹도 할 수 있을 것 같았다.

별자리를 보는 건 천문과학관에서 할 예정이었다. 그곳은 천문대보다 아래쪽에 위치해 있다. 늦은 밤까지 별을 보고 나면 산에서 내려가는 길이 염려스러웠지만 예약을 하는 와중에 천문과학관 인근에 숙소가 있다는 것을 알게 되어 아예 하룻밤 묵으면서 느긋하게 지내기로 했다.

우진은 가볍게 등산을 할 생각으로 수정과 자신의 등산화를 챙겼다. 두 사람 다 목적하는 바는 달랐지만 이번 여행을 손꼽아 기다렸다. 눈이 내리면 자동차로 오르기 힘들 정도로 길이 꼬불꼬불하다는 말을 듣고 일주일 전부터 걱정을 했는데 다행히 한 주 내내 눈 소식도 없었고 별을 보러 가는 당일도 구름 한 점 없이 맑았다.

"겨울 별자리로 제일 많이 알려진 건 오리온자리야."

"그런 거 같다, 아빠도 오리온자리는 들어봤거든."

"오리온자리는 밝은 별이 많아서 찾기가 쉬워. 그래서 다른 별자리를 찾는 길잡이가 되어주는 거야."

"그럼 일단 오리온자리를 찾고 다른 별자리를 찾는 거구나?"

"응, 아빠 오리온자리 전설은 알아?"

"전설도 있어?"

"그럼, 별자리마다 이야기가 있어. 오리온은 원래 바다의

신 포세이돈의 아들이었거든. 키도 크고 잘생기고 힘이 센 사냥꾼이었대. 그래서 달의 여신이자 사냥의 여신인 아르테미스와 친하게 지냈는데 아르테미스의 오빠는 그게 맘에 안 들었나 봐. 오빠가 바로 태양의 신인 아폴론이야. 아폴론은 어느 날 동생을 데리고 나가 바다의 점을 맞힐 수 있느냐고 했지. 아르테미스는 활 쏘는 걸 좋아하는데다 명사수여서 오빠랑 내기를 하는 줄 알고 바다 위에 떠 있는 점을 쏜 거야. 그런데……."

수정은 긴장감을 주려는지 괜히 뜸을 들이며 우진을 쳐다보았다. 운전을 하면서도 수정의 시선이 느껴졌다. 우진은 빙그레 웃으며 듣고 있다는 표시를 내야 했다.

"그런데?"

"아르테미스가 쏜 점은 사실 오리온의 머리였어. 오빠는 오리온이 바다에 떠 있는 걸 알고 일을 꾸민 거지."

"나쁜 오빠네. 여동생에게 그런 짓을 시키다니."

"응, 나중에 떠내려온 시체를 보고 오리온이라는 걸 알고 아르테미스는 울면서 밤하늘의 별자리로 만들어줬대. 왜 여동생한테 이런 무서운 짓을 시켰을까?"

"음, 질투? 오리온은 키도 크고 잘생기고 힘도 세다고 했잖아."

"아폴론은 태양의 신인데?"

"그리스 로마 신화 읽어봤어?"

"아니, 아직……."

"읽어봐. 신들도 질투하고 미워하고, 인간과 다를 바가 없어."

"그래도 너무해. 아르테미스는 얼마나 슬펐을까? 자기 때문에 사랑하는 사람이 죽었잖아."

별자리 이야기를 하다가 엉뚱하게도 신들의 질투까지 이야기가 흘러가는 사이 어느새 천문대 주차장에 도착을 했다. 밤부터 유성우가 떨어지는 우주 쇼가 있어서 그런지 주차장에는 벌써 많은 차들이 있었다.

한 번도 이런 경험을 해본 적이 없는 우진은 별을 보기 위해 그렇게 많은 사람들이 모인다는 게 신기하기만 했다. 차에서 내린 우진은 수정을 보다가 자동차 뒷좌석에 있는 가방에서 머플러를 꺼내 수정의 목에 둘러주었다.

"안 추운데?"

"한참 걸을 거야. 산에서는 따뜻하게 입어야 돼. 바람도 막아야 하고."

"아빠는?"

"아빠 이렇게!"

우진은 점퍼에 달린 후드를 뒤집어썼다. 겨울밤을 밖에서 보내야 하니 단단히 무장을 하고 왔다. 수정이 엄지손가락을 척 들어 보였다.

우선 천문대와 전시관을 보고 산책길을 한 바퀴 둘러보고 다시 주차장으로 내려오기로 했다. 주차장 옆으로 시루봉 방향으로 가는 산책길이 보였다. 차에서 내린 사람들 대부분이 그 길로 향했다. 나무 데크로 이어진 길이라 걷는 것도 불편하지 않았다. 굳이 등산화를 준비하지 않아도 되는 길이다.

시루봉 방향으로 걸어가다 보니 이내 천문대가 보였다. 수정은 흥분한 목소리로 "아빠, 빨리빨리"라고 외치며 한달음에 천문대를 향해 내달렸다. 건물 안으로 들어가볼 수도 없는데, 우리나라에서 가장 큰 망원경이 저 안에 있다는 것만으로 어쩔 줄 몰라 했다.

"나도 언젠가 저 안에 들어가볼 거야. 대학에 가서 전공을 하면 들어갈 수 있대."

수정은 두 눈을 반짝이며 천문대와 주변을 둘러보았다. 처음 천문학자가 되고 싶다는 이야기를 했을 때는 꿈을 찾아가는 과정이라고 생각했는데, 오 년 후 십 년 후의 미래까지 그리고 있는 걸 보니 아무래도 꽤 결심이 단단한 모양이구나 싶었다. 여전히 품안의 아기로 생각했지만 어느새 아빠와 비슷한 키가 되고 아빠보다 훨씬 더 많은 것들을 머릿속에 담고 자신의 길을 차근차근 가고 있다.

천수누림길을 한 바퀴 돌고 주차장으로 돌아오니 한 시간

반이 훌쩍 지났다. 우진은 다시 수정을 태우고 산 아래쪽에 있는 천문과학관으로 이동했다. 거기서 이른 저녁을 먹고 과학관으로 들어가 전시관과 5D영상관을 둘러보고 2층으로 올라가니 어느새 날이 어두워졌다. 막 어둠이 내려앉는 하늘에 이른 별들이 하나둘 떠 있었다.

초등학생 여러 명이 유난히 반짝이는 별의 이름을 두고 실랑이를 벌이는 모습을 옆에서 듣던 수정이 별의 이름을 금성이라고 알려주었다. 의심쩍어하는 아이들에게 손가락으로 별 하나하나 가리키며 이름을 알려주고 자세한 설명을 해주었다. 어느새 초등학생들은 수정의 곁으로 모여들었다. 견학 온 사람들에게 해설을 해주는 학예사도 칭찬할 만큼 수정은 별자리에 대해 많이 알고 있었다.

과학관을 나온 것은 8시가 다 되어서였다. 유성우는 밤 11시부터 시작이라고 해서 몇 시간 숙소에서 눈을 붙이기로 했다. 운전 때문에 피곤했는지 우진은 수정이 깨우기까지 몇 시간을 정신없이 잤다.

숙소를 나온 수정은 지친 기색도 없이 주차장 쪽으로 향했다. 삼각대를 꺼내 학교에서 빌려 온 망원경을 설치하는 폼이 꽤나 능숙해 보였다. 옆에서 수정의 가방을 들고 조수 노릇을 하다 고개를 들어보니 숨이 막히게 아름다운 별들이 밤하늘에 박혀 있었다.

"아빠, 저기 저게 오리온의 허리띠야."

수정이 손가락으로 가리키는 곳을 따라가니 오리온자리 가운데 별 세 개가 나란히 있는 게 한눈에 들어왔다. 수정에게 들었던 대로 주변에서 유난히 빛나는 별들을 이어보니 오리온자리가 그려졌다. 별자리의 길잡이가 된다는 말이 무엇인지 알 것 같았다.

주차장에 삼삼오오 모여 별을 보는 사람들도 별자리를 찾느라 연신 손가락으로 하늘을 가리켰다. 그러다 갑자기 "우아" 하고 함성이 터져 나오기 시작했다. 별똥별이 하나둘 흰선을 그으며 떨어지는 것 같더니 후드득후드득 밤하늘에 쏟아지기 시작했다.

자연의 경이로움을 이렇게 직접 경험하게 되다니, 우진도 아이처럼 마음이 벅차올랐다. 두 사람은 말없이 하늘을 가로지르며 사라지는 별들을 쳐다보았다. 수정이 우진의 팔에 매달리며 작은 손을 우진의 주머니에 쏙 집어넣었다. 우진은 말없이 수정의 손을 잡았다. 망원경을 만져서 그런지 손이 차가웠다.

"아빠한테 보여주고 싶었어, 저 밤하늘의 별을."

"고마워, 우리 딸."

유성우는 한참 동안 이어졌다. 비처럼 쏟아지던 별들이 차츰 드물어지더니 유성우가 거의 끝나가자 사람들도 하나둘 자리를 털고 일어났다. 하지만 수정은 밤하늘에서 눈을 떼지 않았다.

"아빠, 그거 알아? 저 별은 몇만 년 전에 이미 사라져버린 별인지도 몰라."

"정말? 저렇게 반짝이는데?"

"응, 마지막으로 반짝하고 어둠 속으로 사라지기 전에 빛나는 거지. 우주 끝 우리가 사는 은하까지 달려와서 자기가 있었다는 것을 기억해달라고 하는 거 같아."

"……."

"아빠도 나 기억해줄 거야?"

마지막 말에 우진은 화들짝 놀라 수정을 향해 고개를 돌렸다.

"갑자기 그게 무슨 말이야?"

"아빠, 미안해. ……정말 미안해."

수정은 눈물이 그렁그렁한 얼굴로 우진을 쳐다보다가 순식간에 멀어졌다. 하얀 얼굴이 밤하늘을 가르는 유성우처럼 어둠 속으로 사라진다. 우진은 자신도 모르게 주머니에 꼭 잡고 있던 수정의 손을 더듬었지만 이미 우진의 손아귀를 빠져나간 뒤였다.

'안 돼!'

우진은 손을 내밀며 수정을 잡으려 했지만 어둠 속으로 스며들듯 사라지는 딸의 머리카락 하나 붙잡지 못했다.

눈을 떠보니 자동차 안이었다. 정신을 차리려고 마른세수를 했다. 눈가에 고여 있던 눈물이 손바닥에 배어 나왔다. 삼년 전처럼, 수정이 살해당한 장소에 다녀온 뒤 계속 같은 꿈을 꾼다.

시작은 언제나 처음으로 함께 별자리를 보러 갔던 그날이다. 하지만 함께 별을 보는 사이 수정은 어둠 속으로 멀어진다. 더이상 머무를 수 없다는 걸 아는 눈으로 우진을 보다가 사라지는 수정을 보면 가슴이 미어질 것 같다. 처음엔 꿈속에서라도 딸의 얼굴을 볼 수 있다는 게 고마웠다. 하지만 슬픔에 잠긴 수정의 얼굴을 보면서 잠에서 깨어날 때면 밀려드는 슬픔 때문에 마음이 휘청거렸다. 눈앞에서 아내의 손을 놓쳤듯 자꾸 어둠 속으로 사라지는 딸의 손을 잡지 못하는 게 미칠 것만 같았다. 잠이 깨고 나면 한동안 우울한 기분으로 아무것도 못 하고 웅크리게 된다. 하지만 지금은 그럴 수가 없다.

우진은 정신을 차리고 자동차 문을 열고 밖으로 나갔다. 근처에서 발을 동동 구르는 세영의 모습이 보였다. 차 문소리를 들었는지 고개를 돌리다가 우진을 보자 들고 있던 캔커피를 내밀었다. 볼이 발갛게 얼어 있다. 꽤 오래 밖에 서 있던 것 같았다.

"깨우지 그랬어?"

추운지 세영은 대답도 없이 얼른 조수석에 올라탔다. 햇살을 받은 자동차 안은 히터를 틀어놓은 것처럼 따뜻했다. 세영은 두 손을 대시보드 위에 올려놓으며 온기를 느꼈다.

우진은 조수석에 앉아 몸을 녹이고 있는 세영을 바라보며 기시감을 느꼈다. 어쩌면 방금 꾼 꿈 때문인지도 몰랐다.

천문대를 갈 때면 조수석은 늘 수정의 자리였다. 천문대 주차장에 차를 세운 뒤 나란히 의자를 젖히고 온전히 햇살이 만들어주는 온기를 느끼며 창밖의 겨울 풍경을 바라보곤 했다. 그러면 앙상한 나무들이 서 있는 겨울의 산도 그다지 쓸쓸하게 느껴지지 않았다.

몸을 녹인 세영이 좌석 앞쪽에 놓아두었던 가방을 무릎 위로 올리는 모습이 보였다. 가방을 열어 손을 집어넣고 더듬다가 책이며 학용품을 꺼내 확인했다. 핸드폰을 찾는 것 같았다. 우진은 세영이 준 캔커피를 따서 마시며 태연하게 운전석에 올라탔다.

"어? 어디 갔지?"

"뭘 찾는데?"

"핸드폰요. 분명히 가방에 넣어뒀는데……."

세영은 텅 빈 가방을 뒤집어 탈탈 털어보고 주머니마다 열어보았다. 결국 없다는 것을 확인하고 꺼냈던 물건들을 다시

집어넣었다. 도대체 어디로 사라진 거야? 중얼거리며 자신
도 모르게 미간을 찡그렸다. 코트 주머니를 다시 한번 더듬거
리더니 혹시 좌석 밑에 떨어뜨린 건 아닌가 싶은지 고개를 숙
이고 손을 넣어 더듬기까지 했다.

"병원에서 꺼냈었나? 아닌데."

한참 가방을 뒤지고 기억을 되짚어보던 세영은 이내 가방
을 내려놓고 안전벨트를 맸다.

"병원으로 가볼까?"

"됐어요. 우리가 가기로 한 천문대가 어디였죠?"

세영은 더이상 신경쓰고 싶지 않다는 듯 애써 웃어 보였다.

"괜찮겠어?"

"뭐, 찾아봐야 받고 싶지 않은 전화만 와 있을 거예요."

한편으론 왠지 홀가분한 표정이었다. 우진은 물끄러미 세
영의 얼굴을 바라보다 자동차에 시동을 걸었다.

"어디로 가요?"

"별마로천문대. 영월에 있어."

"근데 별을 보는 거면 밤에 가야 하는 거예요?"

"미리 가도 돼. 천체투영관에서 먼저 별자리 공부를 해두
는 것도 도움이 될 테니까."

이미 몇 번 천문대를 가본 경험이 있는 우진은 능숙하게 설
명을 해주었다.

"그럼 가요."

"이제 실컷 본 건가, 바다는?"

세영은 말없이 고개만 끄덕였다. 하지만 자동차가 주차장을 빠져나가자 고개를 돌려 바다가 사라질 동안 시선을 떼지 않았다.

# 15

역삼지구대가 있는 골목으로 들어서니 지구대 건물 2층에 커다랗게 "u-강남 도시관제센터"라는 간판이 눈에 들어왔다. 다행히 주차장에 빈자리가 보여 얼른 차를 대고 지구대 현관으로 들어섰다.

복도에 붙은 안내 벽보를 보니 관제센터는 총 1100여 대의 CCTV를 365일 24시간 통합 운영한다고 적혀 있었다. 관제센터로 올라가 안내 데스크에 명함을 건네주고 책임자를 만나고 싶다고 했다. 기다리는 동안 출입구 유리문 너머로 관제센터를 살펴보았다. 수십 명의 요원이 저마다 여러 대의 모니터가 설치된 책상 앞에 앉아 영상을 지켜보고 있었다.

잠시 후 센터 안에 있던 한 남자가 문을 열고 밖으로 나왔다.

재혁은 학원을 마치고 나온 딸이 집에 돌아오지 않았다는 사정을 이야기하고 CCTV 영상을 확인해볼 수 있는지 물어보았다. 그는 잠시 재혁의 얼굴과 명함을 번갈아 보더니 고개를 끄덕였다. 재혁은 그의 안내에 따라 센터 안으로 들어섰다.

남자는 한 관제 요원에게 영상 검색을 부탁했다.

"학원 이름이나 주소를 알려주시겠습니까?"

"아, 예. 대치동 현대아파트 맞은편, 학원가 골목에 있는 오스카학원입니다. 시간은 어젯밤 10시경부터구요."

모니터에 검색 요건을 입력하자, 화면은 이내 지난 밤 학원 앞의 영상을 비추었다.

시간을 10시라고 이야기한 것은 세영이 나오기를 기다렸다면 미리 와서 어슬렁거렸을 테니 화면에 찍혔을 거라는 계산에서였다. 하지만 10시의 풍경은 재혁이 생각하던 것과는 딴판이었다.

강의를 마친 학원 건물에서 학생들이 쏟아져 나오고 있었다. 추운 날씨 탓인지 골목을 걸어가는 학생들 중 많은 수가 코트에 달린 후드를 뒤집어쓰고 있다. 학원 앞에 주차되어 있는 자동차와 지나는 자동차에 타는 학생들의 모습 등 수십 명이 화면 안에서 움직였다. 이 작은 화면으로는 세영의 앞을 가로막던 남자를 찾기 어려웠다.

재혁은 뚫어져라 화면을 노려보았다.

잠시 후 한 떼의 학생들이 썰물처럼 빠져나간 뒤에야 한 남자가 학원 건물을 쳐다보며 담배를 피워 무는 모습이 눈에 들어왔다. 담배에 불을 붙이는 라이터 불빛이 잠시 주위를 밝혔지만 후드를 쓴 남자의 얼굴은 보이지 않았다.

"저기 저 사람을 계속 따라가주시겠습니까?"

10시 7분. 이윽고 세영이 학원 현관문을 열고 나오는 모습이 보였다. 그 뒤는 카메라의 위치만 다를 뿐 학원 CCTV에서 보았던 모습이 이어졌다.

세영이 후드를 벗은 남자를 때리고 도망치자 남자가 뒤쫓는다. 안타깝게도 뒤통수만 보일 뿐이다. 그나마 다행인 것은 계속 이어진 CCTV로 둘의 경로를 볼 수 있다는 점이다.

마술처럼 다른 영상에서 세영이 달려가는 모습이 보였다. 이내 남자도 세영의 뒤를 따라 나타났다. 또 다른 영상. 남자가 두리번거리며 세영을 찾는다. 안 보인다. 세영이 사라졌다. 남자는 여기저기 두리번거리며 세영을 찾아다닌다. 잠시 후 다른 영상에서 세영이 달려나가다 자동차 앞에 멈춰 서는 모습이 보였다. 세영은 얼른 승용차에 올라탄다. 뒤늦게 남자가 달려와 자동차를 잡아보려 하지만 세영을 태운 차는 그대로 떠나버렸다.

영상을 본 재혁은 생각지도 못한 자동차의 등장에 잠시 멍해졌다. 남자의 얼굴만 확인하면 끝날 것이라고 생각했는데 전혀 생각지도 못한 상황이 벌어진 것이다. 저 자동차에는 누가 타고 있는 것인가? 세영은 왜 자동차에 탄 것일까?

그러다 문득 경환이 했던 이야기가 생각났다.

원주.

세영의 핸드폰 발신지가 원주라고 했다. 10시 10분이 조금 넘는 시간에 자동차에 타게 되었고 새벽 4시가 넘어 문자를 보냈다. 그사이 세영을 제압하고 핸드폰을 빼앗은 것인가?

"저 자동차 번호를 확대해서 볼 수 있을까요?"

요원이 화면을 확대하고 명암을 조절해서 번호판을 읽어 보려 했지만 길이 너무 어두워 확인이 어려웠다. 요원은 고개를 저었다. 재혁은 괜찮다면 영상을 복사해달라고 부탁했다. 담당자는 잠시 난색을 표했지만 아는 영상처리업체가 있다며 협조를 부탁한다는 재혁의 말에 결국 필요한 부분을 저장해 주었다.

재혁은 자동차가 떠나버리고 인적이 사라진 화면을 멍하니 쳐다보았다. 뭔가 생각날 듯 뇌를 간지럽혔다. 무엇이 신경 쓰이는지 모르지만 의식의 그물망에 께름칙한 느낌들이 툭툭 걸렸다.

재혁은 서둘러 인사를 하고 관제센터를 나와 경환의 회사로 향했다. 머릿속에는 방금 전 관제센터 모니터에서 보던 영상들이 다시 재생되었다.

'누구였지?'

학원 앞에서 세영이와 실랑이를 벌이던 남자의 모습은 어딘지 낯이 익었다. 어디선가 본 기억은 있는데 기억이 나지 않는다. 그렇게 머릿속을 뒤지며 이십여 분의 시간을 달려 경환의 회사에 도착했다.

사무실에 들어서자 경환이 기다렸다는 듯 종이를 한 장 내밀었다. 세영을 기다리던 후드 쓴 남자의 얼굴이 선명하게 찍혀 있었다.

'그래 이놈, 이놈이었어.'

재혁은 그제야 왜 놈의 움직임이 익숙했는지 깨달았다. 한편으로 자신도 모르게 욕이 튀어나올 뻔했다. 다시 놈을 보게 될 거라고는 생각도 못 했다.

"아는 사람이에요?"

경환의 물음에 말없이 고개를 끄덕였다. 지하 동굴 깊숙한 곳에 집어던진 과거가 죽지 않고 다시 기어올라 막아둔 뚜껑을 긁어댔다.

"누구예요?"

경환은 종이에 찍힌 윤기의 얼굴을 가리키며 물었다.

"세영이 중학교 때 친구. 같이 그룹 스터디를 했지."

"그럼 이 친구를 추적하면 되겠네요. 어디 있는지 아세요?"

"아냐, 그 녀석은 아니야."

재혁은 관제센터에서 받아온 영상이 담긴 USB를 내밀었다.

"세영이를 데려간 놈은 따로 있어. 여기 자동차 번호랑 얼굴 좀 볼 수 있게 해줘."

재혁은 간단하게 관제센터에서 골목 감시 카메라의 영상을 담아 온 이야기를 해주었다.

"그럼 자동차만 수배를 내리면 되겠군요."

'사건 접수를 하는 경우라면 그렇지.'

재혁은 혼자 중얼거리며 왜 갑자기 윤기가 세영의 학원까지 나타났는지 추리해보기 시작했다. 어쩌면 자기가 모르는 사이 만나고 있었던 건가 하는 생각도 잠시 스쳤지만 세영의 반응을 보면 아닌 것 같다. 세영은 윤기가 나타난 것에 진심으로 놀란 것 같았다.

윤기가 나타난 시점에 납치된 세영. 타이밍이 불길하다.

그때 주머니에서 핸드폰이 울렸다. 문자메시지가 도착했음을 알리는 알람과 진동이었다.

재혁은 핸드폰을 꺼내 문자를 확인했다. 다시 세영의 전화번호가 찍혀 있다.

—영동대로 138길 22 골드맥 오피스텔 1305호

"뭐예요?" 다시 사무실로 들어서던 경환이 물었다.

"세영일 데려간 놈이 보낸 문자."

"예?"

경환은 전화기를 들고 곧 어디론가 전화를 하더니 추적을 부탁했다.

"그래, 다시 전원을 켠 모양이야. 빨리 부탁해."

경환이 전화 너머 상대에게 지시를 내리는 사이, 재혁은 사무실을 나섰다. 등뒤로 경환이 소리치는 소리가 들렸다.

"어디 가세요?"

"오라니까 가봐야지. 나중에 전화하지."

무슨 주소인지 모르지만 놈은 재혁이 그곳에 가길 원한다. 세영을 찾기 위해서라면 놈이 원하는 대로 움직일 필요가 있다. 지금으로서는 하나라도 더 많은 단서를 찾아야 한다. 한편으로 윤기의 행방도 찾아봐야겠다는 생각이 들었다. 어젯밤 같이 있었으니 윤기는 세영을 납치한 놈을 보았을 것이다. 그게 아니더라도 재혁은 윤기를 만나야 할 이유가 있다.

삼 년 전 약속을 깨고 세영을 다시 만난 이유가 뭔지 따져야 한다.

그것과 세영의 납치가 무관하지 않을 것 같다. 불길한 예감이 들었다.


주소를 검색해보니 골드맥 오피스텔은 경환의 사무실에서 십여 킬로미터 떨어진 곳에 위치해 있었다.

봉은사를 지나 영동대교 방향으로 삼백여 미터를 가면 있는 건물이니 차가 막힌다고 해도 이십 분 정도면 갈 수 있는 거리다.

어느새 점심시간이 가까워지고 있었지만 재혁은 전혀 식욕이 없었다. 어제저녁 이후 먹은 것이 없었지만 그런 것조차 느끼지 못했다. 오로지 머릿속에는 세영 생각뿐이었다.

자동차를 출발시키려고 하는데 핸드폰이 울렸다. 번호를 확인했다. 아내였다. 무시할까 했지만 그러면 받을 때까지 계속 전화를 할 사람이라는 것을 알기에 통화 버튼을 눌렀다.

"어디야? 나 집에 왔어."

"그래서?"

"당신 어디냐고. 만나서 얘기 좀 해."

"그럴 시간 없어."

"생각해봤는데, 당신 너무 세영일 몰아붙이는 거 아니야? 다시 일 년을 수험생으로 살아야 하는 게 갑갑해서 어디 여행을 갔을 수도 있잖아?"

"……."

"세영이 돌아버리면 앞뒤 생각도 안 하고 저질러버리는 거 당신도 알잖아?"

"당신처럼 말이지."

"이 기집애 나한테 삐진 거야. 내가 바람 좀 쐬러 갔다 온다고 했거든."

280

"제발 좀…… 닥쳐! 아직도 상황 파악이 안 돼?"

"당신, 지금 나한테 닥치라고 했어?"

"세영이, 납치됐다고. 언제까지 태평한 소리만 할래?"

전화기 너머에서 헉하는 소리가 들렸다. 잠시 아무 소리도 들려오지 않았다.

경솔하고 무책임하고 제멋대로인 여자. 잔인한 말을 쏟아 붓고 싶었지만 재혁은 감정을 억눌렀다. 조용히 기다리고 있기나 하라고 말하고 끊으려는데 갑자기 아내가 소리를 지르기 시작했다.

"당신 뭐야? 그런데 지금 뭐하고 있어? 당장 찾아내. 뭐하는 거야?"

"지금 알아보고 있어."

"말도 안 돼, 어떤 놈이 우리 세영일 납치해?"

"……."

"뭐라고 말 좀 해봐. 세영이가 무슨 일을 당하고 있는지도 모르는데 이러고 있는 거야?"

"찾아보고 있다고 했잖아."

"왜 아직도 못 찾아? 당신 검사잖아, 전화 한 통이면 경찰 풀 수 있잖아!"

"억지 그만 부려. 난 더이상 검사도 아니고, 지금은 경찰을 부를 때가 아니야. 신고해봐야 가출로 생각하고 기다려보라고 할 거라고. 내가 움직이는 게 더 빨라."

"그런 게 어디 있어? 딸이 납치됐는데 경찰도 안 불러?
왜?"

더이상 아내와 길게 통화하고 싶지 않았다. 피곤이 한꺼번
에 몰려왔다.

"그만 끊어. 시간 허비하게 하지 말고."

"여보! 잠깐만, 잠깐만."

아내의 목소리가 다급해졌다. 재혁은 그대로 끊을까 하다
가 생각을 바꾸었다. 무슨 말을 하고 싶은 건가 싶어 아내가
말을 잇기를 기다렸다.

"……당신, 나 원망하는 거 아니지? 여보, 나도 이런 일이
생길 줄은 몰랐어. 아니야, 틀림없이 세영이가 장난치는 걸
거야. 우리한테 화내는 거라고. 갑자기 그 애가 납치될 리 없
잖아?"

"그만 좀 하라고. 세영일 구하고 싶다면 방해하지 마."

"어디야, 당장 만나."

"당신은 진짜 엄마 자격이 없는 여자야."

재혁은 전화를 끊고 조수석으로 집어던졌다. 어떻게 이십
년 가까이 이 여자를 참았는지 이해가 가지 않는다. 그는 서
둘러 시동을 켜고 봉은사 방향으로 차를 몰았다.

골드맥 오피스텔은 영동대로 쪽이 아니라 뒤편 한강변의

아파트와 마주보고 있는 거리에 있었다. 현관을 들어서자 관리인이 보였지만 딱히 출입하는 사람을 저지하지는 않았다.

재혁은 승강기를 타고 13층을 눌렀다. 승강기 안에서 음식 냄새가 났다. 의도치 않게 뱃속에서 꼬르륵 소리가 들렸다. 음식 냄새에 위가 움직인 모양이다. 재혁은 씁쓸해졌다.

자신이라고 아내와 다를 것이 있을까? 인간은 이기적인 동물이다. 아무리 자식의 일이라고 해도 육체는 동물의 본능에 충실하다. 시간이 지나면 배가 고프고 위에서 신호를 보낸다.

승강기에서 내려 1305호를 찾아 두리번거렸다. 승강기를 내린 왼편으로 바로 1303호가 보였다. 재혁은 얼른 1305호실 앞으로 걸어가 벨을 눌렀다. 잠시 기다렸지만 인기척은 느껴지지 않았다. 다시 한번 벨을 눌러봐도 역시 아무런 응답이 없어 문을 두드렸다.

"이봐, 문 열어."

두드리다 손잡이를 돌려봤더니 문이 열렸다. 잠겨 있지 않았던 모양이다. 재혁은 싸한 느낌으로 조심스럽게 문을 열었다. 창으로 햇살이 들어오고 있었지만 블라인드 각도 때문인지 재혁이 서 있는 현관문 쪽은 어두웠다.

재혁은 조심스럽게 현관으로 들어섰다. 신발을 벗어놓는 곳을 지나 안으로 들어서려던 그는 순간 멈칫했다.

'더이상 안으로 들어가면 안 돼!'

본능적으로 머릿속 경고등이 발목을 잡았다.

재혁은 잠시 기다렸다. 부족한 햇빛으로 어둡던 실내도 시간이 지나자 차츰 익숙해졌다. 방안에 있는 물건들의 형체가 분명하게 눈에 들어왔다.

거실 한가운데 놓여 있는 갈색 러그에 엎어져 있는 한 남자가 보였다.

"……!"

한눈에도 심상치 않은 상황이라는 것을 알았다. 이대로 돌아서서 나갈까 싶었지만 이미 늦었다. 재혁은 호기심을 누르지 못하고 거실로 들어섰다.

러그에 쓰러져 있는 남자는 미동도 하지 않았다. 조심스레 다가가 몸을 흔들어보았다. 아무런 반응도 없이 재혁이 흔드는 대로 몸이 굳은 채 흔들렸다. 재혁은 남자의 어깨를 들어 몸을 젖혔다. 엎어져 있던 남자의 전면이 드러나자 재혁은 자신도 모르게 뒤로 물러났다.

조윤기다. 죽었다. 이곳은 윤기가 지내는 곳 같았다.

주소를 보고 이곳을 찾아올 때까지만 해도 주소가 윤기의 것이라고는 짐작도 하지 못했다. 만나면 어젯밤 세영을 찾아간 일과 자동차에 탄 남자의 정체를 물어보려 했는데 얘기를 해줄 당사자가 죽었다.

충격을 받은 재혁은 잠시 머뭇거리다 윤기의 몸을 살피기 시작했다.

목 깊숙이 박혀 있는 칼이 보였다. 다른 곳은 상처가 없는 것 같았다. 사후경직은 대부분 악관절과 경부 관절에서 시작되어 몸통, 팔, 다리로 진행된다. 이미 팔다리의 큰 관절들을 비롯해 전신이 경직된 것을 보면 대략 죽은 지 여섯 시간은 넘었다는 얘기다. 손가락을 만져보니 역시 굳어서 잘 움직여지지 않는다. 손가락과 발가락까지 경직이 오면 사후 일고여덟 시간이라고 했던가?

언젠가 읽었던 부검 보고서를 떠올리면서 윤기가 죽은 시간을 가늠해보았다.

지금부터 일고여덟 시간을 거슬러 가면 새벽 네다섯 시라는 얘기가 된다.

머리로는 최대한 이성을 잃지 않으려고 했지만 윤기의 창백한 얼굴에 눈길이 가자 세영의 납치가 생생하게 느껴졌다. 서두르지 않으면 세영에게 무슨 일이 생길지 모른다.

가만. 놈은 어떻게 윤기의 주소를 알고 있는 거지? 싸하던 기분이 뱃속을 차갑게 만들었다. 아무리 생각해도 이해가 되지 않았다. 영상을 보면 세영이 윤기를 피해 도망치다가 우연히 지나던 자동차에 탄 것 같았다. 자동차의 운전자가 세영을 데리고 있고 문자를 보낸 놈이라면 그는 조윤기를 알고 있다는 얘기가 된다.

'놈은 우연히 거기에 있었던 게 아니야.'

재혁은 놈이 어떻게 윤기를 알고 있는지 궁금했다. 한편으로 윤기의 주소를 보낸 저의도 궁금했다. 생각했던 것보다 상황이 안 좋아질 수도 있다는 예감이 들었다.

주머니에 있는 핸드폰이 갑자기 울리는 바람에 재혁은 자신도 모르게 움찔했다. 경환이었다. 사진 속의 자동차 번호로 주소를 알아냈다고 문자로 보냈다고 했다.

"그리고 아까 세영이 문자 발신지는 강릉으로 나왔어요."

"강릉?"

"원주에서 강릉으로 이동한 모양입니다."

"고마워. 아, 부탁할 일이 하나 더 있는데……."

재혁은 경환에서 윤기 오피스텔의 상황을 간략하게 설명했다.

"알겠습니다. 바로 가겠습니다."

멀지 않은 거리라 다행이다. 이십여 분 후면 경환이 도착할 것이다. 여기 일은 그에게 맡기고 재혁은 곧장 자동차에 등록된 주소를 찾아가보기로 했다.

세영을 납치한 놈에 대한 더 많은 정보가 필요하다. 놈은 계속 문자를 보내면서 재혁을 움직이고 싶어 한다. 그에 대해 알아내면 왜 세영을 납치했는지 이유도 알게 될 것이다.

재혁은 복도의 상황을 지켜보다가 인기척이 들리지 않자

얼른 밖으로 나왔다. 승강기로 향하면서도 자꾸 일이 커져가는 것 같다는 느낌을 지울 수가 없었다.

세영이 납치되고 불과 몇 시간 지나지 않아 윤기가 살해되었다. 우연의 일치라고 할 수 없다. 마음이 초조해졌다.

승강기의 문이 열리자 안으로 걸음을 옮기던 재혁은 자신을 보고 놀라는 얼굴을 보자 표정이 굳어졌다. 승강기 안에 타고 있던 사람은 승찬이었다. 그는 얼른 승찬의 멱살을 잡아 끌고 승강기를 나와 비상계단으로 향하는 문을 열었다.

비상계단에는 아무도 없었다. 재혁은 얼른 문을 닫고 계단 난간에 승찬의 목을 눌렀다. 재혁을 보고 놀랐던 승찬은 이제 재혁의 기세에 눌려 완전히 겁을 집어먹었다.

"아, 아저씨……."

"너 뭐야, 여기 왜 왔어?"

"윤기, 윤기 보러 왔어요. 여기 윤기 오피스텔이 있어요."

승찬은 윤기가 죽었다는 것을 모르고 있는 듯했다.

"언제 만났어?"

"어, 어젯밤에요."

"어젯밤? 그럼 윤기 혼자 세영이를 보러간 게 아니었군."

"아니, 저 그게……."

"두 번 다시 세영이는 만나지 말라고 했던 말, 잊었어?"

재혁의 손에 힘이 들어갔다. 난간에 몸이 눌리고 목까지 눌린 승찬은 발버둥을 치며 다급하게 재혁을 제지했다.

"그, 그럴 일이 있었어요!"

"그럴 일이 뭐야?"

숨이 막힌 승찬이 허우적거리며 재혁의 손을 잡았다. 그제
야 재혁은 승찬의 목을 누르고 있던 손에 힘을 뺐다. 승찬은
재혁의 손아귀에서 벗어나자 주춤주춤 뒷걸음을 쳤다. 벌겋
게 달아오른 얼굴로 켁켁 마른기침을 했다. 승찬은 평소의 건
들거리던 모습과 달리 재혁의 다그침에 잔뜩 주눅이 들어 지
난밤 있었던 일을 술술 풀어놓았다.


# 16


강릉에서 35번 국도를 따라 백두대간로를 가다가 토산 삼
거리에서 정선 방향으로 우회전을 하여 별문재로 들어섰다.
길은 계속 산으로, 산으로 이어져 정선에서 영월로 가는 내내
좌우 겹겹이 둘러싸인 산들 사이를 지났다.

역시 강원도라 그런지 곳곳에 눈이 쌓인 모습을 볼 수 있
었다.

우진은 운전중에도 이따금 곁눈질로 세영의 표정을 살폈
다. 강릉 바다에서는 들뜬 얼굴로 주변을 둘러보던 모습이더

니 산으로 들어선 뒤로는 내내 말없이 창밖만 바라보고 있었다. 문득 무슨 생각을 하고 있는지 궁금했다.

"이제 삼십 분 정도 가면 도착할 거야."

"……."

세영은 여전히 대답이 없었다. 우진도 딱히 답을 원한 건 아니어서 더이상 말을 걸지 않았다. 그 역시 자신의 일로 머릿속이 복잡했기 때문이다.

눈은 도로를 응시하면서도 머리 한편은 진범에 대한 생각이 떠나질 않았다.

죽어가던 아내의 입에서 나온 질문과 편지 한 장으로 지금까지 달려왔다. 아이들의 뒤를 쫓으며 멱살잡이를 하고 주먹질을 당하면서도 오로지 하나의 목표에 모든 것을 걸었다.

하지만 진범을 잡으면 그다음엔 무엇을 할 수 있을까? 또 순진하게 법 앞에 죄를 묻고 벌을 줄 수 있다고 생각해야 하는가. 이재혁이라는 존재가 튀어나온 순간 우진은, 손이 베이는 줄도 모르고 아버지의 다 부서진 자동차를 분해하던 그때처럼 모든 게 허무하게 끝나지 않을까 하는 생각이 들었다.

출구를 모르는 어둠 속을 헤매고 있는 느낌이다. 멀리 희미하게 흔들리는 별을 따라가지만 그게 별인지 환영인지도 모른다. 결국 진실을 파헤치고 목적지에 이르러 진범과 마주했을 때, 자신이 원하는 게 무엇인지도 분명하지 않았다.

'나는 복수를 원하는 건가?'

고개를 저었다. 분노와 절망이 슬픔으로 변하면서 복수 같은 뜨거운 감정은 오래전에 식어버렸다. 그렇다면 나는 지금 무엇을 위해 달려가는 거지? 아직 선명한 답을 못 찾고 있다.

'깊게 생각하지 말자. 지금은 진범을 잡는 일, 그게 전부다.'

그는 잘 알고 있다. 진범을 잡는 일이 곧 그를 지탱시켜주는 지렛대라는 것을. 그것이 없다면 벌써 무릎을 꿇고 세상에서 사라졌을 것이다.

"음악 들어도 돼요?"

한동안 말이 없던 세영이 갑자기 자세를 고쳐 앉더니 미디어 버튼을 눌렀다. FM 방송이 몇 개 잡히기는 했지만 마음에 안 드는지 이내 꺼버리고 CD를 틀었다. 음악이 흘러나오자 고개를 갸웃하더니 기어 앞 수납공간에 들어 있는 CD 케이스를 꺼내 들었다.

"아저씨도 이런 음악을 들어요?"

"딸이 듣던 거야."

우진의 말에 고개를 끄덕이던 세영은 케이스를 열고 앨범 재킷을 펼쳤다. 자동차 안에 한숨 섞인 보컬의 목소리가 흘러나왔다.

어떻게 하죠
우리는 서로
아파하네요
멀어지네요

어떻게 하죠
우리는 점점 더
슬퍼하네요
멀어지네요

어쩌면 우린 사랑이 아닌
집착이었을까요
어쩌면 우린 사랑이 아닌
욕심이었나 봐요

어떻게 하죠
우리는 서로
침묵하네요
멀어지네요

한동안 음악을 들으며 수록곡이 담긴 앨범 재킷을 보던 세영이 무심한 듯 툭 한마디 던졌다.

"사이가 좋았나 봐요."

"……."

우진은 버튼을 눌러 오디오를 껐다. 더이상 음악을 들을 수가 없었다. 세영이 고개를 돌려 자신을 바라보는 시선이 느껴졌다. 무심히 보고 있던 책자를 케이스에 집어넣던 세영이 물었다.

"아저씨 딸은…… 왜 죽었어요?"

대답을 할 수가 없었다. 입을 열면 떨리는 목소리를 감출수 없을 것 같아 답을 하지 않았다.

우진의 침묵이 길어지자 잠시 곁눈질을 하던 세영도 결국입을 닫았다.

영월이 가까워질 때까지 두 사람은 한마디도 이야기를 나누지 않았다.

어느새 영월 초입으로 들어서 동강 쪽으로 들어가는 길이보였지만 그대로 지나쳤다. 동강 쪽으로 길을 틀어야 별마로천문대를 향해 가는 길이라는 이정표가 보였지만 미리 가봐야 마땅히 쉴 곳도 없다.

도로 옆으로 강이 보이자 침울하게 앉아 있던 세영이 비로소 입을 열었다.

"어디서 잠깐 쉬었다 가요."

운전에 집중하던 우진은 쉴 만한 곳을 찾기 위해 전방을 주시했다.

휴게소 같은 건물들이 시야에 보였다. 우진은 그곳으로 향했다. 이내 도로변에 나란히 모텔과 편의점, 식당과 주유소가 늘어서 있는 곳에 이르렀다. 우진은 편의점 앞에 차를 세웠다. 어느새 점심시간도 지나고 있으니 식사를 하고 잠시 쉬어 갈 생각이었다.

자동차에서 내린 우진은 주위를 살펴보며 운전으로 인해 뻐근해진 몸을 풀기 위해 팔을 움직여보았다. 조수석의 세영도 차에서 내리며 주위를 두리번거렸다.

"여기가 어디예요?"

"영월 근처. 동강 쪽으로 십 킬로미터 정도만 더 가면 별마로천문대니까 여기서 쉬어 가자."

자동차에서 내린 우진과 세영은 주변을 둘러보았다.

도로를 사이에 두고 건물들이 서 있는 곳 뒤편으로는 강이 있고 맞은편은 산이 서 있다. 산 쪽으로는 작은 공원이 조성되어 있는데 약물내기 약수터라는 간판이 보이고 돌로 만든 거북의 입에서 약숫물이 나오고 있는 모습이 보였다. 그제야 모텔과 편의점 이름까지 '약물내기'라는 간판이 걸린 이유를 알았다. 꽤 큰 펜션과 모텔이 있는 걸 보면 그래도 이름이 알려진 곳인 것 같았다. 하지만 겨울이라 그런지 자동차만 서너

대 서 있을 뿐 사람은 거의 보이지 않았다.

주위를 둘러보던 우진은 세영에게 약수터에 가보겠느냐고 물었지만 세영은 고개를 저었다. 여전히 기분이 나아 보이지 않았다. 잃어버린 핸드폰을 신경쓰고 있는 것인지 모른다.

우진은 발길을 돌려 한 식당으로 향했다.

가게 안은 점심시간임에도 한산하다. 솜뭉치와 반짝이를 대충 얹어 트리 흉내만 낸 사철나무 화분과 창가에 쭉 늘어놓은 수석이 눈에 띄었다.

주방에서 수다를 떨던 여자들이 가게 안으로 들어서는 우진을 보고는 얼른 자리를 털고 일어났다. 두툼한 스웨터를 입은 여자가 걸어나와 응대를 했다.

여자는 심드렁한 표정으로 우진의 탁자에 물잔과 물병을 내려놓고 주방 쪽으로 돌아서다 현관문을 열고 들어오는 아이를 보자 금세 표정이 밝아졌다. 몸을 낮추고 손뼉을 치더니 두 팔을 벌렸다.

다섯 살 정도 되어 보이는 여자아이는 일하는 여자의 손녀인 것 같았다. 여자에게 안긴 아이는 까르르 소리를 내며 웃었다. 밖에서 노는 걸 좋아하는지 햇살에 탄 이마는 반질반질하고 호기심 가득한 두 눈은 반짝거렸다.

"아이구 우리 새끼, 심심했어? 할머니가 점심시간 지나고 간다니까."

"할머니, 색칠 공부 다 했어. 세 장이나 했어."

"그랬쪄. 아이쿠 이뻐라, 내 새끼."

여자는 아이를 으스러질 듯 안아 올렸다. 할머니에게 안긴 아이는 또 까르르 맑은 웃음소리를 내다가 두 손으로 할머니의 몸을 밀어내며 "숨막혀" 하며 버둥거렸지만 싫지 않은 눈치였다.

물끄러미 아이와 할머니의 모습을 보고 있자니 우진의 머릿속에 갑자기 기억 하나가 조명등처럼 켜졌다.

보닛을 열고 한참 엔진을 두드리고 있던 때였다. 누가 등뒤에서 꽉 껴안았다. 놀라 고개를 돌려보니 수정이 생글거리며 서 있었다.

"놀래라!"

"아빠, 오늘 생물 시간에 배웠는데, 이렇게 꼭 안아주면 뇌에서 행복하다고 느끼는 호르몬이 나온대."

"행복하기는, 놀라서 다칠 뻔했는데."

"그래? 그럼 다시."

등뒤에서 우진에게 매달렸던 수정은 다시 제대로 우진의 품을 파고들어 안겼다. 덩치만 컸지 여전히 아이 같다.

"이제 느껴져?"

"그만해, 아빠 손에 연장 든 거 안 보여? 교복 버리겠다."

이제 막 중학생이 되어 새 교복을 입은 수정은 실망한 표정으로 뒤로 물러났다.

왜 그때 꼭 안아주지 않았을까. 기름때 묻는다고 아이를 밀어내던 순간에는 미처 알지 못했다. 그 순간이 얼마나 소중하고 행복했는지를.

다시는 아이를 안을 수 있는 시간이 오지 않는다는 것을, 그때는 알지 못했다.

"여기요, 주문 안 받아요?"

세영이 쌀쌀맞은 목소리로 말했다. 고개를 돌려보니 세영의 표정에 찬바람이 분다. 여자는 황급히 아이를 내려놓고 탁자로 다가왔다.

"뭐 드릴까?"

여자는 우진을 보며 물었다. 세영이 음식 이름을 얘기했지만 여자는 세영의 얼굴을 쳐다보지도 않고 우진을 상대했다. 세영의 말투에 기분이 상한 눈치였다. 우진은 얼른 세영이 말한 음식 이름을 불러주고 여자를 물러나게 했다.

시선을 돌리니 어느새 세영은 창밖의 풍경을 바라보고 있었다.

"기분이 안 좋은 모양이군."

"그냥…… 짜증이 나서 그래요. 핸드폰도 잃어버리고…….."

"걱정돼?"

"아뇨. 아마…… 내가 없어진 줄도 모를 텐데요, 뭐."

세영의 표정을 살피던 우진은 주머니에서 핸드폰을 꺼냈다.

"연락하고 싶으면 이걸로 해."

세영의 앞에 핸드폰을 내밀었지만 세영은 고개를 흔들었다. 기다렸다는 듯이 핸드폰이 울렸다.

우진은 내밀었던 손을 거두고 핸드폰 화면을 확인했다.

명단에 없는 낯선 번호. 그러나 세영의 핸드폰에서 봤던 번호.

이재혁이다.

우진은 잠시 핸드폰을 쳐다보다 전화를 받으며 자리에서 일어났다.

"여보세요."

전화기 너머로 이재혁의 목소리가 들려왔다.

우진은 세영의 시선을 뒤로하고 식당 밖으로 나와 전화를 이어나갔다.

"세영이, 지금 어딨어?"

방금 전 딸과 통화할 기회가 있었다는 걸 이재혁은 알까? 그런 생각을 하다 문득 우진은 그가 자신의 전화번호를 알아냈다는 것을 깨달았다. 어차피 숨어 다닐 생각은 없었다. 진범이 누군가 하는 문제를 풀기 위해선 이재혁을 만나야 한다.

우진은 어젯밤부터 머릿속에 피어난 작은 가능성에 대해 미끼를 던져볼 필요가 있다는 생각을 했다. 우진은 재혁의 말을 들으며 신중하게 그에게 던질 말을 고르기 시작했다.

"조윤기는 만났나? 당신 딸 친구 말이야."

## 17

점심 손님이 한바탕 휩쓸고 지나간 뒤 2시가 가까워지자 비로소 식당이 한산해졌다. 날이 추워서인지 날을 잡은 건지 약속이나 한 듯 다들 김치찌개만 주문하는 바람에 점심시간 이 지나자 식당 안은 묵은지 냄새로 가득찼다.

태형은 환기도 시킬 겸 식당 문을 활짝 열었다. 아내 눈치 를 보며 몰래 꿍친 담배를 한 대 피워볼까 하는 참에 도로 건 너 카센터 쪽으로 자동차가 들어서는 모습이 보였다. 자동차 가 멈추고 운전석에서 남자가 내리더니 굳게 닫힌 정비소 안 을 기웃거렸다. 태형은 우진을 찾아온 손님인가 싶어 얼른 도 로를 넘어갔다.

남자는 말끔한 슈트 차림에 단호한 인상이었다. 자동차 때 문에 온 것 같지는 않았다.

카센터는 벌써 한 달 가까이 문이 닫혀 있다. 형수의 장례 를 치르며 우진이 얼마나 힘들어하는지 코앞에서 봤던지라, 며칠 문이 닫혀 있을 때는 그러려니 했다. 자식을 잃은 뒤 아내마저 떠나보낸 사람이 그렇게 쉽게 기운을 차릴 거라곤 생각하지 않았다. 하지만 일주일 동안 전화도 안 받고 열흘이 넘어가자 걱정이 되기 시작했다. 집에도 가보았지만 기척이 없었다. 외출을 한 것이라면 다행이지만 안에 있어도 기척을 안 하는 것이라면, 아니 혹시라도…… 하다가 얼른 고개를 흔들었다. 상상하고 싶지도 않았다. 저녁 늦게 가게 문을 닫으며 전화를 하니 그제야 전화를 받았다. 보름 만이었다.

태형은 불쑥 눈시울이 붉어지고 목울대까지 울음이 올라오는 것을 간신히 참았다.

"왜, 전화도 안 받아요?"

"미안하다. 걱정했지?"

"그만 가게 문 열어요. 혼자 있으면 더 힘들잖아."

"그래야지."

"집에 계신 거예요?"

"아니, 그냥 여기저기 바람 좀 쐬러."

"예. 저랑 등산 가실래요? 형 등산 좋아하잖아."

"태형아, 난 괜찮아."

"뭐가 괜찮아요? 문을 여는 걸 봐야 내가 안심을 하지."

"……"

"언제 나오실 건데요?"

"나중에. 지금은 일이 있어."

"무슨 일요?"

"그냥 좀……. 나중에 얘기해줄게."

"형 없으니까 너무 심심해요."

"고맙다. 나중에 연락하자."

전화를 하는 동안에는 목소리를 들으며 괜찮은지 살피고, 전화를 끊고 나서는 알 수 없는 불안감에 마음이 쪼그라들었다.

태형은 누구보다 잘 안다.

형이 죽었을 때 그 역시 한없이 나락으로 떨어져 문을 닫고 방안에 처박혀 지냈다. 형의 죽음이 몰고 온 슬픔 때문이기도 했지만 무엇보다 참아낼 수 없는 것은 비탄에 빠진 부모님을 곁에서 지켜봐야 하는 일이었다.

태어나서 처음으로 아버지가 우는 모습을 보았다. 그냥 우는 게 아니라 두 다리를 뻗고 꺽꺽 목놓아 우는 아버지를 본 것이다. 그때까지 한 번도 아버지가 저렇게 어린아이마냥 운다는 건 생각도 못 해봤다. 눈물을 흘리는 모습도 본 기억이 없다. 그런 아버지가 형의 죽음 앞에서 다섯 살짜리 아이마냥 팔을 늘어뜨리고 고개를 젖히고 엉엉 소리를 내며 울었다.

아버지는 그렇게 크게 울고 난 뒤 다시는 태형 앞에서 눈물을 보이지 않았다. 하지만 새벽에 일어나 화장실에 가려고 문을 열었을 때, 베란다에 나가 속이 답답한지 주먹으로 퍽퍽 가슴을 쳐대며 긴 한숨을 내쉬는 아버지의 모습을 보곤 할 때면 당신의 몸안에 가득찬 눈물을 그대로 느낄 수 있었다.

며칠 동안 우진을 보지 못했지만 전화기 너머로 들리는 그의 목소리에서 태형은 서늘한 슬픔의 냄새를 맡았다. 나중에 연락하자고 하는 우진을 어떻게 해서든 다시 가게로 돌아오게 하고 싶었다. 도로를 사이에 두고 수시로 우진의 얼굴을 마주봐야 조금 안심이 될 것 같았다.

"어떻게 오셨죠?"

"여기 문을 안 열었네요."

"뭐 보시다시피……."

"주인이 최우진 씨인가요?"

"그런데…… 누구신지?"

"잘 아시는 사이신가요?"

"예, 뭐, 마주보고 사는 이웃이니까……."

"혹시 지금 어디 계신지 아십니까?"

"누구시죠? 무슨 일 때문에 우진 형님을 찾아요?"

태형은 정체를 숨기고 질문을 던지는 남자에게 불편한 기색을 그대로 드러냈다. 하필이면 이럴 때 누군지도 모르는 사람이 우진에 대해 캐묻는 게 개운치 않았다.

남자는 양복 안주머니에서 지갑을 꺼내 명함을 건네주었다.

법무법인 한누리 변호사 이재혁.

법무법인 한누리는 로펌에 대해 별 관심도, 아는 것도 없는 태형조차 들어본 적이 있을 만큼 잘 알려진 대형 로펌이다. 뉴스에나 나오는 곳의 변호사가 우진을 찾는다니 무슨 일인가 싶었다.

"죄송하지만 무슨 일 때문인지는 말씀드리기 좀 곤란하군요. 당사자와 만나서 할 개인적인 이야기라서요."

정중한 태도에 경계하던 마음이 조금 누그러졌다. 변호사라는 직업의 특성상 함부로 남에게 이야기할 수 없는 비밀은 있을 수 있다. 그는 난감한 표정을 짓더니 태형에게 물었다.

"꼭 만나야 하는데 혹시 연락처 아십니까?"

태형은 뭐라고 대답해야 할지 몰라 잠시 망설였다. 명함을 받았지만 처음 보는 사람에게 냉큼 우진의 전화번호를 알려주는 것이 내키지 않았다. 하지만 이렇게 일부러 가게까지 찾아온 걸 보면 급한 일일지도 모른다는 생각이 들었다.

변호사가 갑자기 우진을 찾아야 할 일이 뭐가 있을까?

"어서 연락이 닿아야 하는데, 이것참⋯⋯."

변호사는 뭐가 곤란한지 혼잣말을 중얼거리며 곤혹스러운 표정을 보였다. 그 모습을 보자 태형은 결국 우진의 핸드폰 전화번호를 알려주었다. 급한 연락을 해야 하는 상황에서 괜히 자신 때문에 일이 어긋나면 안 된다는 생각이 들었기 때문이다. 남자는 얼른 핸드폰에 전화번호를 저장하고 고맙다고 인사한 뒤 이내 자동차를 타고 사라졌다.

사실 태형에게는 아무에게도 말 못 할 비밀이 한 가지 있다. 그건 죽는 날까지 우진이 알면 안 되는, 무덤까지 가지고 가야 할 비밀이다.

수정이 살해되었다는 소식을 들었을 때 태형은 자신이 마지막으로 수정을 본 날을 떠올렸다. 그날이 바로 수정이 실종되던 날이었고 자신이 본 것은 수정이 납치되던 장면이었다. 그 순간에는 납치라고 생각하지 못했다.

주유를 하기 위해 강남의 한 주유소에 막 들어설 때, 주유소 한편에 달린 패스트푸드점 쪽으로 자동차가 한 대 서 있고 남자 두 명이 여자를 세워놓고 실랑이를 벌이는 모습을 보았다. 여자가 어딘가 낯이 익다 싶어 쳐다보니 수정이었다. 승용차의 뒷좌석 문이 열린 것을 보니 남자들은 거기에서 내려 수정에게 말을 걸고 있는 것 같았다. 몇 마디 주고받는 걸 보면 아는 사이처럼 보였다.

남자 하나가 뭐라고 하면서 수정을 자동차에 태우려고 했고, 수정은 남자의 팔을 뿌리치고 있었다. 또 다른 남자가 뒤로 다가와 수정을 자동차로 밀어넣었고 이내 남자들도 차에 올라타고 그대로 출발했다. 그 장면을 봤을 때는 남자들이 수정이 썩 내켜 하지 않는 어디로 데려가는 모양이구나, 하고만 생각했다.

며칠 뒤 태형은 자신이 그날 무심코 지나쳤던 그 순간이 수정의 목숨을 살릴 수 있던 기회라는 것을 깨달았다. 그렇게 팔을 뿌리치고 저항하다 태워지는 수정을 보면서도 왜 막을 생각을 하지 않았을까? 왜 별일 아니라고 외면했을까?

태형은 친구 아버님이 돌아가셔서 울산에 문상을 가야 한다며 집을 나왔다. 하지만 그때 태형은 어떤 여자와 함께 차를 타고 여행을 가고 있었다. 수정을 보자마자 운전석 선바이저를 내리고 거울을 보는 척하며 얼굴을 가린 것도 그런 이유 때문이었다. 어두워 잘 보이지도 않는 상황인데도 수정이 자신을 볼까 신경쓰면서 얼굴을 감추느라, 다급한 상황은 제대로 보지 못했다. 수정이 떠난 뒤에도 태형은 혹시 자신의 모습을 수정에게 들킨 것은 아닐까 그것이 불안했다. 1박 2일의 여행을 하면서도 그것 때문에 마음이 찜찜했다.

뒤늦게 수정의 끔찍한 사건 소식을 듣게 되자 태형은 입을 다물 수밖에 없었다.

그날 보았던 수정의 모습이 계속 머릿속에 맴돌았다. 자동차에서 내려 남자들을 제지하고 수정의 손을 잡고 그 자리를 벗어나는 상상을 몇 번이나 했는지 모른다.

그랬다면, 그날 그렇게 했다면, 수정이 끔찍하게 살해당하는 일은 없었을 것이다. 그러면 여전히 긴 머리를 팔랑거리며 정비소로 들어가다가 돌아보며 꾸벅 인사하는 모습을 보았을 것이다.

우진을 볼 때마다 태형의 가슴에 얹힌 돌의 무게는 점점 더 무거워졌다. 어느 날은 술을 마시고 술기운에 기대어 우진을 붙잡고 그날의 일을 털어놓고 싶었다. 그에게 용서를 빌고 무거운 돌덩이를 가슴에서 내려놓고 싶었다. 하지만 몇 년이 지난 지금도 말을 하지 못했다.

이재혁이라는 변호사의 차가 떠난 뒤에 손거스러미같이 작은 무언가가 태형의 신경을 건드렸다. 마음에 까칠한 게 걸려 쉽게 넘어가지 않았다. 이 불편한 느낌은 뭘까 하다가 문득 자신이 괜히 전화번호를 알려준 게 아닌가 하는 생각이 들었다.

우진의 정비소를 알고 찾아올 정도면 당연히 전화번호도 알고 있어야 하는 게 아닐까 하는 생각이 머리를 스쳤다. 꼭 연락이 되어야 한다는 말에 너무 경솔하게 굴었다는 느낌을 지울 수가 없었다. 잠깐 기다리라는 말을 하고 우진에게 전화를 걸어 확인한 뒤에 연락처를 줘도 될 일이었다. 그렇게 생각하자 불안이 매캐한 연기처럼 피어올라 속을 답답하게 만들었다.

제발 자신이 괜한 일을 한 게 아니었으면 하는 생각을 하며 우진에게 전화를 걸었지만 받지 않았다. 초조하게 신호가 가는 소리를 들으면서 기다리다 결국 끊었다. 문자라도 남길까 하다가 나중에 다시 연락을 해봐야겠다며 고개를 돌리는데 식당 문이 열리더니 아내가 손짓을 하며 자신을 불렀다.

태형은 손에 들고 있던 담배를 슬쩍 내버리고 도로를 건넜다.


# 18


재혁은 정비소를 벗어나 가까운 공영 주차장에 차를 세우고 잠시 생각을 정리했다.

경환이 보내준 문자를 볼 때는 몰랐다. 주소를 찾아 간 곳이 정비소라는 것을 확인하고서야 어딘가 기억 한편에 넣어둔 이름이었다는 것을 깨달았다.

최우진. 삼 년 전 죽은 최수정의 아버지.

승찬과 윤기, 재강의 재판이 있던 날 재판정에서 그를 만났다. 그는 부인과 나란히 앉아 재판을 지켜보았다. 재혁은 이따금 붉어진 눈시울을 간신히 억누르며 고개를 숙이던 그의 모습을 기억한다.

관계인 진술이 끝나 아이들이 나가고 1차 심리재판이 끝났을 때, 서류를 정리하고 있는데 그가 다가와 고개를 숙였다. 간단히 자기소개를 한 뒤 격하게 끓어오르는 감정을 애써 억누르는 듯 잠시 입술을 깨물다가 흔들리는 목소리로 말했다.

"수정이…… 억울하게 죽은 우리 수정일 생각해서라도 엄중한 벌을 내려주십시오. 부탁드립니다."

그는 곧 의자로 돌아가 비틀거리는 아내를 데리고 법정을 빠져나갔다. 재혁은 그의 뒷모습을 쳐다보며 한동안 텅 빈 재판정에 서 있었다. 사람들이 다 빠져나가고 난 뒤 그곳에 앉아 사건에 대해 그리고 딸을 잃은 아버지에 대해 생각했다.

그 사건은 소년부로 송치가 되어 우진을 다시 만날 일은 없었다.

윤기의 오피스텔에서 승찬을 만나 이야기를 듣기 전까지 그 사건은 머릿속에서 완전히 지워버렸다. 아니, 지우려고 애썼다.

삼 년이 지난 지금 그가 다시 눈앞에 나타났다는 게 믿어지지 않았다. 승찬의 말에 의하면 진범을 찾고 있다고 했다. 얼마 전 아내도 잃고 이제 감정적으로 막다른 골목인 듯했다.

윤기의 뒤를 미행하다 세영을 발견하고 납치한 것은 우연일까?

재혁은 잠시 생각에 잠겨 있다가 핸드폰을 꺼내 경환에게 전화를 걸었다. 정비소 앞 식당 주인에게 얻은 우진의 번호를 알려주고 추적을 부탁했다. 세영의 핸드폰을 꺼놓는다고 해도 자신의 핸드폰이 추적당하고 있다는 걸 모른다면 그대로 켜놓고 있을 확률이 높다.

"오피스텔은 어떻게 됐어?"

"형사들이 도착해서 초동수사중입니다. 따님을 납치한 놈 짓일까요?"

"그러긴 힘들지. 원주에서 문자를 보낸 시각이 새벽 4시경 이었어. 윤기 상태를 보면 엇비슷한 시각에 살해당한 것 같아."

"동시에 서울에는 있을 수 없다는 얘기군요."

"그렇지."

"하지만 문자로 주소를 보냈는데 거기에 사람이 죽어 있다. 그건 너무 이상하잖아요?"

"그래, 그렇지."

우연의 일치라고 하기에는 절묘한 타이밍이다.

재혁은 경환과 전화를 끊고 차분히 승찬에게 들었던 지난 밤의 일을 하나씩 짚어보기 시작했다.

세영은 자신을 찾아온 윤기를 피해 도망치다가 최우진에게 납치당했다. 세영을 만나러 왔던 윤기는 허탕을 치고 승찬과 재강을 만나고 난 뒤 늦은 밤 자신의 오피스텔로 돌아갔다. 그리고 몇 시간 뒤 살해당했다.

윤기가 승찬과 재강을 만나고 돌아간 시간이 새벽 1시쯤이 라고 했다. 그러면 그 시각부터 새벽 5시 사이가 범행 시간이 다. 그 시간 동안 윤기에게는 무슨 일이 있었던 것일까?

김승찬과 나재강. 의심스러운 것은 두 놈이다. 승찬이 오피스텔에 찾아온 이유에 대해 함구했지만 윤기가 죽었다는 사실을 알리자 꽤나 충격을 받은 표정이었다.

재혁은 삼 년 전 놈들을 만났던 그날을 떠올렸다.

그날만 생각하면 분노가 치밀어 오른다. 아무리 철이 없는 나이라고 해도 너무 형편없는 짓을 저질렀다. 세영이 그런 놈들과 어울렸다는 게 믿어지지 않았다. 그 뒤로 세영과 다시는 만나지 못하게 못을 박았는데 그 약속을 어겼다. 최우진을 핑계 대긴 했지만 놈들이 다시 세영을 찾아가지 않았다면 우진은 세영과 마주치는 일도 없었을 것이다.

재혁은 정비소 앞에서 받은 우진의 전화번호를 물끄러미 보다가 핸드폰 화면에 번호를 찍었다. 혹시나 했는데 몇 번의 신호가 간 뒤 전화를 받았다.

"여보세요?"

"……."

"세영이, 내 딸 어디 있어?"

"……."

"최우진 당신, 왜 이런 짓을 하는 거야?"

"조윤기는 만났나? 당신 딸 친구 말이야."

그의 말에 재혁은 잠시 뜸을 들였다. 역시 그는 윤기의 상황을 모르고 있었다.

"세영인 무사한 거지?"

"그건 당신에게 달렸어."

"내가 어떻게 하면 되지?"

"조윤기를 만났으면 알 텐데."

"무슨 얘긴지 모르겠군."

"김승찬, 그다음엔 나재강. 그 아이들을 만나봐. 그런 뒤에 만나지."

"뭐하자는 거야?"

재혁의 목소리가 높아졌다.

"그 아이들, 당신이 풀어준 그 아이들이 지금 어떻게 지내는지 보라는 얘기야."

"······."

"내가 이재혁이라는 사람을 만났을 때 그는 분명 검사였어. 그런데 이상하지? 검사라는 사람이 당연히 벌을 받아야 하는 아이들을 빼돌리고 풀어주었어."

"그 아이들은 재판을 받았어. 법의 심판을 받았다고."

전화기 너머로 헛헛한 웃음소리가 흘러나왔다. 잠시 후 웃음소리가 가라앉고 우진의 목소리가 들렸다.

"한 아이의 목숨을 빼앗은 벌이 봉사 활동 몇 시간에 교육 몇 시간이라고? 그걸 당신은 법의 심판이라고 말하는 건가?"

"······억울한 심정을 모르는 건 아니지만, 그 아이들은 어렸어. 고작 열여섯 살이었다고!"

"고작 열여섯 살이라고 살인이 정당화되지는 않아! 자신이 저지른 일이 얼마나 큰 죄인지 당신은 아이들에게 알려줄 의무가 있는 사람이었어."

"그래서 원하는 게 뭐야?"

"살인은 살인이야. 열여섯 살의 아이가 저지르든 누가 저지르든 살인은 살인이라고!"

"……"

"당신 딸이 죽어도 그렇게 얘기할 건가?"

우진의 말에 재혁은 가슴이 서늘해졌다. 자신도 모르게 이를 바득 갈았다.

"세영이, 손끝 하나라도 건드리면…… 흔적도 없이 죽여버릴 줄 알아."

"날 협박하는 건가?"

다시 우진의 웃음이 터졌다.

이 새끼 돌았어. 재혁은 우진이 붙잡고 있는 세영의 상태가 어떤지 몰라 가슴이 답답했다. 아침부터 하루 종일 그를 쫓고 있지만 세영이 어떤지는 전혀 모르고 있다.

"협박은 말이야, 뭔가…… 잃을 게 있는 사람에게 하는 거야. 나는…… 잃을 게 없어."

조금 전 큰 소리로 웃던 것과 달리 그의 목소리는 낮고 차분했다. 그게 재혁을 더 초조하게 만들었다.

"내게 가장 소중한 것들은 이미 당신들이 다 빼앗아 갔잖아."

재혁은 말문이 막혔다. 핸드폰 추적을 위해서라도 뭔가 대화를 이어가야 한다고 생각했지만 생각이 나지 않았다. 한동안 전화기 너머 숨소리를 들으며 긴 침묵이 이어졌다. 재혁은 승찬이 했던 얘기가 생각났다. 최우진이 찾아와 진범이 누구냐고 물었다고 했다. 윤기도 찾아갔다. 최우진은 진범을 찾기 위해 세영일 납치했다. 그가 얼마나 알고 있을까?

"왜 세영일 납치한 거지?"

"그건…… 당신도 알 텐데."

"뭐, 뭘 안다는 거야?"

"이재혁 검사, 당신은 제대로 수사도 하지 않고 사건을 서울로 옮겼어. 범인이 더 있는데도 서둘러서 이 사건을 마무리했지."

아니다. 최우진이 그걸 알 리가 없다. 승찬도 윤기도 입을 열지 않았다고 했다.

"다른 사람은 없어. 그 아이들말고 다른 사람은 없다고."

"삼 년 전엔 아이들의 입을 막을 수 있었겠지. 그런데 이젠 아니야. 내가 누구에게 들었겠어?"

"……."

재혁은 우진의 말에 숨도 크게 못 쉬고 바짝 긴장한 채 귀를 기울였다.

"윤기가 뭐라고 했는지 알아? 정작 우리 수정일 죽인 진범은 잡히지도 않고 잘만 살고 있다고 했어!"

재혁의 입에서 저절로 신음 소리가 새어 나왔다. 승찬의 말을 믿는 게 아니었다.

"내 딸은 아무 상관없어! 그 아이 건드리지 마. 만나서 얘기해."

"김승찬과 나재강을 만나봐. 우리가 만나는 건 그 뒤에 해도 늦지 않아."

그 말을 끝으로 우진의 전화는 끊어졌다.

재혁은 입술이 바짝 마른 것을 느꼈다.


## 19


아무리 전화를 해도 받지 않더니 오피스텔에는 있었다.

승찬은 문을 열어주는 재강의 뒤를 따라 들어가며 어떻게 이야기를 꺼내야 하는지 고민했다. 마음속에 피어오르고 있는 의혹은 어젯밤부터 시작되었다. 오늘 일어나자마자 윤기의 오피스텔에 갔던 것도 그런 이유 때문이었다. 성격 급한 승찬은 바로 본론으로 들어갔다.

"큰일났어."

"뭔 일인데?"

소파 옆에 커다란 캐리어를 펼쳐놓고 옷이며 신발 등을 챙기느라 바쁜지 재강은 승찬의 얘기를 귓등으로 듣고 무심하게 물었다.

"윤기, 살해당했어."

"뭔 소리야? 헤어진 지 몇 시간이나 됐다고."

"갔다 왔단 말이야. 윤기 오피스텔에."

그제야 재강은 동작을 멈추고 승찬을 쳐다보았다.

"경찰도 왔어?"

"왔을 거야. 아저씨가 신고하셨겠지."

재강은 초조하게 방을 왔다 갔다 하는 승찬을 바라보다가 물었다.

"아저씨? 누구 말하는 거야?"

"세영이 아버지, 검사님 말야."

"이 검사가 윤기네 오피스텔에 왔다고?"

웬만해서는 놀라지 않는 재강도 아저씨 얘기에는 적잖이 놀라는 눈치였다. 윤기가 살해당했다는 말을 전했을 때보다 더 놀란 것 같았다.

"어, 윤기네 오피스텔 앞에서 만났어."

"거긴 왜 간 거래? 윤기를 만나러 간 거야?"

거기까지는 생각해보지 못했다.

승찬은 갑작스럽게 나타난 재혁에게 끌려가 그의 다그침에 정신이 하나도 없었다. 갑자기 윤기 오피스텔에 왜 나타난 것인지는 생각도 못 했다.

"세영이가 얘기한 거 아니야? 어젯밤에 찾아가서."

그날 이후 다시는 세영과 어울리지 말라는 말을 들었다. 그의 말대로 세 사람 모두 세영의 근처에도 가지 않았다. 어제까진 그렇게 생각했지만 지금은 생각이 좀 다르다.

윤기가 했던 말 때문이었다.

"이상하지 않냐? 우리는 세영이가 어떻게 지내는지 까맣게 모르고 있는데, 재강이 저 자식은 학원도 알고 전화번호도 알고."

새벽에 집으로 돌아가려고 오피스텔을 나설 때 윤기는 재강을 쳐다보며 미묘한 웃음을 지어 보이기까지 했다. 윤기가 가고 난 뒤 재강이 불쾌하다는 듯 저 자식 왜 저러냐고 물어봤을 정도였다.

뭔가 있구나. 눈치 없는 승찬도 그렇게 느꼈다. 결국 자고 가라는 재강을 뿌리치고 승찬은 집으로 향했다. 재강이 보는 곳에서는 전화를 할 수 없었기 때문이다.

집에 도착하자마자 윤기에게 전화를 했다.

"도착했어?"

"어, 왜?"

"아니, 느낌이 좀 이상해서."

"뭐가?"

"재강이가 물어보던데, 너 왜 그러냐고."

"미친 새끼. 너 그 새끼 조심해. 가까이하지 않는 게 좋을 거야."

"갑자기 뭔 소리야?"

"솔직히 그때도 그 새끼가 부추겨서 그 계집애 차에 태운 거잖아."

"그 얘기는 왜 해?"

"넌 억울하지도 않냐? 그 일만 없었으면 우리가 지금 이 꼴이 되어 있겠냐고? 그런데 저 새끼는 뭐? 서울대 법대?"

이상한 느낌 때문에 전화했는데 엉뚱하게도 재강에 대한 뒷담화가 시작되었다. 윤기의 말을 들으니 승찬 역시도 마음 한편으로 밀어두었던 불만이 슬그머니 고개를 쳐들었다.

그 일이 있기 전에는 아버지의 기대를 형보다 더 많이 받고 있었다. 삼 년 전 그 일만 없었다면 지금쯤 아버지가 다니던 대학의 의대에 합격해서 아버지의 후배이자 자랑스러운 후계 자로 첫발을 내디뎠을 것이다.

사건이 있고 난 뒤 아버지는 승찬이 눈엣가시라도 되는 것처럼 보기만 하면 눈살을 찌푸렸다. 처음엔 사건에 휘말려 집안 망신을 준다는 말에 고개도 제대로 들지 못했다. 하지만 시간이 지나면서 아예 유령 취급하며 본 척도 하지 않는 가족들에게 은근히 반항심이 생겼다.

다시 마음을 다잡고 경쟁에 뛰어들어보려고 했지만 고등학교에 들어가고 난 뒤 첫 번째 내신 성적이 나오고 그걸로 모든 게 결정되었다. 아버지가 원하는 대학은 가지 못할 것이다. 그런 생각이 들자 모든 게 귀찮아졌다. 단지 한 발만 삐끗했다고 생각했는데 나락으로 떨어졌다.

겨우 잊을 만하던 시점에 하필이면 병원에서 그 아이의 아버지와 마주치다니. 그에게 잡혀 살인자라는 말을 들었을 때 승찬은 머릿속이 하얘졌다. 그렇지 않아도 아버지에게 불려가 야단을 맞고 나오던 길이었다. 말리는 사람이 없었으면 죽을 만큼 두들겨줬을 것이다.

"건방진 건 변함이 없어, 내가 지 똘마니인 줄 알아."

"……."

"삼 년 전, 그후로 넌 세영이 본 적 없지?"

"넌 만났어?"

"미국에 있었는데 어떻게 만나?"

갑자기 세영이 얘기를 꺼내는 게 이상했다.

"그런데 그건 왜 물어?"

"세영이가 왜 그렇게 경기를 일으키면서 도망쳤는지 알아?"

"……?"

"재강이 그 자식 때문이야. 그 자식이 세…… 아니다. 됐다. 너까지 알 건 없고, 아무튼 뱀 같은 놈이니까 가까이하지 마."

윤기는 뭔가 은밀한 이야기를 하려다 입을 닫았다. 도대체 뭘 알고 있는 건지 궁금해서 몇 번이나 물었지만 윤기는 피곤하다며 전화를 끊었다. 궁금증만 잔뜩 남겨놓고 입을 닫아버려서 속이 답답했다.

승찬은 밤새 잠을 뒤척이며 윤기가 했던 말을 곱씹어보았다.

말하지 않아도 승찬 역시 눈치채고 있었다. 하지만 윤기처럼 삐딱하게 볼 생각은 없다. 처음 공부방을 같이 시작하면서부터 재강은 세영에게 남다른 감정을 가지고 있었다. 다른 아이들이 혹시라도 세영에게 관심을 보일까 봐 대놓고 접근을 막았고 늘 세영의 주위를 맴돌았다. 재강이 용평까지 수정이라는 여자애를 데리고 갔던 것도 순전히 세영이 때문이었다.

잠을 설친 승찬은 궁금증을 이기지 못하고 일어나자마자 윤기를 찾아갔지만 밤새 풀지 못한 궁금증은 끝내 그대로 묻혔다.

윤기 녀석은 도대체 무슨 이야기를 하고 싶었던 거지?

"그 사람 얘기했어? 진범을 찾고 있다고."

"어."

"뭐래?"

"몰라, 뭐가 급한지 전화받고 금방 갔어."

"……."

"그런데 너 뭐하는 거야?"

승찬은 소파 앞에 펼쳐진 캐리어를 보며 물었다. 싸고 있는 가방의 크기를 보니 짧은 여행이 아닌 것 같았다.

"보면 몰라? 떠나는 거지."

"갑자기 왜?"

"나까지 찾아올까 봐 귀찮아서 그런다."

"윤기가 죽었다는데 별로 놀라지도 않고 관심도 없어 보인다."

"넌 관심 있어? 왜, 눈물이라도 흘려야 하냐?"

"그게 아니고, 그래도 친군데. 누가 죽였을까, 윤기."

"혹시 윤기를 죽인 놈이 그 사람 아니야? 죽은 애 아버지."

"……?"

"너랑 윤기 찾아갔었다며? 그럼 당연히 집도 아는 거잖아?"

"아냐, 그 사람은 아니야."

"니가 어떻게 알아?"

그때 누군가 벨을 눌렀다. 재강이 짐을 싸면서 승찬에게 나가보라고 했다.

승찬이 문을 열자 거칠게 안으로 들어서던 재혁이 승찬을 발견하고 잠시 움찔했다가 거실 안쪽에 있는 재강을 발견하고는 말도 꺼내기 전에 달려들었다.

재혁은 재강에게 달려들며 주먹부터 날렸다. 무방비 상태에 있던 재강은 그대로 소파에 나뒹굴었다. 재혁은 거칠게 재강의 배를 발로 차기 시작했다.

"이 개새끼, 니가 감히 누구한테……."

승찬이 다급하게 달려가 재혁을 붙잡았다.

"아저씨 왜 그러세요, 말로 하세요."

하지만 야수처럼 흥분한 재혁을 말릴 수가 없었다.

재혁은 승찬의 팔을 뿌리치며 다시 재강에게 달려들어 주먹을 날렸다. 입술이 터져 피가 흘렀다. 재강도 재혁의 몸을 잡고 일어나더니 엎치락뒤치락 몸싸움이 시작됐다.

승찬은 누구 편을 들어야 할지 몰라 머뭇거리다 일단 두 사람을 떼어놓아야겠다는 생각에 둘 사이를 파고들었다. 그러다 재강이 휘두르는 팔에 얼굴을 맞아 주저앉았다. 재혁은 재강의 멱살을 잡고 바닥에 내리쳤다.

재강은 꿍 소리를 내며 가슴을 붙잡고 비틀거렸다.

"죽어, 이 새끼야."

재강은 다시 멱살을 잡는 재혁의 팔을 뿌리치며 그를 밀어버렸다. 그 바람에 재혁은 소파 한쪽에 털썩 주저앉았다. 이번에는 재강이 재혁의 몸 위에 올라타고 주먹을 날리기 시작했다. 재혁은 그 상태로 날아오는 주먹을 맞았다.

"야, 인마. 미쳤어? 그만해, 그만하라구!"

승찬이 재강의 몸을 잡고 떼어내려고 했지만 쉽지 않았다.

"놔, 놓으라고!"

한눈에 봐도 제정신이 아니었다. 발버둥을 치면서 승찬에게도 주먹을 휘두르자 어쩔 수 없이 물러났다. 그때 재혁이 재강의 다리를 밀어내고 몸을 일으켰다. 재혁의 얼굴은 금세 부어올라 한쪽 눈이 제대로 보이지 않았다. 다시 달려들어 주먹을 날리려 하자 재강은 뒤로 물러서며 팔을 내저었다.

"그만하시죠."

이상하게 그 말에 재혁의 온몸을 팽팽하게 만들었던 긴장감이 사라졌다.

재혁은 무너지듯 소파에 앉아 두 손으로 얼굴을 감쌌다. 눈썹 부근이 찢어졌는지 피가 흘렀지만 개의치 않았다. 재혁은 양복 주머니에서 핸드폰을 꺼내 탁자에 던지듯 내려놓았다.

"이것 때문에 윤기 죽였냐?"

곁에 있던 승찬이 재혁의 말에 놀라 어리둥절한 눈으로 두 사람을 쳐다보았다. 그러다 얼른 탁자 위의 핸드폰을 들고 버튼을 눌렀다.

재강은 입술의 피를 닦으며 자리에서 일어났다.

"CCTV 확인했으니까 거짓말할 생각 말고."

"이건 윤기 핸드폰이잖아. 왜 아저씨가?"

"보셨나? 그럼 아시겠네요. 그 자식이 내 핸드폰에서 빼돌린 사진 가지고 같잖게 나를 협박하더라고요."

"재강아, 뭔 소리야? 진짜 니가 윤기 죽였어? 너 돌았어?"

"넌 닥치고 조용히 있어, 새끼야."

재강의 기세에 눌린 승찬은 두 사람을 쳐다보다가 윤기의 핸드폰을 탁자에 던져두고 오피스텔을 나왔다.


"세영이……. 그 애한테 무슨 짓을……."

"우리 아버지가 나더러 아저씨를 닮았다고 하더라고요, 아버지도 아닌데 닮았다니 뭔 개소리야 싶었는데…… 이제 보니 닮았네요."

재강은 물티슈를 꺼내 얼굴을 닦으며 재혁의 앞에 마주앉았다.

재혁은 두 손을 내리고 맞은편에 앉은 재강을 쳐다보았다. 눈이 쓰려 한쪽 눈이 잘 보이지 않았다.

"누가 죽든 아저씨는 신경도 안 쓰죠, 그때처럼."

재혁은 재강을 바라보면서 우진이 한 말을 떠올렸다.

당신이 풀어준 아이들이 지금 어떻게 살고 있는지 봐야 한다고 했던가? 그는 이런 것까지 알고 있었을까? 아니다. 그렇지는 않을 것이다. 삼 년이라는 시간은 많은 것을 변화시켰다. 하지만 재강의 인상은 그때 느꼈던 것과 다르지 않다. 내 등뒤에서 이런 일을 벌이고도 눈 하나 까딱하지 않는다. 재혁은 처음으로 무력함을 느꼈다.

재혁은 더이상 재강과 할 이야기가 없다는 것을 깨달았다. 그에게 따져봤자 이미 벌어진 일이 없는 일이 되지는 않는다. 피로가 몰려왔지만 더 머뭇거릴 시간이 없다.

재강이 먼저 자리를 털고 일어나며 가방을 챙겼다.

"먼저 가볼게요. 늦으면 비행기 놓치거든요."

"도망칠 수 있을 것 같아?"

"신고하시게요? 그럼 많은 게 밝혀질 텐데요. 아저씨한테도 좋을 게 없을 텐데요."

말을 마친 재강이 여권을 흔들어 보이며 씨익 웃었다. 그 미소가 뱀의 혀처럼 사악하게 느껴졌다.

"힘들면 더 있다 가세요. 뒤처리는 엄마한테 부탁해둘게요."

캐리어를 끌고 문으로 향하던 재강은 아차, 하며 다시 재혁이 앉아 있는 소파 쪽으로 돌아왔다. 그는 윤기의 핸드폰을 집어서 전자레인지에 넣고 돌렸다. 이 분이라는 시간이 지나는 것을 지켜보며 재강이 웃으며 떠들었다.

"아저씨도 이러는 편이 좋겠죠?"

전자레인지의 숫자가 0을 가리키고 땡 하는 소리가 들리자 재강은 전자레인지의 문을 열고 핸드폰을 꺼냈다. 서랍을 열어 망치를 꺼내더니 몇 번이나 휴대폰을 내려쳤다. 액정화면이 깨지고 유리가 튀었다. 그제야 만족스러운 듯 재강은 휴대폰을 쓰레기통에 던지려다 동작을 멈췄다.

"아, 이것도 증거물이니까 가다가 버려야겠네요."

재강이 나가고 문이 닫혔다.

재혁은 한동안 멍하니 앉아 있다 자리에서 일어났다. 나가기 전 욕실에 가서 얼굴을 확인했다. 권투 경기를 끝낸 아마추어 선수처럼 몰골이 말이 아니었다. 물을 적셔 대충 피를 닦아내고 머리를 정돈했다. 핸드폰이 울렸다. 경환이었다.

"어떻게 됐어?"

"로비에서 체포했습니다. 일 분만 늦었어도 놓칠 뻔했어요."

"그 자식 핸드폰은 처리를 못 했어."

"아, 알겠습니다. 제가 경찰서로 가서 나재강과 딜을 해보죠."

"고마워."

"참, 최우진 말입니다. 지금 영월에 있습니다."

그는 전화도 피하지 않는다. 이제 그의 말대로 세 놈을 전부 만났으니 그를 만나러 갈 차례다. 재혁은 경환에게 다시 한번 고맙다는 인사를 하고 전화를 끊었다.


# 20


별마로천문대로 올라가는 내내 우진은 말이 없었다. 생각에 잠긴 것도 같았고, 침울해 보이기도 했다. 저녁이 되면서 조금 기분이 나아진 세영은 우진의 침묵이 마음에 걸렸다. 딸과 가기로 했던 천문대를 올라가면서 딸 생각이 더 많이 나는지도 모른다. 그를 보면서 세영은 자연스럽게 아빠를 떠올렸다.

'만약 내가 사라진다면 아빠는 어떤 모습일까?'

생각해보니 아빠와 무엇인가를 해본 적이 손에 꼽을 정도다. 그 몇 번도 아빠가 겨우 틈이 났을 때뿐이다. 대부분은 바쁜 아빠를 빼고 엄마와 이모네 가족과 함께 여행을 다녔다. 아빠라는 존재는 간판만 내걸린 채 개점휴업중인 가게 같았다. 아무리 불러도 나와 보는 사람이 없다.

엄마와 아빠는 취향이 달랐다. 휴가를 갈 기회가 생겨도 엄마는 유럽을 한 바퀴 돌고 와야 제대로 휴가를 보냈다고 생각하는 사람이고 아빠에게 휴가는 밀린 잠을 보충하는 시간일 뿐이었다. 그러니 어쩌다 함께 여행을 가게 된다고 해도 둘은 섞이지 않았다. 각자의 방법대로 엄마는 그 도시에서 가장 좋은 백화점이나 쇼핑거리를 찾아내 쇼핑을 하기 바쁘고 아빠는 그런 엄마를 비웃으며 와이너리를 찾거나 해변에 앉아 여행지까지 들고 온 서류를 보거나 메일을 확인했다.

엄마가 집을 나가던 날 세영은 아빠에게 물었다. 왜 엄마와 결혼했느냐고.

답은 알고 있었다. 명절이면 만나는 할머니의 태도를 통해 느끼고 있었으니까. 그날만큼은 아빠도 솔직했다.

사법연수원이 끝날 즈음 아빠에게 들어온 수많은 후보 중 재력과 조건이 가장 좋았다고, 이기적인 계산으로 이루어진 결혼이었지만 불만은 없었다고 했다. 어차피 이전 세대들도 중매라는 방식으로 가정을 이루곤 했으니까.

누구의 잘못도 아니다. 삶의 방식일 뿐이다. 세영은 엄마 아빠의 그런 선택 덕분에 남부러울 것 없는 집에서 태어나 성장했다. 균열이 없을 때는 문제가 없어 보였다.

천문대 안으로 들어가니 가족 단위로 온 사람들이 많았다. 초등학생으로 보이는 아이들을 데리고 온 부모가 가장 많았고 친구끼리 온 중고등학생들이나 연인들도 있었다.

세영은 우진의 뒤를 따라 천체투영관으로 들어가며 생각이 많아졌다.

사람들이 자리에 앉자 이내 불이 꺼지고 돔형의 천장은 밤하늘로 변했다. 천천히 태양계를 벗어나 성운들을 향해 날아가다 보니 마치 의자가 움직이는 것 같은 느낌이 들어 3D 영화를 보는 것 같았다. 초등학생들이나 보는 유치한 체험일 거라고 생각했는데 이십여 분이 어떻게 지나갔는지 모르게 몰입해서 봤다. 불이 들어오고 나서야 옆자리의 우진이 없다는 것을 눈치챘을 정도다.

　세영은 견학 온 사람들에 섞여 투영관을 나와서 우진을 찾아 두리번거렸다. 하지만 그곳에도 그의 모습은 보이지 않았다. 문득 그는 딸과 함께 여러 곳의 천문대를 다녔다는 사실을 떠올렸다. 세영은 처음 봤지만 그는 몇 번이나 비슷한 영상들을 보고 또 봤을 것이다. 갑자기 혼자라고 생각하니 마음이 편했다. 잠깐이라도 혼자 생각을 정리할 시간이 필요했다. 세영은 사람들이 올라가고 있는 계단으로 향했다. 그곳은 천체관측을 위한 망원경이 있는 관측실로 건물 맨 위에 자리잡고 있었다.

　"망원경마다 따라가는 별자리가 다릅니다. 만지지 말고 눈으로만 관찰하세요."

　학예사의 설명을 들으며 아이들이 망원경 앞으로 몰려들었다. 세영은 굳이 망원경에 얼굴을 대고 관찰할 만큼 별에 대한 관심이 없어서 그저 관측하는 아이들을 쳐다보고 있었다.

초등학생을 데리고 온 부부들이 많이 눈에 띄었다. 세영은 고개를 돌려 하늘을 쳐다보았다.

이렇게 아무것도 없는 하늘을 올려다본 게 얼마 만일까? 콜로라도의 사막에서 본 하늘 이후 처음이다. 도시에 있으면서는 늘 바닥만 보고 다녔다. 처음엔 아무것도 볼 게 없는 것 같던 땅바닥도 자세히 보니 여러 가지가 있었다. 마치 밤하늘에 별들이 있는 것처럼 바닥에도 많은 것들이 있었다. 보도블록 사이 좁은 틈을 비집고 피어난 민들레나 시멘트 위에 새겨진 고양이 발자국. 맨홀 뚜껑의 문양들.

언제부터였는지는 기억나지 않는다. 어쩌면 아빠와 엄마의 시선을 피해 자연스럽게 바닥을 보게 되었던 것 같다. 따갑게 쳐다보는 시선이 없는 곳으로 자꾸 고개를 돌렸다. 핸드폰은 좋은 핑계가 되었지만 아빠 앞에서는 그것도 안 통했다.

초등학생 몇 명이 아빠의 손을 놓고 사람들 사이를 뛰어다니며 소란스럽게 굴었다. 하늘을 쳐다보던 세영은 아이들이 뛰는 모습을 보며 눈살을 찌푸렸다. 그러다 누군가 세영을 치고 가자 짧게 소리를 질렀다.

"야!"

세영은 자신도 모르게 소리를 질렀다. 초등학생은 사과할 생각도 없이 멀뚱멀뚱 세영을 돌아보더니 가족에게 가버렸다. 자기들끼리 낄낄거리며 뭐라고 이야기를 나누는 모습이 보였다. 어이가 없었다. 어서 이곳을 벗어나고 싶었다. 아이들의 웃음소리, 재잘거리며 떠드는 소리가 귀에 거슬려 점점 견디기가 어려웠다.

세영은 내려가는 계단으로 향했다. 이런 곳인 줄 알았으면 오지 않았어. 엄마 아빠에게 매달려 웃고 떠드는 아이들의 부산스러움을 견딜 수가 없었다.

'오자고 하는 게 아니었어.'

자신이 왜 그를 따라 여기까지 왔는지 이해가 되지 않았다. 어쩌면 아내의 유골을 차에 싣고 다니고 죽은 딸과 함께 하던 버킷 리스트를 주머니에 넣고 다니는 우진에게 연민을 느꼈는지 모른다. 하지만 세영은 자신을 잘 알고 있다. 처음 보는 사람에게 가지는 잠깐의 호기심일 뿐 그 이상도 이하도 아니다. 이제는 돌아가야 한다. 생각지도 않았던 일탈이 주던 잠깐의 신선함도 이제 불편하게 느껴지기 시작했다.

오늘밤 서울로 돌아가면 이 생경하고 돌발적이었던 여행은 이내 잊힐 것이다.

1층으로 내려오자 천체관측 사진들을 보고 있는 우진의 모습이 보였다. 세영은 얼른 곁으로 다가갔다.

"이제 그만 가요."

"아직 별은 안 봤는데?"

"……여기 있기 싫어요."

쉽게 따라나서줄 거라 생각했던 우진은 아무 말 없이 세영을 쳐다보기만 했다.

"나는 좀더 있어야겠는데. 여기까지 왔는데 딸과 하던 일을 그만둘 수는 없지."

또다시 소리를 지르고 싶은 충동이 일었다. 이곳에 오자고 한 자신에게 화가 났다.

딸의 사진을 차에 붙이고, 딸이 가지고 있던 묵주를 룸 미러에 매달고 있는 모습에 안쓰러움이 생긴 것은 사실이다. 함께 다니는 열 몇 시간 동안 자신을 챙기는 모습을 보며 그가 딸에게 어떻게 했을지 짐작이 갔다.

……그래서, 죽은 아이를 대신해 아저씨의 딸이 되고 싶었던 건가?

세영은 세차게 고개를 저었다. 아니, 내가 관심을 받고 싶은 사람은 이 사람이 아니다. 엄연히 내게는 아빠가 있다.

세영이 몸을 돌려 밖으로 나가려다 우진을 돌아보며 손을 내밀었다.

"차 키."

"……."

"주세요, 차 키. 차에서 기다릴게요."

가만히 세영을 쳐다보던 우진은 어쩔 수 없다는 듯 주머니에서 자동차 키를 꺼내 주었다.

세영은 그에게 차 키를 건네받고 천문대 건물을 빠져나왔다. 날이 어두워지면서 산으로 올라오는 차가운 바람이 얼굴을 때리기 시작했다. 얼굴까지 달아올랐던 열기가 가시자 마음이 조금 가라앉았다.

세영은 주차장으로 걸어가 자동차를 찾았다. 문을 열고 안으로 들어갔지만 밖과 다름없는 차가운 냉기가 느껴졌다. 열쇠를 끼우고 시동을 걸어 히터를 작동시켰다.

자동차에 혼자 남은 세영은 차 안을 찬찬히 둘러보았다.

처음에는 보이지 않았던 것들이 하나씩 눈에 들어왔다. 십년도 더 되어 보이는 낡은 차의 틈새에는 먼지가 쌓여 있다. 자동차에 붙어 있는 사진도 지저분하게 보였다. 세영은 자신도 모르게 가방에 있는 물티슈를 꺼내 손잡이와 주변을 닦기 시작했다. 또다시 버릇이 나오는 것 같아 불안해졌다. 차츰 신경이 날카로워지고 있다. 약을 끊을 만큼 감정 기복도 많이 줄었는데, 낯선 상황과 잃어버린 핸드폰 때문에 신경이 예민해진 모양이다.

세영은 심호흡을 하고 좌석에 머리를 대고 눈을 감았다. 어쩌면 가장 마음을 불안하게 만들고 있는 건 오늘밤으로 미뤄둔 일 때문이 아닐까 하는 생각을 했다.

엄마 집으로 가는 건 마음을 정했다. 여행을 간다고 했으니 벌써 돌아왔을 리 없다. 설령 집에 돌아왔다고 해도 엄마 때문에 벌어진 일이니 하루쯤 학원을 빼먹었다고 해도 뭐라고 하지 않을 것이다. 문제는 아빠다.

하루 동안 연락을 하지 않았다는 건 변명의 여지가 없다. 핸드폰을 잃어버렸다는 핑계를 댈 수 있지만 학원을 빼먹었다는 걸 알게 되면 어디 갔었는지 추궁이 시작될 것이다. 수긍할 만한 답을 얻지 못하면 추궁은 끝나지 않는다.

다시 지난밤 찾아온 윤기의 일이 생각났다. 갑자기 왜 찾아온 걸까? 끝없는 질문에 머리가 지끈거렸다. 목이 말랐다. 세영은 차 안을 두리번거렸지만 마실 만한 것은 보이지 않았다. 뭐가 있을까 싶어 콘솔 박스를 열었지만 그곳에도 물은 없었다.

콘솔 박스를 닫던 세영에게 낯익은 스티커가 보였다. 다시 뚜껑을 열어젖혔다. 장갑을 치우고 보니 자신의 핸드폰이다. 배터리가 빠져 있다. 자신도 모르게 손톱을 깨물며 이 상황을 이해해보려고 했다.

'이 사람이 왜 내 핸드폰을 숨긴 거지?'

세영은 서늘한 기운을 느끼며 얼른 핸드폰을 꺼내 배터리를 끼우고 전원을 켰다.

—당신 딸은 내가 데리고 있다.

문자메시지와 통화 내역을 보고 무슨 일이 벌어지고 있는지 짐작할 수 있었다.

손이 덜덜 떨렸다.

그의 목적이 무엇인지 모르지만 당장 그의 손아귀를 벗어나라고 머리에서 소리치고 있었다. 세영은 얼른 가방을 챙기고 자동차에서 내렸다. 주위를 두리번거리며 도와줄 사람을 찾았지만 아무도 보이지 않았다. 그렇다고 천문대 건물로 들어갈 수는 없었다.

세영은 얼른 가방을 메고 아래쪽으로 내려가며 핸드폰 버튼을 눌렀다. 신호 가는 소리가 너무도 길게 느껴졌다. 전화를 받았다. 하지만 아무 소리가 없다.

세영은 조심스럽게 입을 열었다.

"아빠?"

"세영아, 어떻게 된 거야? 괜찮아?"

기다렸다는 듯 다급하게 말을 쏟아내는 아빠의 목소리를 듣자 왈칵 눈물이 쏟아질 것 같았다. 목소리에 울음이 묻어났다.

"아빠, 어디야? 나 좀 데리러 와. 얼른."

"도망친 거야? 지금 어딘데?"

세영은 도로를 걸으며 주위를 두리번거렸다. 날은 완전히 저물어 산에서 내려가는 길은 어둡기만 했다.

"몰라, 아니, 여기 무슨 천문대야. 별 뭐라고 했는데……
영월에 있는 천문대."

"알았어. 그놈은?"

"몰라, 안에 있을 거야. 아빠, 무서워. 이 사람 누구야? 나한테 왜……."

세영의 등뒤로 날카로운 파열음과 함께 헤드라이트 빛이 덮쳐왔다. 세영은 비명을 지르며 두 눈을 찔끈 감고 그 자리에 주저앉았다. 어느새 뒤따라온 우진이 자동차를 세우고 얼어붙은 세영의 손에서 핸드폰을 빼앗았다.

"세영아, 세영아! 무슨 일이야!"

핸드폰에서는 재혁의 다급한 소리가 들렸다.

"이재혁, 딸을 만나고 싶나?"

"너…… 잡으면 죽여버릴 거야. 그 아이 손끝 하나라도 다치게 하면……."

"이제 알았어."

"뭐?"

"당신이 힌트를 줬어."

"무슨 소리야 그게?"

"아까 나는 통화에서 이렇게 말했지. '우리 딸은 아무 상관 없어.' 이상하게 그 말이 목구멍에서 안 넘어가더라고."

"……."

"이제 당신은 필요 없어. 질문은 이 아이에게 하면 되니까."

우진은 전화를 끊고 핸드폰을 던져버렸다. 우진이 다가오는 것을 본 세영은 몸을 일으켜 주춤주춤 뒤로 물러났다.

"나, 나한테 왜 그래요?"

"내 딸이 어떻게 죽었느냐고 물었지?"

천천히 다가오는 우진의 목소리는 낮게 가라앉아 있었다.
세영은 그의 입에서 무슨 말이 나올지 두려웠다.

"그 아인…… 살해당했어."

"……!"

갑자기 숨이 턱 막혔다. 세영은 자기도 모르게 고개를 가로
저었다.

"겨울의 별자리를 좋아하고, 고양이 모양의 도자기 인형을
모으고…… 넬의 음악을 듣고 아직도 엄마가 주는 우유를 마
시던 중3 아이가…… 또래 아이들에게 붙잡혀 숲으로 끌려갔
지. 죽는다는 건 생각도 못 해봤을 텐데, 갑자기 끌려가…….
그게 어떤 기분일지 상상이나 가니?"

"……"

세영은 그의 눈을 바라보면서도 힐끔힐끔 주위를 살폈다.
등뒤로 까마득한 어둠이 있다는 걸 알고 있었지만 살길은 저
기밖에 없었다. 그의 입에서 나오는 한마디 한마디가 세영의
심장을 쿡쿡 건드렸다. 예감이 좋지 않다.

"아무도 없는 숲에서 영문도 모른 채 죽임을 당한 아이를
생각하면 지금도 심장이 쪼개지는 것처럼 아파. 얼마나 무서

웠을까, 얼마나 고통스러웠을까? 손발이 얼면서 죽어간 아이의 얼굴을 보면서 생각했어. 왜, 왜 내 아이가 이렇게 죽어야하지?"

"……."

귀를 막아버리고 싶었다. 이런 이야기를 듣고 싶어 그를 따라온 것이 아니다. 비명이라도 지르지 않으면 견딜 수 없을 것 같았다. 우진의 목소리는 점점 커졌다.

"하루아침에 아이를 잃는다는 게 어떤 일인지 알아? 태어나는 순간부터 한순간도 눈에서 떠나지 않던 아이가 사라진 그 기분이 어떤지 알아? 더이상 아이가 커가는 모습을 보지 못한다는 게, 아침마다 지옥에서 깨어나는 기분이 어떤지 아냐고!"

주먹을 얼마나 꼭 쥐고 있는지 손톱이 살갗을 파고드는 게 느껴질 정도였다. 하지만 세영은 숨도 크게 내쉬지 못하고 뒷걸음을 쳤다.

"넌 날 만난 게 우연이라고 생각할지 모르지만, 난 그곳에 우연히 간 게 아니야."

"……!"

세영은 우진의 말에 놀라 자신도 모르게 걸음을 멈추었다. 헤드라이트 불빛을 등에 진 우진의 얼굴이 제대로 보이지 않았다. 빛이 오히려 그의 얼굴을 감추었다. 그가 너무 낯설게 느껴졌다. 처음으로 그의 얼굴이 무섭게 보였다.

"내 딸을 죽인 놈을 미행하고 있었지. 골목에서 기다리다 어디론가 달려가는 걸 보고 뒤를 따라갔는데 네가 내 차 앞으로 튀어나왔어."

와들와들 손이 떨려왔다. 세영은 애써 떨리는 손을 부여잡고 침착하려고 애썼다.

우진이 멈췄던 걸음을 다시 천천히 한 발 한 발 세영을 향해 내디뎠다. 어둠 속에서도 그의 반짝이는 눈은 볼 수 있었다. 세영은 그 시선에 잡혀 눈을 돌릴 수가 없었다.

"조윤기. 너도 아는 이름이지?"

세영은 더이상 긴장감을 견디지 못하고 몸을 틀어 아래로 내달렸다. 등뒤에 따라붙는 발소리를 뿌리치기 위해 미친듯이 달리기 시작했다.

반짝이던 별이 사라지고 밤하늘에 둥근 달이 떴다. 달빛 덕분에 희미하게나마 도로가 보였다. 세영은 속도를 내기 시작했다.

"조윤기가 왜 널 찾아갔지?"

'……몰라, 난 몰라.'

"조윤기! 김승찬! 나재강! 그놈들이 왜 너에게 연락을 한 거지?"

"몰라요!"

"아니, 넌 알고 있어. 이제 나도 알고 있고. 고작 열여섯 살밖에 안 된 아이가 왜? 왜 숲에서 죽어야 했냐고? 말해봐, 말해보라고!!"

세영은 우진의 고함에 귀를 막고 싶었지만 그럴 수가 없었다. 그의 목소리를 듣지 않으려면 달리는 수밖에 없었다.

차가운 공기를 가르고 어둠 속을 내달렸다. 경사가 진 도로는 달음박질치는 세영의 몸을 앞으로 기울게 만들었다. 구불구불한 도로는 속도를 올리지도 못하게 하지만 경사 때문에 위험해 보였다. 조금만 잘못하면 아스팔트에 몸이 갈릴 판이었다.

"왜, 왜 수정일 죽인 거야? 왜!"

등뒤에서 쫓아오는 우진의 기척이 조금씩 가까워진다는 생각이 들자 마음이 조급해졌다. 금방이라도 머리채를 잡힐 것 같아 서늘해졌다.

결국 세영은 도로를 벗어나 숲으로 들어갔다. 길도 없는 숲은 무섭도록 적막했다. 나무들 곁을 지나갈 때마다 마른 나뭇가지가 부러졌다. 어딘지 모를 낯선 곳의 숲은 어둡고 무서웠다. 하지만 뒤에서 그림자처럼 쫓아오는 우진의 모습이 더 두려웠다.

메마른 잡초와 낙엽이 쌓인 땅은 미끄러웠다. 세영은 걸음을 내디딜 때마다 미끄러지거나 비틀거렸지만 그래도 앞으로 나아가는 것을 주저하지 않았다. 그에게 잡힐 수는 없다. 오로지 그 생각뿐이었다.

한순간 귀를 때리는 바람이 숲을 훑고 지나더니 거짓말처럼 조용해졌다.

세영은 조심스럽게 걸음을 멈추고 어둠 속에 귀를 기울였다. 낙엽이 바스락거리던 소리, 나뭇가지가 사부작사부작 서로 부딪히던 소리, 바람에 흔들리던 숲의 소리가 모두 멈춘 듯했다. 오로지 거친 자신의 숨소리만 들려오자 내쉬는 숨소리도 죽였다.

'어디로 간 거지?'

바로 뒤까지 쫓아오던 발소리는 어디로 간 것일까? 먹구름이 밀려오는 하늘로 숲은 완전히 암흑이었다. 잠시 고요하던 숲은 바람이 불면서 다시 웅성거리기 시작했다. 멀리서부터 성난 파도처럼 휘몰아치며 세영에게 달려들었다. 사방에서 세영을 향해 손가락질을 해대며 나뭇가지들이 날아들었다. 바람 사이로 누군가 유령처럼 다가오더니 세영의 귓가에 속삭였다.

"……그 아이, 왜 죽였니?"

다시 달리기 시작했다. 나뭇가지가 얼굴을 할퀴고 엉킨 풀들이 발목을 잡아도 세영은 멈추지 않고 달리고 달렸다. 그러다 갑자기 내디딘 발이 훅, 그대로 허공을 짚었다. 몸이 휘청

하며 앞으로 떨어졌다. 세영은 비명도 못 지르고 그대로 굴러 떨어졌다.

구르는 동안 부러진 나뭇가지가 세영의 몸을 찔러댔다. 낙엽들이 얼굴을 덮쳤다. 숨이 막혔다. 버티고 선 나무들이 세영의 몸을 때렸다. 두 손으로 머리를 감싸고 몸을 움츠렸지만 숲은 잔혹하게 회초리를 휘둘렀다.

몸은 튀어나온 바위에 부딪히고 난 뒤에야 멈추었다. 등이 아파왔다. 몸을 움직일 수 없었다. 팔을 움직여 손에 잡히는 대로 힘을 주는 순간 나뭇가지가 부러지며 세영의 몸이 아래로 떨어졌다.

세영은 어둠 속으로 빨려 들어가는 느낌을 받았다.

천체투영관에서 본 블랙홀이 발아래 있는 것 같았다. 몸보다 의식이 먼저 그 안으로 빨려들어, 감각이 사라졌다. 이대로 죽는 걸까?

세상에서 사라지는 느낌이었다.

악惡은 사람들을 모이게 한다.

**아리스토텔레스**

# 21

고속도로 요금소를 들어서면서 간간이 날리던 눈발은 이천을 지나자 커다란 눈송이로 변했다. 와이퍼가 부지런히 유리창을 닦아댔지만 이내 눈송이가 달라붙었다. 차들의 속도는 더욱 느려졌다.

'어디서부터 잘못된 것일까?'

자동차의 붉은 후미등이 길게 밀리는 모습을 바라보면서 재혁은 삼 년 전 그날을 떠올렸다.

세영의 겨울방학이 시작되고 모처럼 짬을 낼 수 있었다. 크리스마스까지 사흘의 시간을 비워 가족 모두 용평에 있는 처가의 별장을 찾았다. 세영이 고등학생이 되면 가족끼리 여행

을 할 시간도 없다며 투덜거리는 아내의 잔소리가 만든 여행
이었다.

짐을 내려놓자마자 아내는 세영을 데리고 스키장으로 떠나
고 스키에 취미가 없는 재혁은 곧바로 침대로 기어들었다. 오
랜 피로가 밀려들어 밤이 되는 줄도 모르고 늘어지게 잤다.
중간에 얼핏 잠에서 깨기도 했지만 피곤한 몸은 밥보다 잠을
원했다. 저녁에 들어왔던 아내가 다시 나가는 소리가 들려도
일어나지 않았다. 그 뒤로는 누가 들어오는지 나가는지도 모
르고 깊은 숙면에 빠져들었다.

늘어지게 자고 일어나니 아침, 계산해보니 스무 시간 가까
이 잤다. 아무 방해도 받지 않고 숙면을 취한 덕분에 피로가
풀린 것은 물론이고 머리까지 상쾌했다.

세영은 자기 방에서 자고 있었고, 아내는 스키장에 있는
사우나에 다녀온다는 메모를 남기고 사라져 보이지 않는다.
허기가 져서 뭐라도 먹어야겠다는 생각이 비로소 들었다. 냉
장고를 뒤지며 장을 봐 온 것을 살펴보고 있는데 핸드폰이
울렸다.

낯선 번호였지만 별로 신경쓰지 않았다. 이런 시간이라면
아직 업무나 홍보 전화가 울릴 시간은 아니다.

"여보세요."

"이재혁 검사님?"

"네, 누구시죠?"

"저 재강이 아버지 되는 나건형입니다. 세성학원 이사장."

"네? 아, 안녕하십니까?"

세성학원? 하다가 얼핏 아내가 했던 말이 생각났다.

중학교 들어가면서부터 최 선생 공부방에서 함께 과외를 하는 아이들 집안이 대단하다고 몇 번이나 이야기를 했었다. 무슨 병원 원장에, 학원 이사장, 또 누구라고 했던가. 얼떨결에 인사는 했지만 이런 시간에 웬일인가 싶었다. 더구나 이름은 들어봤지만 서로 만난 적도 없고 전화 통화도 나눈 적이 없다.

"지금 용평으로 가는 중인데 어디로 가면 될까요?"

"네?"

"따님에게 지난밤에 있었던 얘기 아직 못 들으셨습니까?"

"무슨 얘기…… 말입니까?"

재강의 아버지라는 사람과 통화를 하면서 고개를 돌리자 꺼져버린 벽난로 앞에 세영이 서 있었다. 세영의 표정을 본 순간 재혁은 자신이 세상모르게 자고 있는 사이 불쾌한 일이 벌어졌다는 것을 직감했다.

"……잠깐, 아이와 얘기하고 전화 드리겠습니다."

전화를 끊은 재혁은 냉장고에서 꺼낸 우유를 두 개의 컵에 따랐다.

"이리 와 앉아."

재혁의 말에 세영은 발소리도 내지 않고 다가와 앉았다. 재혁은 말없이 세영의 앞에 컵 하나를 밀어주고 다른 컵에 따른 우유를 단숨에 마셨다. 세영은 생각이 없는 듯 컵에는 손도 대지 않았다.

"왜 이 시간에 재강이 아버지라는 사람이 내게 전화를 한 거지?"

"······."

"무슨 일이야?"

"······."

세영은 고개를 숙이고 아무 말도 하지 않았다. 입을 열 생각이 없어 보였다. 재혁은 한숨을 내쉬고 고개를 흔들었다.

초등학교 고학년이 되면서 사춘기를 겪기 시작하더니 중학생이 된 뒤부터는 누구와도 제대로 말을 나누지 않았다. 묻는 말에 겨우 몇 마디 대답을 할 뿐 자기 방에 틀어박혀 공부를 하거나 헤드폰을 끼고 게임에 열중했다.

일에 치여서 세영의 얼굴을 찬찬히 본 게 언제인가 싶을 정도다 보니 친구가 누군지, 뭘 하며 어떻게 어울리는지도 모른다. 아내가 이따금 하는 이야기도 머릿속에 남아 있지 않아, 재강의 아버지라는 사람에게 걸려 온 전화는 당혹스럽기만 했다.

"재강이 아버지가 지금 오고 있다는데, 무슨 일이냐고!"

목소리가 높아졌지만 세영은 끝내 입을 열지 않았다. 세영의 표정에서 심상치 않은 일이 벌어졌다는 것만 짐작했을 뿐이다.

아내와 연락이 되지 않아 결국 용평 시내에 있는 토속 식당에는 재혁과 세영만 참석했다. 밀실로 안내받아 들어가보니 재강의 아버지뿐 아니라 다른 아이들의 부모까지 와 있었다. 그제야 재혁은 자신의 생각 이상의 일이 벌어졌다는 것을 깨달았다.

재혁이 아무것도 모른 채 왔다는 것을 알게 된 나건형은 짧게 혀를 차더니 입을 열었다.

"저도 아침에야 얘기를 듣긴 했습니다만, 우리 모두 한마음으로 대응을 해야 하는 문제일 것 같아서 이렇게 서둘러 모이자고 한 겁니다."

"아이들이…… 놀라지 마세요, 사고가 있었어요."

옆에 있던 승찬의 엄마라는 사람이 불쑥 끼어들어 말을 이었다.

"사고요?"

갑자기 무슨 소린가 싶어 방안에 앉아 있는 사람들을 쭉 둘러보았다. 아이들은 시선을 피하고 부모들은 다들 굳은 얼굴로 재혁을 주시했다. 다시 나건형이 입을 열었다.

"이 녀석들이 누구를 여기까지 데려왔는데 세영이랑 만나서 이야기를 하다가 데려온 아이가 죽은 모양입니다."

"죽어요?"

"얘들이 그런 거 아니에요. 세영이가 죽였……."

재혁의 물음에 또 승찬의 엄마가 툭 끼어들다가 윤기 엄마가 옆구리를 찌르자 얼른 입을 다물었다. 나건형이 다시 한번 곁눈질로 눈치를 주자 승찬 엄마는 입을 다물고 뒤로 물러나 앉았다.

재혁은 방금 들은 이야기가 얼른 머릿속으로 들어오지 않았다.

개운하게 자고 일어나 한없이 맑은 머리였지만 충격 때문인지 조금도 이해가 가질 않았다. 고개를 돌려 옆에 앉은 딸의 얼굴을 쳐다보았다. 그래서 조개마냥 입을 다물고 있었구나 싶었다.

"이세영, 네 입으로 말해봐. 무슨 일이 있었는지."

"……."

"네가 입을 열어야 무슨 일인지 알 거 아니야? 이게 다 무슨 소리냐고?"

"나가기 싫었단 말이야. 그런데 쟤들이 나오라고, 그 망할 기집애는 왜 여기까지 데려온 거야!"

재혁의 언성에도 지지 않고 목소리를 높였다. 조용히 있던 아이가 맞나 싶게 세영은 짜증 섞인 목소리로 말을 쏟아냈다. 앞에 얌전히 앉아 있던 아이들도 술렁거렸다.

"야, 이제 와서……. 중간에 전화했을 때 니가 뭐라고 했어? 심심했는데 잘됐다며?"

승찬이 세영에게 따지듯 말했다.

이번에는 재강이 승찬을 막아섰다. 부모와 자식은 닮은꼴이라더니, 한쪽은 끼어들고 한쪽은 제지를 하며 분위기를 잡는 꼴이 부모와 꼭 닮았다.

결국 중구난방으로 소란스러워지는 것을 막으려는지 나건형이 나서서 교통정리를 했다.

"자, 자. 지금 그런 거 따져봐야 아무 소용없고, 도움도 안 됩니다. 안 그래요?"

"……."

"제가 우리 아이한테 들은 대로 이야기를 하겠습니다."

그제야 다들 입을 닫고 재강의 아버지가 경위를 말하는 동안 묵묵히 서로의 시선을 피해 물을 마시거나 십자가 목걸이를 붙들고 하나님 아버지를 찾았다.

"참, 재수가 없었다고밖에 말할 수가 없군요. 이렇게 커질 일이 아니었는데……. 얘들이 늘 붙어다니는 사이라는 건 아실 겁니다. 우리 아들 놈이랑 승찬이, 윤기, 그리고 세영이까지. 공부도 잘하고 지금까지 말썽 한번 없었던 아이들입니다.

세영이가 여기 용평으로 스키 타러 간다는 소리를 듣고 세 놈도 뒤늦게 따라나선 모양입니다. 여기서부터 잘못됐죠. 면허도 없는 놈들끼리 차를 가지고 나온 겁니다. 윤기네 주유소에서…… 윤기네가 주유소 하는 건 알고 계시죠?"

들어본 적도 없지만 재혁은 고개를 끄덕이고는 이야기를 재촉했다.

"윤기네에서 기름을 넣고 가려다가 하필이면 어떤 애를 마주치게 된 겁니다. 그 애가 누구냐 하면……." 나건형의 시선이 슬쩍 세영을 향했다.

세영은 시선을 피해 아예 반쯤 돌아앉아 손톱을 깨물고 있었다. 잘못한 일이 있거나 상황이 불리해지면 나오는 버릇이다.

"세영이와 몇 번 다툰 적이 있는 아이였는데, 이놈들이 그 애를 차에 태우고 여기까지 온 겁니다. 그리고 별장 근처 숲에서 세영이와 만났는데 그때 세영이와 그 아이가 옥신각신하면서 실랑이가 벌어진 거죠. 그러다 세영이가 밀쳤는데, 그만…… 아이가 넘어져서 죽은 모양이고요."

그때 세영이 손톱을 깨무는 것을 멈추더니 재강에게 시선을 돌렸다. 재강은 슬쩍 눈짓으로 잠자코 있으라는 신호를 보냈지만 옆에 앉은 재혁을 포함해 누구도 눈치채지 못했다.

"그 아이는 지금 어디 있습니까?"

"숲에, 경찰이 현장에 갔습니다."

재혁은 두 손으로 머리를 감싸고 생각에 잠겼다. 머릿속에 빠르게 '과실치사, 납치, 무면허' 같은 단어들이 떠올랐다. 무엇보다 과실치사에 얽힌 게 자신의 딸이라는 사실이 믿어지지 않았다.

"자, 이제부터 잘 들으셔야 합니다."

나건형은 은밀한 이야기를 하려는 듯 목소리를 낮추고 머리를 숙여 재혁에게 가까이 다가왔다. 그제야 재혁은 그가 왜 이렇게 모두 불러모았는지 알게 되었다.

"이 애들은 모두 앞날이 창창한 애들이에요. 학교에서는 모범생이고 전국 석차를 따지는 애들입니다. 우리 재강이는 상위 0.5%에 들어요. 이 일 때문에 아이들 미래가 무너지면 안 됩니다."

"……."

"재수없게 일이 꼬여서, 아이들이 집으로 돌아가다 교통사고를 내는 바람에 경찰에게 잡혔지 뭡니까? 시체도 일찍 발견되고 말이에요."

그의 표정은 정말로 재수가 없어서 이런 일을 겪게 되었다는 투였다. 무테안경 너머로 번뜩이는 눈빛은 계산에 빠른 그의 성격을 고스란히 보여주었다.

"그나마 다행인 건 말입니다. 세영인 별장에 내려주고 돌아가던 길이라 이 아이들 셋만 경찰에게 잡혔어요. 그러니까 경찰은 세영이 이 일에 연루된 사실을 전혀 모른다는 겁니다. 우리만 입 닫으면 세영이는 아무 일 없습니다."

"······!"

"어쩌시겠습니까? 세영이 아버님, 아니 이재혁 검사님. 세영이도 살리고 우리 아이들도 살릴 수 있는 길을 만들어보시겠습니까?"

악마의 유혹이었다.

검사로서는 뿌리쳐야 한다는 것을 알지만, 아버지로서는 덥석 손을 잡고 싶은 유혹이었다. 나건형이 서둘러 재혁을 부르고 전후 사정을 설명하겠다고 나선 것도 이런 의도가 있었던 것이다. 결국 세영에 대해 입을 닫는 대신 재혁이 나서서, 아이들이 최대한 가벼운 처벌을 받을 수 있도록 힘을 써달라는 얘기였다.

다른 세 아이는 어차피 경찰에 얼굴도 알려졌고 사건 현장에 있었던 상황이니 꼼짝없이 재판을 받아야 하는 상황, 세영을 끌어들여봐야 좋을 게 없다. 차라리 위험을 감수하더라도 최대한 재혁의 힘을 빌려 처벌을 피하는 게 최선이다.

재혁은 방안에 앉아 있는 아이와 부모의 얼굴을 쳐다보다가 세영을 돌아보았다. 세영은 불안한지 또다시 손톱을 깨물며 잔뜩 움츠리고 있었다. 세영이 빼고 모두들 기대에 찬 눈으로 재혁을 바라보면서 그의 입이 열리기만을 기다리고 있었다.

여기서 가장 큰 죄를 지은 것은 세영이다. 제대로 재판을 받는다면 다른 아이들은 오히려 가벼운 처벌을 받을 수도 있다. 세영의 죄를 기꺼이 덮어쓰는 대신 뒷일을 재혁에게 맡긴다는 것은 보통 각오 없이는 어려운 일이다.

결국 재혁은 제안을 받아들였다.

그는 자신이 할 수 있는 모든 방법을 찾아보는 동시에 부모들에게도 대처 방법을 알려주었다. 소년법정으로 송치시키는 것은 자신의 일이지만 그 뒤는 아이들과 부모가 어떻게 하느냐에 달렸다는 것을 강조했다.

피해자 가족과 합의를 보는 일부터 서두르고, 소년법정에 가게 되면 아이들이 얼마나 모범생이었는지를 부각시키는 일, 매일 반성문을 써서 제출하는 일, 부모들이 재판정에 나가 판사 앞에서 무릎을 꿇고 아이들도 최대한 자신의 죄를 뉘우치고 반성하고 있다는 모습을 보여주는 일이 중요하다고 알려주었다.

마지막으로 재혁은 아이들에게 한 가지 조건을 내세웠다.

"우리 세영이와 다시는 만나지 않았으면 한다."

그 말과 함께 재혁은 세영의 손목을 잡고 그곳을 나왔다.

그때 죽은 아이에 대해서는 아무도 입을 열지 않았다. 그곳에 모인 사람들 모두 어떻게 해야 아이도 살고 자신도 살지 그 궁리밖에 없었다. 이제 와 그 생각을 하자니 재혁은 소름이 돋았다. 충격으로 정신이 없었다고 하지만 생각해보면 지독히 이기적인 서로의 민낯을 공유한 것이다.

그날의 선택이 이런 결과를 가져왔다.

다른 선택을 했다면 어떻게 되었을까? 세영일 지키겠다고 한 일이었지만 그게 정말 세영을 지킨 일이었는지는 확신할 수 없다.

경환이 윤기의 살인 사건 현장에서 발견한 핸드폰을 빼돌려 자신에게 건네주기 전만 해도 그는 자신의 선택이 옳았다고 생각하며 살았다. 하지만 윤기의 핸드폰 속에 든 세영의 사진을 보는 순간 모든 것이 무너져 내렸다.

침대 위에 발가벗겨진 채 겁에 질려 웅크리고 있는 세영의 사진. 그 사진에는 세영의 뒤로 보이는 유리창에 핸드폰으로 사진을 찍고 있는 재강의 모습이 얼비쳤다. 그 한 장의 사진으로 모든 상황을 가늠할 수 있었다.

머리가 하얗게 비워져 놈의 오피스텔을 찾아갔지만 예상치 못한 놈의 태도에 할말을 잃었다. 재강이 그 일을 약점 잡아 자신이 모르는 곳에서 세영을 괴롭히리라고는 상상도 못했다.

몇 번의 주먹질은 화풀이도 되지 못한다. 정작 주먹을 날리고 싶은 상대는 자기 자신이었다. 삼 년 전 그날 이후 세영이와 다시는 그 일에 대해 이야기하지 않았다. 자신이 벌인 일이 얼마나 큰일인지 깨닫고 정신을 차리길 바랐다. 하나의 비밀이 새로운 비밀을 만들고 그 비밀이 거미줄처럼 세영을 옭아매고 있는 동안 자신은 무엇을 했던가? 그 일에 대해 더 자세히 묻지 않은 건 알고 싶지 않은 또 다른 비밀을 보게 될 두려움 때문이었을 것이다.

이것이 전부일까? 내가 모르는 무엇이 더 있지 않을까 하는 생각에 그는 사건에 대한 것을 꽁꽁 묶어 어둠 속으로 봉인해버렸다. 하지만 비밀의 무게는 말하지 않아도 점점 커져가서 더이상 검사 생활을 하기가 어려웠다. 마침 로펌에 있는 동기의 제의를 받자 책상 서랍에서 써둔 사직서를 꺼냈다. 그게 최소한의 양심이라고 생각했다.

최소한의 양심이라니, 쓴웃음이 나왔다. 그런 것은 잊고 산 지 오래였다. 속마음을 말하자면 세영의 일을 듣는 순간 딸의 미래뿐 아니라 자신의 미래에 미칠 영향까지도 떠올랐었다.

최수정의 사건을 처리하면서 가정법원의 동기에게도 도움을 받았다. 그 순간 깨달았다. 자신에게 약점이 생겼다는 것을. 약점이라니 자존심이 허락하지 않는다. 발목이 붙잡혔다는 것을 느끼자 재혁은 사시를 볼 때부터 품어왔던 자신의 오래된 야심을 접었다.

점점 굵어지던 눈송이는 이제 시야를 가릴 정도로 쏟아져 내렸다. 세영을 찾으러 가는 재혁의 복잡한 마음만큼이나 하늘이 무너져 내리고 있었다.


# 22


정신을 차려보니 어둠 속이었다.

갑갑한 몸을 움직이려다가 세영은 비로소 자신이 결박당했다는 것을 깨달았다. 아니, 결박이 아니다. 자동차 트렁크 안이다. 느리지만 분명히 자동차가 달리고 있다.

차가운 공기로 머리가 깨질 듯 아팠다. 온몸이 으슬으슬 떨렸다. 추운 날씨 때문도 있지만 좁고 어두운 곳에 갇혀 있다는 것에 대한 공포가 몸의 온기도 앗아가버렸다.

왜 하필이면 그의 자동차에 올라탄 것일까? 평소 자신의 성격이라면 절대 하지 않을 행동이다. 그런데 왜 그 순간 경계심도 풀어버리고 그를 따라 길을 떠난 것일까? 세영은 바로 어제의 일을 곱씹으며 몇 번이나 자신의 선택을 생각해보았다.

갑자기 나타난 윤기 때문에 평정심을 잃었다. 하지만 그것 때문은 아니다.

우진의 차분하고 낮은 목소리 때문이었다. 자동차 룸 미러에 매달려 있던 묵주, 글러브 박스에 붙여놓은 사진 때문이었다. 그 아이가 잡아끈 거다. 최수정.

이런 악연이 될 거라고는 생각도 못 했다.

왜 한 번으로 끝나지 않았을까? 아니, 왜 무시하고 돌아서지 않았을까? 어차피 사는 세계가 다르다. 기껏해야 교차점 한두 개가 전부인 잠시 스치는 관계였다. 피하고자 마음먹었으면 얼마든지 피할 수 있는 관계다. 하지만 그 몇 개의 교차점이 늘어가면서 수정과의 만남은 악연으로 변했다.

맨 처음 만남은 어디였더라? 그래, 최 선생 공부방이 있던 빌딩의 패스트푸드점이었지.


그날은 기분이 좋지 않았어.

모의고사 점수가 발표되고 최 선생의 잔소리가 있었지만 그건 아무래도 상관없었어. 정말 짜증이 났던 건 고작 점수 때문에 초조해하고 호들갑을 떠는 우리 모습이었어. 최 선생은 자신의 존재 가치를 그걸로 인정받아야 하니까 그렇다 쳐도 성적 하나에 모든 걸 걸고 있는 우리는 뭔가 싶었어. 겨우 일이 점 떨어진 걸 가지고 지구가 끝장나기라도 한 것처럼 난리를 쳐대지.

누구네 집이든 마찬가지야. 원하는 만큼 성적만 올리면 다른 것은 신경도 안 쓰지. 무슨 짓을 하든 상관하지 않아. 부모가 우리에게 원하는 건 한 가지야. 공부 기계. 남들 앞에 내세울 정도의 훈장이 되길 바라지. 우리도 그걸 눈치채고 적당히 밀당을 하면서 원하는 걸 얻어내곤 하지.

이 모든 게 결국 자신의 미래를 위한 일이라는 걸 알기에 온갖 스트레스를 참아내지만, 임계점에 달하면 폭발해버리거든. 그날은 아침부터 한계가 가까워졌다는 것을 느끼고 있었어. 최 선생의 스터디 룸에서 나오면서 신경줄이 어딘가에서 끊어진 걸 느꼈지. 안에서 용암처럼 끓고 있는 분노가 밖으로 삐져나올 틈만 찾고 있었어.

승강기를 타고 내려오면서 윤기와 재강, 승찬의 시시껄렁한 농담에 기분은 더 더러워졌어. 생각도 없고 눈치도 없는 남자애들. 말도 섞고 싶지 않아 승강기 문이 열리자 얼른 밖으로 내렸어.

1층 패스트푸드점의 유니폼을 입은 여자애가 화장실에서 나오고 있었어. 뭐가 급한지 사람이 나오는 것도 못 보고 매장으로 걸어가다가 나와 부딪혔지. 그 바람에 손에 들고 있던 핸드폰이 떨어졌어.

"어머, 미안, 괜찮아?"

뭐지? 손에 든 핸드폰도 떨어뜨렸는데 괜찮다는 말이 나와? 어이가 없어서 쳐다보는데 금방 화장실에서 나왔으면서 그 손으로 내 치마를 털어주더니 그대로 매장으로 들어가버리네? 축축한 손으로 어딜 만져. 짜증으로 인상은 구겨질 대로 구겨지고 입에서는 욕이 절로 나왔지.

그래, 그때 틈이 벌어진 거야. 그 틈 사이로 참았던 감정들이 튀어나오기 시작했지.

애들이 내 표정을 읽고는 기분을 풀어주겠다고 해서 매장 안으로 들어갔어.

나와 부딪혀놓고 변변한 사과도 안 하고 가버린 애는 주문대에 서서 생글거리며 손님들을 상대하고 있었어. 웃어? 지금 웃음이 나와?

자리를 잡고 앉아서 메뉴를 정했고 윤기가 일어났어.

그런 건 윤기가 전문이지. 윤기는 주문대로 가서 우리가 먹을 햄버거와 음료를 주문했어.

"햄버거의 패티는 너무 익히지 말고, 소스는 바비큐와 머스터드 섞어서, 거기에 양상추 대신 토마토와 양파를 듬뿍, 음료는 얼음 세 개씩만 넣고."

겨우 햄버거 하나 주문하는데도 멍하니 눈만 깜빡이며 쳐다보는 걸 보니 한심하더군. 그 정도 순발력도 없으면서 어떻게 알바를 하지? 결국 주문하는 줄이 길어지고 뒤에 있던 사람들까지 짜증을 내기 시작했어. 진짜 민폐가 따로 없지.

기다리는 시간이 길어져서 결국 주문대로 갔어.

"도대체 뭐 때문에 이렇게 늦어지는 건데? 고작 네 명 먹는 햄버거를 만드는 데 이렇게 버벅거리면서 뭐가 패스트푸드야?"

뒤늦게 메뉴를 쟁반에 놓아주면서 미안하다는 말 한마디 없어. 짜증나서 취소하겠다고 그 아이 앞으로 쟁반을 던졌지. 쟁반을 받으려고 머뭇거리는 그 아이에게 음료가 그대로 쏟아졌지. 짜증나 정말, 손에 다 튀었잖아. 손님 손에 음료를 흘려놓고 자신 옷에 묻은 음료를 닦기 바쁘네? 처음부터 인상이 안 좋더라니.

다른 직원들이 와서 괜찮으냐며 연신 고개를 숙여 사과하는데 그 아인 한마디도 하지 않았어. 그냥 넘어가려고 했는데 안 되겠다 싶어서 그 아이에게 핸드폰을 꺼내 보여줬지.

"이거 보여? 이렇게 상처를 내고 사과 한마디 없이 그냥 가?"

대꾸도 못 하고 또 멍하니 쳐다보기만 해. 내가 없어 보이는 애한테 돈을 받으려고 하는 거겠어? 그냥 사과를 하란 거였어. 그거면 끝날 일이었다구.

뭐야, 그 얼굴은? 마치 억울한 일을 당했다는 표정. 기가 막혀서 한마디하려는데 재강이 그 아이 얼굴에 따귀를 날리고 점장 나오라고 소리를 쳤지. 이제야 조금 기분이 풀리네.

그걸로 끝이었으면 참 좋았을 텐데. 다시 만나는 일이 없었으면 너 같은 아이는 기억에도 없었을 거라고.

세영은 차츰 숨을 쉬기가 힘들어졌다. 호흡이 가빠지고 식은땀이 흘렀다. 두 손을 모으고 잔뜩 웅크렸지만 추위는 가시지 않았다. 이렇게 자동차 트렁크에 갇혀 끌려가다니 말이 안 된다. 도대체 이 남자는 나를 어디로 데려가려는 거지? 눌린 팔이 저려와서 몸을 조금 움직여보려고 비틀었지만 발도 제대로 움직일 수가 없었다.

세영은 참지 못하고 소리를 질러댔다. 누가 좀, 제발 나 좀 구해줘. 이 미친놈한테서 나 좀 구해줘. 돌았어. 딸 때문에 돌았다구. 뭐 별을 좋아하고, 고양이 모양 도자기가 어째? 당신도 우리 아빠만큼이나 자기 딸을 몰라. 웃기지 말라 그래.

첫 만남 뒤로 다시는 그 매장에 얼굴을 안 보이기에 잊고 있었는데 일주일 뒤에 윤기네 주유소에서 다시 만났다. 뭐라고 했더라?

승찬이 차를 가지고 와서 야간 드라이브를 나가기로 했던 날인가? 아쉬운 대로 덕소에 있는 윤기네 별장에 가기로 했어. 차에 기름을 넣는 동안 갑갑해서 차 밖으로 나와 담배를 피우고 있는데 지나가던 여자가 가던 길을 돌려 다가왔어.

"담배 끄지?"

누가 이렇게 오지랖이 넓은 거야, 하고 쳐다보니 그 기집애인 거야.

짜증이 나서 입안 가득 담배 연기를 머금었다가 얼굴에 뿜어주었지.

"니 갈 길이나 가, 누구한테 건방지게……."

한심하다는 듯 쳐다보는 그 애 표정에 기분이 팍 상했어.

"네 폐가 죽어가는 건 상관없는데, 여기 주유소거든."

그 눈빛, 맘에 안 든다고! 담배는 던져버리고 그 기집애의 얼굴에 다가가서 쏘아보았지.

꺼져, 이 망할……. 그때 생각지도 못한 말을 했지.

"너 백설공주야?"

뭔 소린가 했어. 뒷말을 듣고 이 기집애가 나를 비꼬고 있다는 것을 알았지.

"난쟁이들을 데리고 다니길래."

손을 내밀어 하나로 묶은 기집애의 머리채를 잡았어.

비명이라도 질러, 자기가 잘못해놓고 고개도 안 숙이더니 감히 누구한테 까불어?

역시 만만한 계집애가 아니었어. 그 순간에 내 팔을 잡고 물어버릴 줄은 몰랐어. 지지 않고 상체를 밀어버렸지. 바닥에 쓰러지면서도 조금도 흔들리는 눈빛이 아니었어. 주유를 하다가 우리를 본 재강이 달려오자 그 기집애는 옷을 털면서 일어나더니 재강의 앞에서 발차기라도 하려는 자세를 잡았지. 재강이 멈칫해서 물러서자 자세를 풀더니 자기 갈 길로 갔지. 돌아보며 살짝 입꼬리를 올리며 미소를 짓는데 소름이 쫙 끼쳤어. 누구도 나한테 그런 표정은 지은 적이 없어. 나도 모르게 중얼거렸지.

"너, 다음에 만나면 죽여버릴 줄 알아."

"괜찮아? 저 기집애가 뭐라고 했어?"

재강이 다가와 물었지만 구차하게 이야기하고 싶지도 않았어. 그냥 자동차로 돌아와 가방을 꺼내가지고 집으로 가겠다고 했지. 그런 기분으로 별장에 가봐야 재미있을 것 같지도 않아서 말이야.

그 뒤로 윤기네 주유소에 딸린 패스트푸드점에서 일한다는 얘기를 들었지만 일부러 찾아가진 않았어. 그런 애한테 신경 쓸 만큼 관심도 없으니까. 가끔 주유소를 지나치다가 유리창 너머로 얼핏 보거나 음료수를 사러 들어가서 부딪힌 적도 있지만 철저하게 무시했지.

애들이 용평으로 데리고 오지만 않았어도 이렇게 되진 않았을 거야.

너, 알아? 다시 네 얼굴 보고 싶지 않았어. 넌 마치 내가 데려오라고 한 것처럼 얘기했지만 너 따위를 왜 다시 보고 싶겠어? 꺼져. 어서 꺼지라고.

세영은 고개를 흔들었지만 수정의 환영은 쉽게 사라지지 않았다.

언제부터 시작됐을까? 그날 이후 그랬다. 아무에게도 말하지 못했지만 그 계집애의 목소리가 들려왔다. 때로는 처음 만났을 때 무성의하게 사과하던 그 모습으로, 때로는 입에 물고 있는 담배를 빼앗아 내 얼굴을 지지는 모습으로, 입꼬리를 비틀며 내게 비웃음을 날리던 그 순간으로 나타났다.

머리를 흔들어 떨쳐냈지만 이내 다시 돌아왔다. 가장 끔찍한 모습은 그 순간이 아니다.

재강과 승찬에게 두 팔이 잡혀 있는데도 발버둥을 치던 그 아이의 뒷머리를 들고 있던 돌덩이로 내려칠 때 나를 돌아보던 그 얼굴. 나를 쏘아보던 눈빛이 차츰 흐려지고 베어진 나무처럼 바닥으로 쓰러지던 그 모습. 머릿속에 들끓던 화가 한순간에 차갑게 식고, 겁에 질려 그 아이를 흔들어보았지만 다시는 깨어나지 않았지.

그런데 왜 자꾸 돌아오는 거야, 이렇게 돌아올 거면 그때 깨어났으면 좋았잖아? 꺼져버려, 자꾸 나한테 들러붙지 말라구. 그렇게 텅 빈 눈으로 나를 쳐다보지 마.

모든 비밀들은 깊고 어두워진다. 그것이 비밀의 본성이다.

코리 닥터로우

## 23

용평IC를 빠져나오자 길에 자동차가 거의 보이지 않았다. 밤이 깊어지면서 쏟아진 폭설로 도로에는 이십 센티미터 넘게 눈이 쌓였다. 재혁처럼 다급한 사정이 있는 사람이 아니고서는 이 시각에 이곳을 달릴 이유가 없었다. 하늘이 무너져내릴 듯하던 눈은 다행히 잦아들고 있었다.

영월을 향해 가다가 경환의 연락을 받고 방향을 틀었다. 세영의 핸드폰은 영월 별마로천문대에서 고정되어 있는데 최우진의 핸드폰은 이동중이었다. 그 말을 듣고 세영의 핸드폰에 전화를 걸어보았지만 받지 않았다. 우진에게도 연락을 해보았지만 마찬가지였다.

그가 과연 어디로 갈까 생각해보았다. 재혁은 자신의 추리가 맞는지 확인하기 위해서 경환에게 계속 그의 핸드폰을 추적해 십 분마다 알려달라고 했다. 경로를 알려주던 경환이 우진의 목적지가 용평인 것 같다는 말을 듣고서야 분명하게 깨달았다.

그는 짐작대로 딸이 죽었던 장소로 가고 있다. 가급적이면 그곳은 피해야 한다. 그의 신경을 건드릴 요소는 최소한으로 줄여야 한다. 재혁은 그에게 문자를 보냈다.

재혁은 별장의 위치를 알려주고 그곳에서 만나자고 했다. 그곳이라면 세영도 조금은 덜 무서울 것이고 사람들의 눈도 피할 수 있을 거란 생각이 들었다.

용평골프장에서 수하리로 들어가는 길은 쌓인 눈 때문에 어디가 도로인지 구분이 가지 않을 정도였다. 그렇지 않아도 최대한 속도를 늦추고 달리던 자동차는 더듬이가 잘린 곤충처럼 머뭇거리며 조심스럽게 길을 찾았다. 그나마 눈으로 주위가 조금 밝아진 덕분에 주변의 지형지물로 길을 가늠하며 별장에 도착했다.

별장 마당에는 눈이 쌓인 자동차가 서 있었다. 언제 들어왔는지 타이어 자국도 눈에 덮여 사라졌다. 재혁은 그 옆에 자동차를 대고 차에서 내렸다. 세상의 모든 소리를 눈이 흡수했는지 주위에 아무 소리도 들리지 않았다.

고개를 들어 집안을 살폈다. 창으로 일렁이는 불빛이 보였다. 벽난로에 불을 붙인 모양이었다. 재혁은 조심스럽게 문을 열었다. 벽난로의 장작불이 어렴풋하게 거실의 윤곽을 알 수 있게 해주었다. 벽난로 앞에 놓인 소파에 누군가 쓰러져 있었다. 하루 종일 찾아 헤맨 세영이었다.

"세영아!"

재혁은 얼른 세영에게 달려갔다. 등뒤로 인기척이 느껴진 순간 머리에 깨질 듯한 충격을 받고 바닥에 쓰러졌다.

의식이 돌아온 재혁의 눈에 가장 먼저 들어온 것은 여전히 소파에 쓰러져 있는 세영의 모습이었다. 우진이 바닥으로 떨어진 간이 이불을 세영의 몸에 덮어주고 있었다.

"너 뭐하는 거야?"

우진이 고개를 돌리고 재혁을 쳐다보았다. 그는 의자에 묶여 있는 재혁을 바라보다가 손가락을 들어 입에 대고 조용히 하라는 손짓을 했다.

"자고 있을 뿐이니까 걱정하지 마."

"무슨 속셈이야?"

재혁은 몸을 비틀고 팔을 움직여 보았지만 단단히 묶인 전선줄은 쉽게 풀릴 것 같지 않았다.

"이러지 않으면 원하는 답을 들을 수 없을 것 같아서……."

"알고 싶은 게 뭐야?"

"당신에게는 듣고 싶은 답이 없어. 그 자리에 있던 건 당신이 아니잖아?"

"⋯⋯."

재혁은 우진의 차분함에도 마음을 놓을 수가 없었다. 이렇게 냉정할 수 있는 사람은 언제 어떻게 폭발할지 모른다. 그는 가급적 우진의 말을 들어주며 기회를 만들자고 생각했다.

"그놈들은 다 만나봤나?"

우진은 주방 쪽에 있는 의자를 가져다 재혁의 가까이에 자리를 잡고 앉았다.

"그래, 당신이 선처해준 아이들의 모습을 보니 어때?"

우진을 바라보던 재혁의 시선이 흔들렸다.

"관용을 베푼 만큼 아이들이 잘살고 있던가? 아니지, 아무 일도 없었던 듯 그렇게 살 수가 없지. 아직 굳은살이 생기지 않은 아이들의 영혼은 그런 일을 겪으면서 아무런 상처가 남지 않을 수 없거든."

재혁은 아무 말도 할 수가 없었다.

그 아이들, 그리고 내 딸 세영이. 순간적인 위기는 모면했을지 몰라도 우진의 말처럼 그 아이들 모두에게 깊은 상처가 새겨진 것을 눈으로 확인한 하루였다. 머리 한편으로 벌거벗은 채 두려움에 떨고 있던 세영의 사진이 떠올랐다. 끙 하고 저절로 신음 소리가 새어 나왔다.

"그사이 검사가 아니라 변호사가 되셨더군. 어디 당신 딸을 변호해보시지?"

"……어떻게 알았지?"

재혁의 질문에 우진은 잠시 생각에 잠긴 듯 하늘을 쳐다보다 씁쓸한 미소를 지었다.

"검사직을 걸고 딸의 친구를 감싸는 사람이 있을까? 자기자식이라면 몰라도."

"……."

"당신이랑 전화를 하면서 확실하게 깨달았지. 당신에게 가장 소중한 것은 무엇일까, 라고 생각해보니 답이 금방 나오더군. 그리고 당신이 이렇게 소리쳤지. '내 딸은 아무 상관없어! 그 아이 건드리지 마.' 어이없게도 그 말에서 난 알아버렸어. 진범이 당신 딸이라는 걸."

"그건…… 사고였어."

재혁의 말에 우진은 가볍게 고개를 흔들었다.

"할 수 있는 변명은 그것밖에 없겠지. 사고는 우연히 일어나는 거야. 하필이면 그 시각, 그 장소에 졸고 있는 트럭 운전수와 마주치는 바람에 일어나는 게 사고라고."

"……."

"세 명의 사내아이가 여자애를 강제로 차에 태우고 숲으로 데리고 갔어. 그리고 그 자리에서 당신 딸이 내 아이를 죽였지. 이게 사고라고? 이봐 검사 양반, 법률 용어로 그건 범죄라고 하는 거야. 살인이라고."

"이제 와서 뭘 알고 싶다는 거야? 그런다고 죽은 딸이 살아 돌아오나?"

재혁의 말이 우진의 깊은 곳을 건드렸다. 그의 표정이 일그러졌다. 복잡하게 변하는 감정들이 얼굴에 그대로 나타났다 사라졌다.

"당신은 궁금하지 않아? 당신 딸이 왜 살인을 저질렀는지?"

이번엔 재혁의 표정이 일그러졌다. 정면으로 바라볼 용기가 나지 않아 애써 외면해왔던 질문. 그 물음을 피해자의 아버지에게서 듣게 될 거라고는 생각도 하지 못했다.

우진의 등 너머로 세영의 신음 소리가 들렸다.

"깨어나는 모양이군. 나를 방해하지 마. 한마디라도 떠들면 당신 눈앞에서 딸이 죽는 모습을 보게 될 거야."

"······!"

재혁은 아무런 저항도 못 하고 우진이 세영의 곁으로 걸어가는 것을 지켜볼 수밖에 없었다.

우진은 누워 있는 세영의 몸을 안아 일으켜 똑바로 앉혔다. 간이 이불이 흘러내리자 손이 묶여 있는 것이 보였다.

"세영아, 괜찮아?"

우진이 차가운 표정으로 돌아보았다. 재혁은 어쩔 수 없이 입을 닫았다. 괜히 그의 신경을 건드려봐야 세영에게 좋을 게 없다.

"……아빠?"

정신을 차린 세영이 그제야 재혁을 알아보고 울음을 터뜨렸다.

"쉬…… 쉿!"

우진이 흐느끼는 세영에게 다가가 손가락을 입에 댔다.

"괜찮아, 내가 묻는 말에 대답만 하면 바로 아빠와 함께 돌아갈 수 있어."

우진의 말을 들은 세영은 반신반의하는 표정으로 쳐다보았다. 울먹임도 잦아들었다.

"내 딸 수정이…… 왜 죽였어?"

우진의 질문을 들은 세영은 두려움이 가득한 눈으로 우진과 재혁의 얼굴을 번갈아 쳐다보았다. 재혁은 차마 그 모습을 보지 못하고 시선을 피했다.

"내가 알고 싶은 건 그거 하나야. 대답만 해주면 보내줄 거야."

우진의 달래는 목소리에 잠시 망설이던 세영의 표정이 오히려 고집스럽게 변했다. 굳게 입을 다물고 고개를 내저었다.

"말해, 이유가 있을 거 아니야?"

"아뇨, 몰라요, 나도 모른다구요. 몰라."

"아니, 넌 알고 있어. 얘기해, 얘기하라구!"

우진의 언성이 높아지자 세영의 도리질은 더 세차졌다.

재혁이 소리쳤다.

"그만해, 아이 그만 괴롭혀!"

재혁을 돌아보던 우진이 자리에서 일어나 방안을 서성이다 벽난로로 다가갔다. 그 모습을 본 재혁은 몸을 비틀며 묶인 줄을 풀려고 했다. 그 바람에 바닥으로 쓰러지고 말았다.

짐작대로 우진은 벽난로 안에서 타들어가는 장작을 꺼내들었다. 한눈에도 화기가 느껴지는 장작을 보자 세영의 얼굴은 공포로 일그러졌다. 참았던 눈물이 다시 흘러내렸다.

"두 번은 안 물어봐. 왜, 죽였지? 왜 그 아일 죽였어? 왜?"

눈앞에 불티가 튀자 세영은 비명을 질러댔다.

울음소리와 뒤섞인 비명을 들은 재혁은 더이상 견디지 못하고 소리를 질렀다.

"세영아, 말해. 어서 말해줘."

"싫어, 싫어……."

다가오는 장작불이 얼굴에 닿을 듯하자 세영은 소파에 쓰러지며 몸을 비틀어 불을 피하려 했다. 장작에서 떨어져 나온 불티가 소파에 툭툭 떨어지며 가죽 타는 냄새가 났다.

"말해. 어서 말하라고, 세영아……."

"······보여서, 혼자만 행복해 보여서······ 화가 났어."

"······뭐?"

"나는 이렇게 외로운데······ 이렇게 미칠 것같이 괴로운데······ 왜 혼자만 그렇게 행복한 얼굴이냐고, 왜?"

세영은 울먹이며 소리쳤다. 세영을 다그치던 우진은 그 말에 충격을 받은 듯 꼼짝 않고 있다가 그대로 허수아비처럼 주저앉았다. 손에 들고 있던 장작도 떨어뜨렸다.

"고작······ 고작 그게 우리 수정일 죽인 이유라고?"

세영의 말에 놀란 것은 우진만이 아니었다. 재혁 역시 생각지도 못한 답에 망치로 얻어맞은 듯 그대로 굳어버렸다. 단 한 번도 세영이 외롭거나 힘들 거라는 생각은 해본 적이 없다. 무엇 하나 부족함 없이 풍족하게 키웠다고 생각하던 재혁은 말문이 막혔다.

"불······. 아빠 불!"

우진이 떨어뜨린 장작이 꺼지는가 싶더니 근처에 있던 러그에 불씨를 옮겨 연기가 나기 시작했다. 가장 먼저 정신을 차린 세영이 미친듯 소리를 질렀다.

그 소리에 정신을 차린 우진은 천천히 일어나 주방 탁자에 세워둔 핸드폰을 집었다.

"뭐해, 그냥 가려는 거야? 우릴 죽일 셈이야?"

재혁이 소리치자 우진은 물끄러미 재혁을 쳐다보았다. 우진의 얼굴에서는 아무 표정도 읽을 수가 없었다. 재혁은 겁에 질려 울고 있는 세영을 보자 마음이 다급해졌다.

"사, 살려줘."

불길이 러그에 떨어진 간이 이불로 옮겨붙었다. 불길은 금세 커졌다. 연기와 불길이 실내에 빠르게 번져갔다.

"아빠, 아빠, 살려줘, 살려줘요."

세영의 울음소리가 찢어질 듯 들렸다.

"최우진, 시간 없어. 어서 구해줘, 살려줘."

재혁의 재촉에 우진은 주방으로 향했다. 서랍을 뒤지더니 식칼을 꺼냈다.

우진의 손에 들린 식칼을 본 재혁은 헉, 소리를 내며 가쁜 숨을 내쉬었다. 어느새 실내를 가득채운 연기에 코가 매웠다. 우진이 다가오자 몸을 비틀었다. 하지만 우진은 재혁의 몸에 묶인 전선을 칼로 끊어주었다.

몸이 풀린 재혁은 한 손으로 입을 막으며 재빨리 세영에게 달려갔다.

우진은 허둥거리는 두 사람을 등뒤로 하고 현관문을 열어 밖으로 나왔다.

신선한 공기가 폐 깊숙이 들어왔다.

# 24

사람들은 생각한다. 만약 그때로 돌아갈 수 있다면, 하고.

그러면 잘못된 일들을 바꿀 수 있을 것처럼. 하지만 어느 순간으로 돌아가야 모든 것이 전과 같아질까? 잘못된 길로 가기 시작했다고 느끼는 그 순간으로 돌아가 다른 선택을 한다고 결과가 달라질까?

어느 때로 돌아가든 답은 같다. 사람이 바뀌지 않으면 달라지는 것은 없다.

누군가 그랬다.

우리가 사는 이곳이 지옥이 된 이유는 악마들이 나쁜 짓을 해서가 아니라 우리가 아무것도 하지 않았기 때문이라고.

우진이 수정을 잃고 지옥 같은 시간을 보냈던 것은 그 때문이다. 그는 목까지 차오른 슬픔에 묶여 아무것도 하지 못했다. 아내가 그를 일으켜 세우지 않았더라면 그는 여전히 수정이 왜 그런 일을 당해야 했는지 알지 못한 채 어두운 우주를 떠돌다 사라졌을 것이다.

별장에서 나온 우진은 운전석에 올라앉자마자 방금 전 찍은 동영상을 확인했다.

재혁과 이야기를 나누던 모습이 생생하게 찍혀 있다. 살인을 고백하는 세영의 목소리도 선명하게 들렸다.

이상이 없다는 것을 확인한 우진은 파일을 기영의 핸드폰으로 보냈다. 영상 파일의 내용을 확인하면 기영이 알아서 처리해줄 것이다. 우진이 직접 언론사에 보내거나 인터넷에 올리는 방법을 생각하기도 했다. 하지만 이 일만큼은 기영에게 맡기는 게 나을 것 같았다.

기영의 쪽지가 무너져 내리던 우진을 다시 일으켜 세웠고, 여기까지 오게 만들었다.

마무리를 기영에게 부탁하기로 마음먹은 것은 무엇보다 이 일을 통해 오랫동안 가슴속에 담아두었던 죄책감을 털어내라는 의미였다.


우진은 자동차를 몰고 도암호 인근으로 향했다.

눈이 쌓인 길은 경계가 보이지 않았지만 그는 분명히 알 수 있었다. 불과 며칠 전, 수정의 기일에도 그는 이 길을 왔었다. 지나는 자동차도 없으니 무리해서 도로 한편에 세울 필요도 없다. 대충 차를 세우고 뒷좌석에 실려 있던 아내의 유골함을 꺼냈다. 유골함을 안고 강가 쪽으로 내려가기 시작했다. 아내의 몸이 어느새 가볍게 느껴졌다.

발목까지 푹푹 빠지는 눈밭을 밟으며 수정이 누웠던 장소를 향해 걸었다. 쌓인 눈이 시야를 밝혀주었다. 어느새 하늘은 구름이 지나고 차츰 투명해지고 있었다. 수정이 말한 것처럼 별을 보기 좋은 날씨였다.

우진은 수정이 누워 있던 곳에 도착하자 아내의 유골함을 내려놓고 그 옆에 누워 하늘을 바라보았다. 하늘에 남아 있던 몇 조각의 구름까지 서쪽 하늘로 지나가자 쏟아질 듯 수많은 별들이 선명하게 보이기 시작했다. 그동안 함께 다녔던 어떤 곳보다 더 많은 별이 반짝이고 있었다. 별을 바라보며 눈을 반짝이던 수정의 얼굴이 한눈에 그려졌다.

우진은 한 손으로 아내의 유골함을 어루만졌다.

'이제야 우리 가족이 함께 별을 보는구나.'

맞다. 그게 수정의 버킷 리스트였지.

눈은 포근하고 차가웠다. 바람은 차분하고 상쾌했다. 함께 바라보는 별은…… 너무 먼 곳에서 흔들리며 반짝였다.

우진은 딸의 얼굴을 보듯 밤하늘을 바라보았다. 세상에 대한 호기심으로 매 순간 반짝이던 눈동자가 그곳에 있었다. 슬그머니 다가와 우진의 주머니에 손을 넣고 까르르 웃던 목소리가 들리는 듯했다. 애써 망각의 동굴 깊은 곳에 묻어두었던 기억들이 하나씩 걸어나왔다.

세상에 태어난 첫날, 목청껏 울어대다 자신이 내민 손가락을 꽉 움켜잡고 이내 울음을 멈추던 딸의 얼굴을 기억한다.

처음으로 걸음마를 떼고 자기도 신기했는지 놀란 얼굴이 되어 쓰러지듯 우진의 품에 안기던 날을 기억한다. 아빠라는 말을 먼저 해서 엄마를 서운하게 했던 일, 그 조그만 손으로 토닥토닥 안마를 해주던 일, 장난감이 망가졌다며 눈물을 뚝뚝 흘리던 일……

세상에는 없지만 우진의 기억 속에 담겨 있는 수정의 모습은 수천수만 장이다. 이미 사라진 별이 여전히 하늘에서 빛나고 있는 것처럼 우진이 기억하는 한 수정인 여전히 그의 하늘 위에서 반짝이고 있을 것이다.

우진은 수천수만의 별을 바라보다 나지막이 속삭였다.

"수정아, 수정아, 내 딸 수정아……"

오래도록 차마 부르지 못했던 딸의 이름을 부르자 금방 목이 메었다. 기다렸다는 듯 별빛이 흔들렸다. 별 하나가 사선을 그으며 하늘에서 떨어지며 사라졌다.

그는 오래 마음에 담아두었던 말을 되뇌었다.

'지켜주지 못해서 미안해, 우리 딸.'

우진은 비로소 수정에게 마지막 인사를 건넸다.

## 작가의 말

이 이야기의 시작은 한 장의 사진이었다.

돌아오지 않는 주인을 기다리며 생기를 잃어버린 빈방. 세월호 참사 일주기를 맞아 주인을 잃어버린 단원고 학생들의 빈방을 찍은 사진이 그것이다. 아이가 쓰던 책상에는 여전히 참고서와 책이 나란히 꽂혀 있고 벽에는 아이가 좋아했을 가수의 사진이 붙어 있었다. 의자에 걸쳐진 옷과 먼지 앉은 키보드, 침대 한편에 놓여 있는 곰 인형. 책상 앞에 알록달록 붙은 메모지와 일정표……

아이의 과거와 현재, 미래가 뒤섞인 일상이 그대로 빈방에서 자리를 지키고 있었다.

평소와 다름없이 일어나 바쁘게 각자의 일상을 시작하며

늘 하던 대로 배웅을 했을 가족과의 마지막 인사. 그게 마지막이었다는 것을 알게 된 뒤, 남겨진 가족의 삶은 어떻게 되었을까?

　그렇게 시작되었다.

　어느 날 갑자기 살해된 딸의 빈자리를 보며 고통스러운 시간을 보내게 되는, 세상에서 가장 아프고 외롭고 쓸쓸한 아버지의 이야기를 쓰기 시작했다. 하지만 작업은 몇 달이 되지 않아 중단되었다.

　갑작스러운 오빠의 부고.

　새벽부터 늦은 아침까지 원고를 쓰고 잠시 잠이 들었다가 전화 소리에 깨었다. 응급실로 향하고 있다는 올케는 "살아만 있으면 좋겠다"는 말을 하고 전화를 끊었다. 무슨 바보 같은 소린가 싶었다. 지병도 없고, 아직 젊은 사람인데 죽긴 왜 죽어? 응급실에 갔으면 의사들이 어떻게든 살려내겠지. 믿기지 않은 현실에 도리질이 먼저였지만 잠시 후 걸려 온 언니의 전화에서는 이미 상황이 끝난 뒤였다. 장례식장으로 오라는 언니의 전화는 날벼락 같았다.

　멍한 상태로 급하게 시골로 내려가 넋이 나간 채로 장례를 치르고 그렇게 정신없이 시간이 흘러갔다. 아들을 잃은 슬픔에 그대로 자리에 누워버린 엄마를 그대로 두고 올 수 없어 또 한 달 넘는 시간을 곁에 있었다. 바람에 대문만 흔들려도 큰아들이 온다면서 문을 열어보는 엄마를 달래면서 그렇게 허망하게 간 오빠가 원망스러웠다. 그로부터 꽤 오래, 나는 소설 속 주인공이 느꼈을 감정들을 고스란히 겪으며 시간을 보냈다.

가족을 잃는다는 것, 그리고 그 빈자리를 매 순간 확인하며 살아가야 한다는 것이 어떤 의미인지 뼈저리게 느끼면서 다시 책상 앞으로 돌아오기가 쉽지 않았다. 타인의 아픔, 혹은 머릿속에서 만들어내는 고통은 아무것도 아니었다. 막상 내 가족의 일, 내 고통이 되고 나니 내가 썼던 원고는 피상적이었다는 것을 절실히 깨달았다. 글을 쓸 수가 없었다. 내 고통을 털어놓고 싶지도 않았다. 일 년 동안 아무것도 할 수가 없었다.

그 시간 동안 마음속에 엉키다 풀어지는 감정의 타래를 지켜보았다.

살아 있다는 것과 죽음이라는 것. 살아남은 자의 슬픔과 외로움이 바람 불듯 다가왔다 지나갔다. 때로는 너무 맑은 하늘을 보면서도 눈물이 흐르고 잠에서 깨어나면서 목이 메었다. 이런 작별은 먼 훗날의 일이라고 생각하고 있었다. 언제인지도 모르면서 시간이 많이 남았다고 태평스레 살았다.

언제든 죽음이 산 자의 발목을 잡을 수 있다는 것을 왜 몰랐을까?

남겨진 나는 내내 오빠의 마지막을 생각했다. 어떤 마음이었을까? 어떤 느낌이었을까? 갑작스레 닥친 자신의 죽음을 어떻게 느끼며 세상을 떠났을까?

작가는 잔인한 직업이다.

나는 오빠의 죽음 뒤 내가 겪었던 일상과 죽음에 대한 감정들, 가족들 곁을 지나는 슬픔의 풍경들을 낱낱이 지켜보며 기억했다가 이 작품 속에 새겨넣었다. 어쩌면 그런 과정을 통해 나는 오빠의 죽음을 받아들이고 떠나보내는 작업을 했는지 모르겠다. 그 결과물로 나온 이 소설이 가족들에게 슬픈 기억을 떠올리게 하지나 않을지 걱정스럽다. 하지만 오빠는 기꺼이 나를 응원했으리라 믿는다.

대학 때 일이다.

작가가 되겠다고 내 방에 틀어박혀 수동 타자기를 두드리고 있을 때 아버지는 요란한 타자기 소리에 잔소리를 많이 하셨다. 마음놓고 글 쓰는 것도 쉽지 않은 상황이었다.

어느 날 밤 오빠가 불쑥 전동 타자기를 사 왔다. 생각지도 못한 일이었다. 오빠의 월급으로도 만만치 않은 돈이었을 텐데 갑자기 무슨 마음으로 그걸 산 걸까? 무뚝뚝한 성격답게

"잘 써라"라는 한마디만 하고는 타자기를 건네주고 방을 나갔다. 아마도 아버지의 잔소리에도 꿋꿋하게 타자기를 두드리고 있는 동생의 꿈을 격려해주기 위해 마음을 쓴 게 아닌가 싶다.

그 전동 타자기 덕분에 아버지의 잔소리도 잦아들었고 나는 본격적으로 소설을 쓰기 시작했다. 가족 중 누군가 나를 믿고 지지해주는 게 얼마나 큰 힘이 되는지 모른다. 내가 글 쓰는 일을 포기하지 않은 것은 동생을 응원하기 위해 전동 타자기를 사 들고 온 오빠의 마음 때문일 것이다. 그 고마움은 지금도 잊지 않고 있다.

이 소설이 나오기까지 많은 분이 도와주셨다.

먼저 전남영상위원회 로케이션 팀 윤철중 팀장님과 황규택 님께 감사드린다. 전남 팸투어를 하던 중 숙소 인근에 천문대가 있다는 것을 알게 되어 무리한 부탁을 했음에도 선뜻 천문대를 방문할 수 있게 일정을 조정해주셨다. 덕분에 생전 처음 산 정상에 있는 천문대를 직접 가볼 수 있었고 그 덕분에 여러 가지 아이디어와 영감이 떠올라 작품을 구상하는 초기에 무척 도움을 받았다.

늘 곁에 있으며 서로에게 응원과 격려를 아끼지 않는 범수리 친구들에게도 고마움을 전한다. 대부분 글 쓰는 친구들이라 굳이 말하지 않아도 같은 고민과 경험을 하다 보니 많은 조언과 도움을 주고받는다. 무엇보다 글 쓰는 일이 얼마나 외로운 일인가를 너무도 잘 알기에 묵묵히 잡아주는 손길이 고마울 때가 많다. 치열한 삶을 사는 친구들을 보며 나 역시 마음을 다잡고 더 좋은 작가가 되어야겠다는 생각을 하게 된다.

깊은 슬픔을 묵묵히 견뎌내고 의연하게 지내시는 부모님과 가족들. 내 책을 읽고 늦은 밤에도 찾아와 블로그에 고맙다는 글을 남겨주고 메일로 팬레터를 보내며 다음 작품을 기다린다고 말해주는 독자들. 묵묵히 일 년의 시간을 기다려준 임지호 편집장님.

덕분에 내게는 소중하고 잊을 수 없는 소설이 세상에 나올 수 있게 된 것 같다.


모든 분께 감사드립니다.
내 곁에 살아 있어 고맙습니다.


2018년 1월.

# 당신의 별이 사라지던 밤

1판 1쇄 2018년 2월 9일
1판 19쇄 2025년 1월 24일

지은이 서미애

책임편집 임지호 ㅣ 편집 지혜림
표지디자인 최윤미 ㅣ 본문조판 최미영 ㅣ 표지이미지 Getty Image
저작권 박지영 형소진 오서영
마케팅 정민호 서지화 한민아 이민경 왕지경 정유진 정경주 김수인 김혜원 김예진
브랜딩 함유지 함근아 박민재 김희숙 이송이 김하연 박다솔 조다현 배진성
제작 강신은 김동욱 이순호 ㅣ 제작처 영신사
독자모니터 엄정현

펴낸곳 (주)문학동네 ㅣ 펴낸이 김소영
출판등록 1993년 10월 22일 제2003-000045호

주소 10881 경기도 파주시 회동길 210
문의 031-955-8892(편집) 031-955-2696(마케팅) 031-955-8855(팩스)
전자우편 elixir@munhak.com ㅣ 홈페이지 www.elmys.co.kr
인스타그램 @elixir_mystery ㅣ X(트위터) @elixir_mystery